シリーズ ケアをひらく

坂口恭平躁鬱日記

坂口恭平 著

医学書院

坂口恭平 躁鬱日記――目次

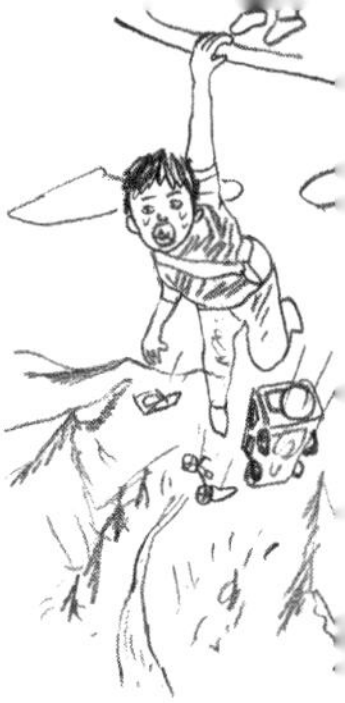
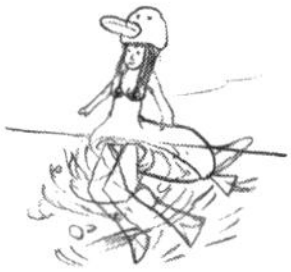
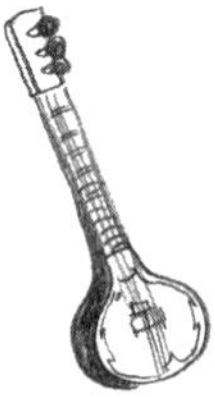
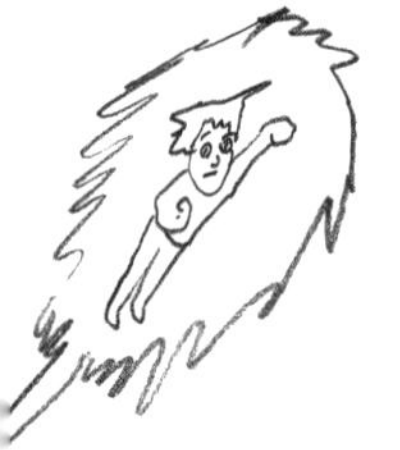
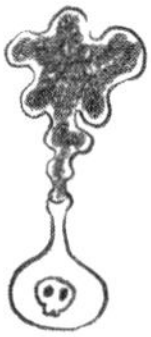
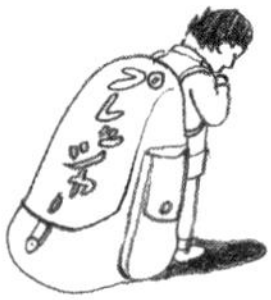
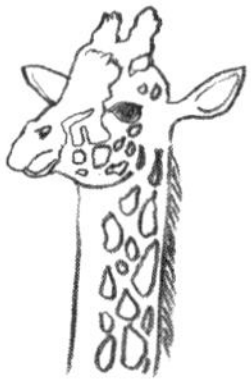

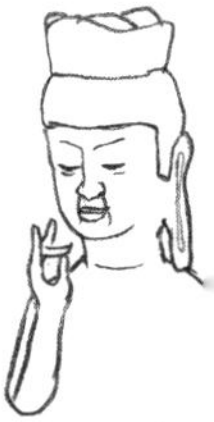
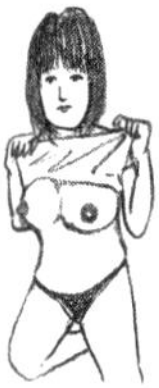
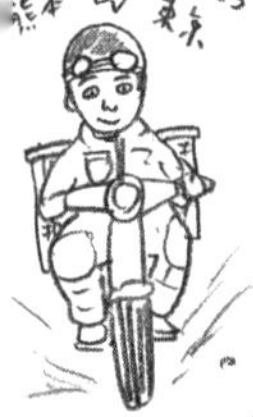
がむしゃら150033
熊本 ⇨ 東京
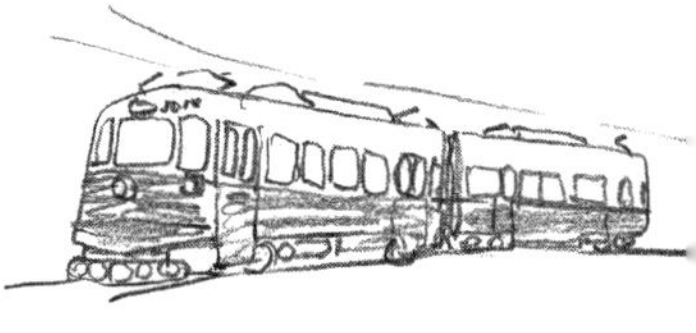
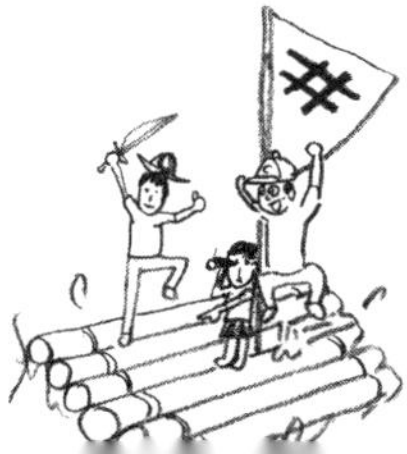
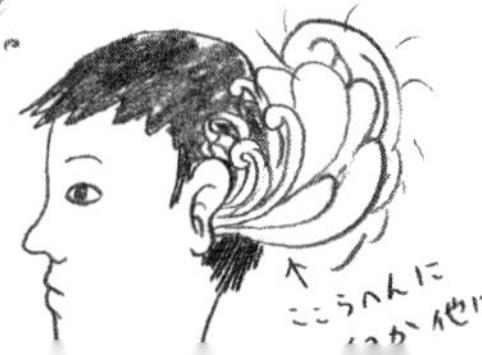

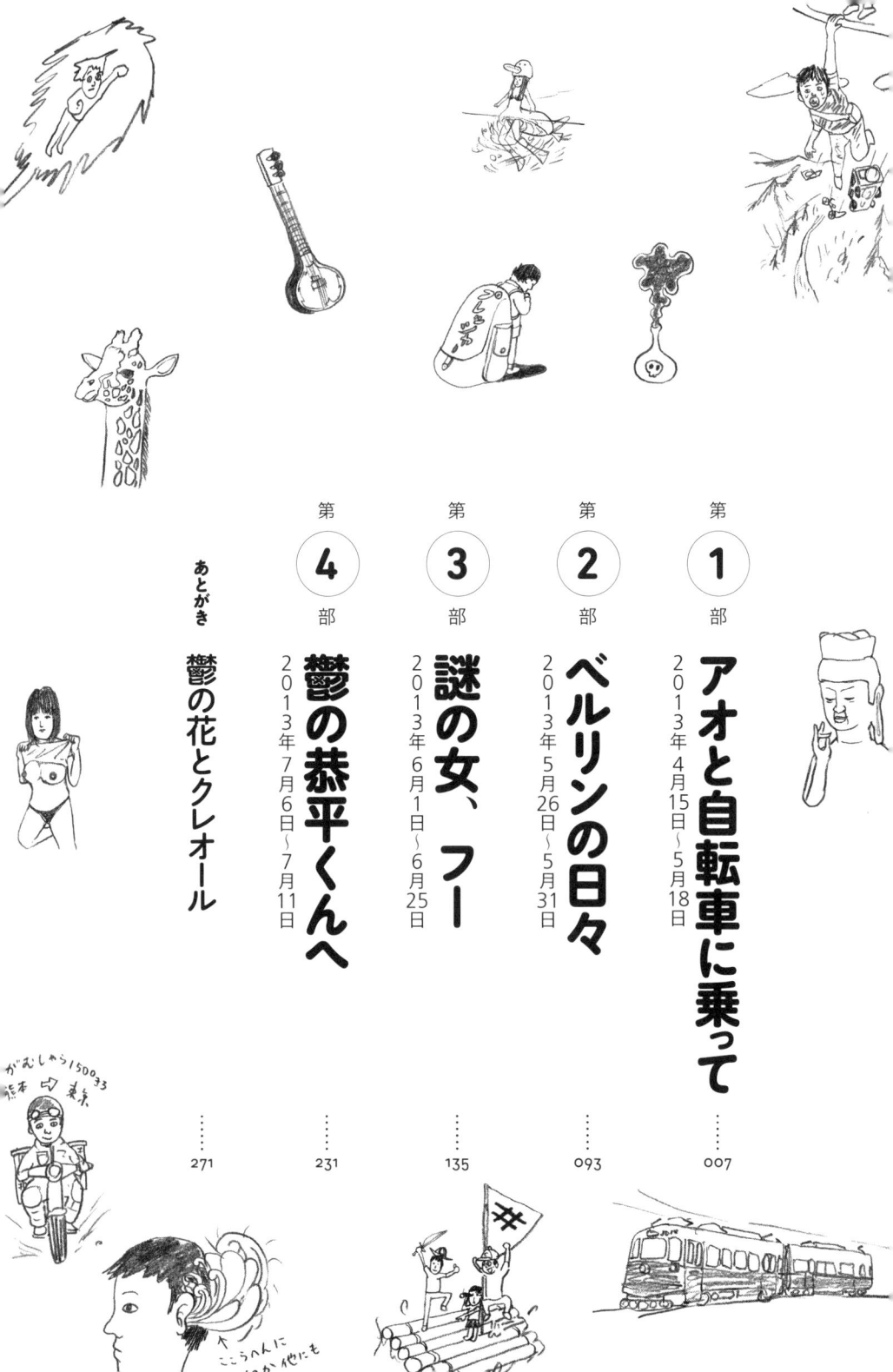

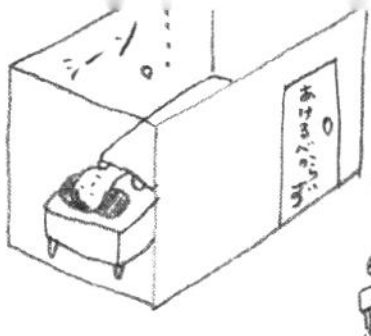
あけるべからず

あっ！

PRO SPEKT
有田さんにもらったバッグ

だからってそんなにはりきらなくていいよ

夢記

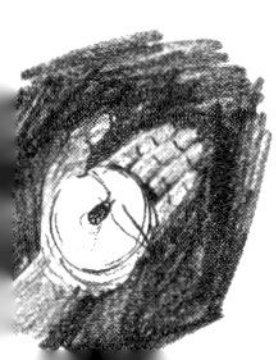

OVER THE RAINBOW
ANIMALS ARE LIVING

挿画　著者

第1部

アオと自転車に乗って

2013年4月15日〜5月18日

4月15日(月)

本日、ツイッターと「草餅の電話」をやめた。もう自分がソーシャルネットワークでできることは十分やったのではないかと思えたからだ。同時に、人を直接救うことなんて不可能であると、おそらく生まれて初めて認識できたからでもある。それでも僕は諦めなすぎの性格なので、何かもがいて動いてきた。

はっきりいって、本業であるはずの本を書いたり絵を描いたり、つまり創作をすることよりも、途中からは他者に向かって行動することのほうへと力が移っていった。それはそれで悔いはまったくない。僕は自分でやるべきだと判断したんだし、事実うまくいったこともあり、それなりに感触がつかめた気もした。

「いのちの電話」から商標権の侵害で訴えられ「草餅の電話」と改名したが、この希死念慮に苦しむ人のホットラインには、なんの深い意味もない。ただ淡々と必要だと思い、行動したものだ。僕と電話して死んだ人がいるのかもしれないが、僕の耳には届いていない。むしろ、死にたくなくなったと手紙やメールや涙の電話をしてくれた人々がいたことは、逆に僕にとって力になった。

それでも、これらは僕の本業ではない。それは確かなことだ。二年間、鬱のとき以外は休まず、ツイッターと草餅の電話をやってきた。でも、そろそろお前はちゃんと自分がやるべきだと思うことをしたらどうだと、ようやく自分に対して言えるようになった。妻のフーからも言われたし、担当編集の梅山景央からも言われた。四月一三日の僕の誕生日に、熊本にわざわざ来てくれた梅山と僕とフーの三人で話し、今後の仕事のやり方を相談した。そして、決めた。もっと僕は書きたい、描きたいのだ。

僕の狂気は社会と触れると、ちょいとヒヤヒヤものである。もちろん、それによる熱狂も興味深いことは確かだ。しかし、一瞬の感動である。僕は本を書いてきた人間であり、絵を描いてきた人間であり、建築に対して、建てもしないのに思考してきた人間だ。その自分の道に戻ろうと思えた。

他者と戯れることにばかり、メディアに出ることばかりに熱狂していた自分が恥ずかしくもなった。そろそろ戻ろう。静かに、己の中の狂気を真空パックしたようなやばいやつを書こう。描こう。建てずに思考しよう。そんなことを思い、けっこう前向きにやめました。むしろ清々しいくらいだ。

とはいっても、僕はもともとホームページで日記を書き続けるということが日課となっており、こちらはむかしから、ありがたいことに熱心な読者の方たちがいた。正直、ツイッターのフォロワーたちよりも寡黙で、ほとんどリアクションはない。しかし、静かに読んでくれていた人がいた。そこに立ち返ろう。今ではなく、この先もずっと残るものをつくりたい。ちょいと本腰入れて、毎日、自分の創作に没頭してみよう。それで何ができるのかを試してみたい。

★

深夜。久々に日記を書き始めたら、こっちのほうがやっぱり断然面白いじゃないか。

明日からも書こう。鬱になればまた止まるが、それも風物詩みたいなものになってきた。僕はもう死なないんじゃないかと思えた、そんな夜。

4月16日(火)

朝から、四歳の娘のアオを自転車に乗っけて幼稚園へ。今日から、自転車で僕がアオを幼稚園に連れていくことになった。アオは自転車に乗るのが夢だった。僕はタクシーに乗ってばかりいたが、久しぶりに自転車に乗り、気持ちよくなり興奮する。熊本の春の朝の緑は、やっぱりたまらない。楠がすごい緑色をしていた。

アオも興奮している。アオは「自転車は風があるから気持ちいい。車は風がないから嫌だ。自転車は空が見えるから気持ちいい。幸せだなあ」と言っていた。詩人かと思った。

今日から、こうやって毎日のルーティンを続けていこうと決める。毎日送り迎えを僕がやって、空いている時間は狂気に戻って執筆と作品制作を行う。「ツイッターなんかやめて作品をつくったほうが金になるよ、たぶん」と友達

に言われ、その言葉をただ素直にそうだねとも思った。面白い精神状態になりつつある。

フーとの約束

❶ 草餅の電話を廃止する。
❷ ツイッターの禁止。
❸ ネット上での知らない人とのやりとり禁止。
❹ 新事業を始めるときは、フーと梅山の承認を得ること。
❺ スケジュールは、フーと共有すること。
❻ 弟子も家族も、今後いっさい増やさないこと。
❼ お小遣い制度を導入する。お金の管理は恭平からフーに移行。
❽ 本を書き、絵を描く。つまり仕事に集中すること。

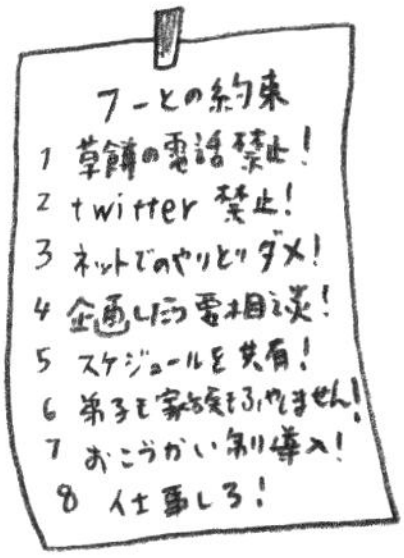
フーとの約束
1 草餅の電話禁止!
2 twitter 禁止!
3 ネットでのやりとりダメ!
4 企画したら要相談!
5 スケジュールを共有!
6 弟子も家族もふやしません!
7 おこうかい制導入!
8 仕事しろ!

こういうことになった。

★

昼、アオが遊びたいというので、執筆したいところを我慢して、自転車に乗って白川沿いを疾走する。花が綺麗だった。花を摘んで、花束をフーにつくるアオを見ながら、なんかアオって興味深い人だなあと思った。

パパ、ウツ病、なんでしょ？　とか四歳児に言われて、すみません、娘よ、と。なぜか幼稚園の先生には「パパはお腹が痛い」と、こちらはお願いもしてないのに気をつかってもらっていて、僕は本当に駄目な父親だなと思った。

でも、僕はその駄目さ、破綻自体を見せたほうがいいと思ってやっている。隠しても仕方ないし、平静さをつくろうほうが僕にはできない。一般的な子育てとしては駄目なのかもしれない。でも、僕はアオを見ながら、本当にこの心の優しい女の子を見ながら、やっぱり僕は自分自身をできるだけアオには開示して生きてもいいのではないかと思えた。

フーはもっとすべてを見ている。よく僕から離れないなと思う。そして、離れないで守ってくれてありがとうと思う。これからは約束を守って、家族のこともちゃんと考えてやってみようと思ったのだ。

4月17日（水）

朝、雨で自転車に乗って幼稚園に送れないので、親父に電話して、親父のミニクーパーで幼稚園へ。アオは不服そうだ。アオは自転車に乗れることで、弦という新しい生命の誕生に悦ぶ両親の、少しだけ変化したベクトルを調整しようとしているのかしら。

いや、そんなことは考えなくてもいいのかもしれない。アオは三歳のときから、自転車の後ろに乗って走りたかったと自転車に乗りながら僕に言う。その希望が実現した。それで興奮してくれている。それが僕はうれしい。ずっとアオと一緒にいようと思った。

アオが「パパはもう仕事なんかしなけりゃいいのに。ずっとアオと遊んでいればいいのに」と言った。それじゃごはんが食べれなくなるかもね、なんて言えなかった。「そうだよね。俺なんか仕事なんかしなくてアオと遊んでいればいいのにね」と言った。それでいくことにした。

★

午後三時にようやく遊びを終え、アオを家に連れて帰り、僕は一人で MacBook Air を持って全日空ホテルへ。ラウンジで執筆。午後七時まで四時間書く。また新しい方向性が見えてきたような気がするが、無事に終えることができるのかまだ不安である。担当編集の梅山としばし話す。ま、とりあえず最後まで行ってみよう。

アオは仕事しなくていいのにと言ったけど、僕は仕事をするよ、やっぱり。その代わり、時間を決めて仕事をしよう。昼間のアオが空いている時間は、ちゃんと自転車に乗り続けよう。

ずっとダサいと思っていた子ども用椅子がついた自転車を、今はしゃかりきになって漕いでいる。それでいこう。他者の目なんか気にしないで、やりたいことをやりたいように、自由の塊として生

きればいいんだ。駄目になったら、またそのとき考えよう。フーは僕に、「一度も駄目だったことなんかないじゃん。死ななきゃなんでもいいよ、あんたは」と言った。それでいいと少しずつ思えるようになってきた。

深夜家に帰ってきたら、玄関にアオからの手紙が置いてあった。

「パパへ　あそんでもくれてありがとう」

まじ泣きそうになった。よし、もうずっと遊ぼう。遊びと仕事を区分けしている俺が馬鹿なのだ。遊ぼう。

4月18日（木）

朝から自転車でアオと幼稚園へ。今日は市役所のほうから向かった。熊本城の楠が本当に綺麗で、風も気持ちよく、二人でまったく別々の歌をそれぞれ歌っていた。零《ゼロ》亭で原稿執筆。午前一一時まで。

零亭とは熊本市内の坪井町にある僕の仕事場である。市内の真ん中に建っている築九〇年の木造家屋で、入り口が狭すぎて新築が建てられないという法律によって六〇坪の敷地にもかかわらず月三万円で借りている。零亭には坂口亭パーマと坂口亭タイガースという二人の弟子が住み込んでおり、僕は一家四人で、新町という昔ながらの玩具問屋街にある賃貸マンションに住んでいる。

一一時にアオを迎えにいき、家に連れて帰る。アオは自転車に乗り始めてからというもの心から楽しそうで、見ているだけでこっちがうるうるしてくる。ちゃんと一緒にいるときにしっかりと向き合えば、執筆をしてくると言っても「うん、いいよ」と返してくれる。

僕は今まで何をやっていたのだろうかと思った。フー、アオとようやく向き合おうとしているのかもしれない。今まで僕は外ばかり見ていた。家族はとてつもなく安定しており、力強いから、放っておいても大丈夫だと思い込んでいた。これからは違うことをやろう。一緒にいよう。

もうインターネットでは人と交わらないでいい。それよりも、産まれたばかりの息子弦、四歳の娘アオ、相棒である妻フー、弟子たち、近所の信頼できるおじさんや仲間たち、作品をつくり続けているライバルたちと触れ合えばいいのだ。それでとんでもないものをつくればいい。近所からは暇そうな狂人のおっちゃんと思われているところもあるが、それでいいじゃないか。

★

『幻年時代』の原稿は半分を越えてきた。しかし、しんどい。午後七時まで書いて、早川倉庫へ。ここで六月二四日、クラムボンがライブをする。楽しみ。西南戦争直後に建てられた一三〇年以上もの歴史がある早川倉庫は、僕にとって唐人町の和紙屋「森本」と並ぶ、熊本市でいちばん重要な建造物である。

オーナーのレイゾウと息子のユウゾウと三人で倉庫で酒を飲む。早川倉庫の二階に、デザイナー志望だったレイゾウがセルフビルドした書斎があるのだが、そこを執筆に使ってもいいよと言ってくれた。泣ける。僕がいちばん重要だと思っている建築の中で、執筆に集中できるのは幸福だ。

こうやってときどき、周囲の人々からの愛情をもらう瞬間がある。そのときのために、絶望していても死なないほうがいいと思えた。僕はもう死なないだろう。そして、永遠に残るだろう文字を書き連ねてみたいと思った。そんなこと僕にできるのだろうか。そんなにたいしたやつなのだろうか。

そうじゃないような気もするが、試さないのは性に合わない。やるだけやってみればいい。それで野垂れ死ねばいいのだ。一度やって無理なら二度やればいい。二度やって無理なら三度やればいい。日本で駄目なら中国へコスタリカへバンクーバーへブラジルへ行けばよい。永遠に試せばいいのだ。それでしかない。それが生だ。好きな人間とずっと一緒にいて、恐ろしいくらいに試せばいいのだ。

けっきょく一二時まで飲んでしまった。途中でなぜかビデオ屋へ寄り、『ゴッドファーザー』を借りる。目の前にあったピーナッツチョコも買って家に帰る。玄関にはまたアオの手紙が。

「パパはあけちゃだめ。ママはあけていい」

そう書いてある袋の中には、いちご味のチョコボールが入っている。同じことを考えている僕とアオ。僕はアオの枕元にピーナッツチョコを置いた。

　フーから、明日は早く帰ってきてくださいと言われた。

4月19日（金）

　午前一一時にアオを迎えにいく。フー、アオと家で一緒に昼ごはんを食べた後、歩いて早川倉庫へ。今日から、早川倉庫社長から直々に使用を許してもらった隠し書斎で執筆。書きやすいかもしれない。珈琲といちごを出してもらった。なんだか不思議な執筆が始まっている。

　しかし、原稿は苦しい。面白くなってはいるが、もっと潜りたい。鬱から転じての躁状態もあって、なかなか手元が定まらず文字の中の世界に入り込めない。

　そして、電話がかかってくる。アオからだ。遊び足りないので、また自転車に乗りたいという。執筆を午後三時ごろ諦め、家に戻り、アオを後ろに乗せて、シャワー通りへ。


女性用しか置いていないのに、いつも斬新なものを置いているので立ち寄る洋服屋パーマネントモダンの有田さんに会い、誕生日プレゼントをもらう。ベルリンのPROSPEKTのやばいくらいかっちょいいバッグ。うれしい。誕生日って素敵だなと思った。今年の誕生日は本当に苦しかったけれど、それでも良い日だった。

　昨年は誕生日前日の四月一二日にある事がバレてフーが気を失った。フーにとって、僕は本当にどうしようもない人間だと思う。なぜフーはいなくならないのだろうか。そのことを少しよく理解して感謝すべきだと思う。フーはよく耐えていると思う。二四時間一〇日間寝込んで死にたくなったり、躁状態でお祭り騒ぎになったりの僕だ。洗濯しながら、子育てしながら、僕の世話までし

ながら、それで文句ひとつ言わない。なんなのだろう、フーとは。いったい何者なのだ。

★

フーから産まれてきたアオを自転車に乗せ、白川沿いの遊歩道を走る。野良猫がいたので、一緒に遊ぶ。目の前に手づくりの木製のベンチがある。公共の場所にある寝られないベンチが嫌いな僕は、ビール箱二つと二枚の板でつくられたそのベンチに座っていた。

おじさんが一人やってきた。ベンチの僕にちょいとすまんと言って、ベンチの下にキャットフードを置く。下を見ると、そこは野良猫の食事処になっていたのだ。カラスよけのために、釣り糸に錆び鉄がくっついたカーテンのようなものまでかかっていて、メザシや鶏肉まである。おじさんがつくったとのこと。

すると、おばさんまで餌をもってきてやってきた。野良猫の名は「ふろく」というのだという。ふろくは白い猫。もう一匹黒い野良猫がいて、

その黒猫にいつも引っ付いて歩いているから、付録みたいな猫だということでその名になったという。

近所のみんなで育てているという。最近車に轢かれた野良猫タンポポの死に目に会った僕は、なんだかこのキャット・コミュニティに興味を持つ。それはやはりベンチという建築によって広がっていた。素晴らしい場所を見つけた。アオと二人でハイタッチして、よかったねと言い合う。

おっちゃんたちと僕の仕事について話をする。すると彼らから、川沿いにあった屋台村をもう一度復活させたいから「あんたやってくれよ」と言われた。モバイルハウスと屋台村。頭の中に入れておこう。

向かいの河岸も走る。シロツメクサを発見したアオが、冠をつくってくれというので、iPhoneで「冠　シロツメクサ」と検索し、編み方を学びながら冠をつくる僕。このつまらん現代人、と思いながら、生まれて初めてシロツメクサで冠をつくった。それでもつくり上げたときにはうれしかった。アオもうれしがった。ここにも野良猫がいて、また別の夫婦が育てていた。なんと心の温まる川辺なんだろう。

★

夜、執筆に集中するための方策をフーと考える。自転車でそんなに遠いところまで行かなくていいのよ、体が疲れるからやめなさいと言われた。ついつい子どもが喜ぶと、無理して突っ走ってしまうところがある。ほどほどの感覚を覚える必要があるのだろう。

でも、冠はつくってよかったと思ったし、編み方がやっぱり適当でぎゅっと結ばなかったので、不思議な形になっていて、フーに斬新だねと言われた。この人は器用なジュエリーデザイナーなので、うまそうだ。今度はフーも川辺に連れていこうと思った。自転車、最近楽しそうね。今はまだ股が痛いけど、あたしも乗りたいわとフーは言った。いつか四人で自転車に乗ろう。

夜一二時に寝る。明日は幼稚園にてお見知りレクリエーションだ。九時から三時間もあるという。フーは行けないので、僕がアオと行くことになっている。

毎日毎日、静かに何かが起こっている。何かの前兆に感じる。それが何かはよくわからないが、そんなに悪いことではないように思える。

4月20日(土)

朝からアオと一緒に自転車に乗って幼稚園へ。今日は幼稚園は休みの日だが、新入園児たちを迎えて、その家族も交えてみんなでお見知りパーティー。アオと一緒にお遊戯に参加。その後、役員会。

フーは幼稚園での仕事に興味を持っており、昨年に引き続き幹事を担当した。昨年は僕は忙しく、父親だけで構成されている「おやぢの会」にもまったく参加できなかったので、今年はおやぢの会にも挨拶をした。

ここの幼稚園はおそらく他のどこよりも家族が参加しなくてはならず、運動会なんて朝五時集合でみんなで設営したりする。大変だけど、それだからこそ子どもがすくすくと、大人まですくすく育つ素晴らしいところだ。だからみんな次々と子どもを産み、この幼稚園に入れる。出生率が落ちてるなんて信じられない。ここにいると二人じゃ少ない気がしてくる。四人子どもがいる家族も少なくない。よいことだと思う。僕の高校の同級生が二人、親として来ている。なんか不思議なものである。

横井小楠《しょうなん》の生家の真裏にあり、夏目漱石の旧居の真横

にあり、宮部鼎蔵《ていぞう》の生家の真横にあり、目の前に零亭がある幼稚園ってなかなかないよなあと思いながら、年中になり、成長の軌跡を残しながら走り回る娘を見て、その人間の三〇年後、俺の年齢になったアオへ向けて、言葉を送る自分がいる。そうやって伝達が行われる。シモーヌ・ヴェイユが、「集団」とは死者からの霊的な伝達を可能にする装置であると言っているが、その言葉がじーんと僕を包む。

幼稚園の両親参加なんて面倒くさいと思っていた僕が恥ずかしい。そういった一見なんでもないような、さらりと通り過ぎていってしまっても問題のなさそうな事柄に、ちゃんと気負わずにつきあっているフーを見て、本当にこの人は何か意味を知っているのではないか、僕は本当にただの掌《てのひら》の孫悟空なのかもしれんなと身を引き締める。

アオは、僕が踊りすぎると、やめなさいと止めた。そうだ、ついつい調子に乗って、また楽しくなりすぎて、やりすぎる僕をアオはフーの代わりに止めているのか。いや、この男が停止してしまうと遊べなくなるのが、つまり自転車に乗れなくなるのを恐れているのだろうか。そんなことを思わせてしまって親として成立しているのだろうかと悩む僕に対して、フーは「何かを教えようとかしなくていいんだよ」と小さい子に伝えるように僕に言葉を放つ。

幼稚園のママ友であるまいちゃんと、フーの親友で新しく幼稚園に入ってきたママあやちゃんと、僕とその子どもたちで、近くにある最高に旨いうどん屋の「のざき」で昼食。僕はかけうどんぬくぬく大盛りで、肉と鶏天と海老天をトッピング。その様子を、むかし買って最近使い出したペンタックスで撮る。

★

今日は原稿が乗った。これでようやく波をつかめたかもしれない。第八章までできた。原稿を書き終え、マネージャー兼担当編集になっちゃった梅山に送信する。

この本は僕と母と父との物語である。僕が今まであんまり書きたくないと思ってきたことしか書いていない。だから、いつも壁にぶつかる。で、ぶつかっていることに安心したりしている。

前に進めているほうが僕は不安になる。駄目でいないとすまないのだ。自分のことを認識しすぎたり、認めたり、力を信じてしまうと突然奈落の底に落ちて、閻魔《えんま》大王が出てくるのだ。

「知らない自分と出会え」

それしか言ってこない。怖くて、冷や汗しか出ないけど、それでしか人生はないのだから、諦めて、そのとおり生きる。

4月21日(日)

朝起きると、寝ている僕の上にアオが乗っかっており、自転車に乗ろうよと誘ってる。しかし、アオちゃんよ、今はまだ午前六時であるし、そして日曜日だよ。幼稚園に行かなくていいんだよ。自転車に乗りたい気持ちもわかるけど、躁状態で少し眠れずサイレースを半錠飲んで、どうにか夜を過ごしている僕は、うとうとしながらそう思っている。すまんね。夜はぐっすり化学的に寝てしまっているので、深夜に夜泣きして授乳や排泄状況を伝えてくる弦の歌声すら聞こえてこない。しかし、そうしないと大変なんだ。鬱状態はむしろ薬はいらないんだ。執筆が終わったら、おそらく薬も飲まずにゆっくりできるだろう。

ということで寝ようとするが、起こすので、けっきょく起きて、アオとギターを静かに弾きながら、弦に歌った。弦は音楽を聴きながら、泣いているのを突然やめた。アオは能書家にでもなりそうなほど文字や絵に長けているのだが、弦はもしかしたら音楽師になったりして。

まあ、なんでもいい。好きに生きるがいい。人に迷惑かけなければなんでもいいよ。一人で勝手に好きなことして生きればいいのだ。僕は人に迷惑かけてばかりいるから、そう思うのかな。

★

アオを自転車の後ろに乗せて熊本城の堀端を走る。水飲み場でひげ剃りをしているおやじがいる。アオに「外でひげ剃りをしているおっちゃんを見かけたら、その人はたいてい面白い人だから、俺は話しかけるんだ」と伝え、おっちゃんに話しかける。

アルミ缶の値段の違いを知って、別府から熊本に訪ねてきたという。熊本は一キロ一〇〇円まで上がってきたのだが、別府は五〇円だという。また情報を獲得した。千円札を渡した。金しか渡せずにすみませんとギャグを言ったら、「お前さん面白いねえ、感謝」と言われ受け取ってくた。金ってなんだろうね。

アオは僕に「またパパは友達ができたんだね。うまいね。つくるの」と言っている。おっちゃんはプロゴルファーになろうとしていたらしい。金がかかりすぎて断念したが、技術は半端ないよと言うので、この堀端でゴルフ教室を勝手に始めればいいじゃんと言った。今度は金じゃなく、最高品質の一番ウッドを持っていこうと思った。熊本で二人目の路上の友人である。

アオは朝から自転車に乗り、ご機嫌。朝の熊本城の市役所沿いと市民会館沿いは本当は自転車が入っていけない。でも朝一だからいいだろうと僕は勝手にルールをつくって、自転車で疾走した。

みどりのかぜにさそわれて、ひらひらはためくふきながし、とアオが童謡「こいのぼり」の二番を歌っている。本当に受信能力があるな、この子は。僕を鼓舞しようとしているようにも思える。

持ってきたラジオでNHK-FMを聴く。壮大なクラシックが爆音で前カゴから聴こえてくる。二人で静かにその音楽を聴きながら、朝の家に戻ってくる。なんだか探検から帰ってきた集落の親子のような感覚になる。

4月22日（月）

きのうの夜はコッポラの『ゴッドファーザー』を見た。いちばん近所のビデオ屋で、カードを紛失しているのに、名前を伝えたら借りれた。

「何も間違いない。ただ進め」とコッポラが僕に言っている。僕は一度、コッポラと対談している夢を見たことがあるのだが、その日は近づいているのかもしれない。夢で見た情景だけが現実化する。僕はずっとそう思ってきた。そうやって一〇〇点をとってきた小学校時代である。

★

PAVAO《パバオ》は僕の秘密基地だと勝手に思い込んで多用している食堂なのだが、その横にできる次の店の名前を僕は勝手に考えている。ゴッドファーザーのヴィトー・コルレオーネのごとく名付け親になろうとしているのか。

PAVAO はポルトガル語で孔雀《くじゃく》を意味する。孔雀といえば孔雀明王なので、高野山金剛峯寺の孔雀明王、この快慶作の最高の芸術作品を僕はぼんやりと眺めている。いったい僕は何をしているのだろうかと一瞬思うが、今は目の前の世界はすべて化石であることに設定しているソフトウェアを使って頭を動かしているので、気にせず孔雀明王の真言を調べる。真言は「おん・まゆら・きらんでぃ・そわか」であった。そして真言とは別に、陀羅尼《だらに》という言葉の羅列があることに気づく。それはこうである。

「のうもぼたや・のうもたらまや・のうもそうぎゃ・たにやた・ごごごごご・のうがれいれい・だばれいれい・ごやごや・びじややびじやや・とそとそ・ろーろ・ひいらめら・ちりめら・いりみたり・ちりみたり・いずちりみたり・だめ・そだめ・とそてい・くらべいら・さばら・びばら・いちり・びちりりちり・びちり・のうもそとはぼたなん・そくりきし・くどきやうか・のうもらかたん・ごらだら・ばらしやとにば・さんまんていのう・なしやそにしやそ・のうまくはたなん・

そわか」

というよりも陀羅尼とは何か。陀羅尼はサンスクリットのダーラニーから来ていて、その意味は「記憶して忘れない」というものだった。

これは坂口恭平の人生のモットーでもあり、涙が少し垂れそうになるが、ウィキペディアを眺めたくらいで涙が湧き出てくるのは躁状態の証である。そうするとフーが心配し、それを心配した僕が病院へ行くことになったりして、面倒くさいこと、つまり目の前の化石である「現実」と呼ばれている世界とつきあわなくてはいけなくなるので、落ち着いて梅山に電話をし、その件を説明し、愚鈍になれという命令を受ける。

そうだ。僕は鮮明すぎる。解像度が高くなりすぎている。それこそ、陀羅尼のような呪文を唱えたい。そんなわけで寿限無《じゅげむ》を唱えていたのかと納得しそうになるも、また寿限無が何の陀羅尼なのか気になるが、そこらへんで止めておいて、とりあえず僕はホテルキャッスルへ歩いていく。

ホテルキャッスルで久々の執筆。僕は今、熊本にいくつかの書斎を持っている。零亭、坂口家の洋服部屋、全日空ホテルニュースカイのラウンジ「フェリーチェ」の15番テーブル、ホテルキャッスル「九曜杏」の31番テーブル。そして、新しく早川倉庫の屋根裏部屋。この五つの書斎はもちろん、どれも僕の所有物ではない。借り暮らしのキョウヘイなのだ。

ヤッターマンのごとく、毎日、僕は場所を変える。執筆ホームグラウンドである零亭にはほとんどいない。執筆しているときだけは人に見られたくないのだ。同じ場所にいたくない。いつも消えたいのだ。だから、人知れず、ふらふら散歩し、僕はどこかへ。とにかく煙草が吸えて、Wi-Fiが通っているところであれば、どこでもい い。そこで書く。今日は九曜杏で書く。

『幻年時代』は第九章（二）まで来た。本当にとんでもない作品をつくっているのではないかという地鳴りが聴こえてくる。精神分裂が日常的に刻々と起こっているのだ、と精神科医なら言うだろうか。鬱になると自殺したくなるわけだから、そんな状態なのだろう。

しかし今日はチューニングが合っている。落ち着いて原稿を書いている。七万六〇〇〇字を越えてきた。既に書いた一〇万字を梅山に六万字に削り取られ、鬱になり、死にたくなり、そこから一万六〇〇〇字、つまり四〇枚ほど追筆している。

すごく心地よい風が内奥に吹き、一瞬だけ幸福になる。いや、その一瞬が続いているような錯覚に陥っている。

★

午後一時半にアオを迎えにいく。人の家の庭先の金柑がいくつか落ちている。あやちゃんの息子が拾っていて、僕も一つもらった。

あやちゃんの息子ブンは、アオと同じ幼稚園に今年から通い出している。でも寂しがりやのその子は、ママのあやちゃんがいないと幼稚園に入れないので、あやちゃんは毎日、幼稚園に通っていた。ある日、僕が迎えにいくとブンに出会った。幼稚園のグリーンピースの実を取ろうとしている。そのグリーンピースはまだ大人になっていない。だから「まだ取っちゃ駄目」と言うと泣き出したので、零亭のツリーハウスへ連れていくことにした。途中、よその家の金柑がなっていたので、それを今回だけ「お天道様ごめんなさい」と取って彼に渡したら、笑顔になった。

それを覚えていたのか、今日はたくさん金柑を持って、先日貸した傘を返しにきてくれた。「おい、取っちゃ駄目って言ったじゃん」と言うと「落ちてるやつだよ」と言う。お前はいいやつだよ。そうそう、人の家に生えている果物はどうやら取っちゃいけないって法律で決められているらしいけど、路上に落ちたら取っていいんだ。それでいいぞ、と僕は誇らしくなった。俺の息子かと勘違いした。

彼はあの金柑の日以来、一人で幼稚園に通うことができるようになった。零亭のツリーハウスに一人で上れる人間は、弱い寂しがりやの人間ではない。弱くても諦めない人間なのだ。

★

今日は原稿が進んだので落ち着いている僕は、アオを自転車に乗せて再び白川河川敷へ。河川敷は最近、整備が進んでいるので全部コンクリートの道なのだが、僕はその道が嫌いだ。アオはガタガタ道が嫌いだから、コンクリートの道のほうがいいと言う。

鬱記

2012年10月6日

今日はフーのおかげでアオの幼稚園の予行練習に行くことができた。それでいいのだ。そうやって協力してくれる人が必要ならば、それでいいのだ。で、少しずつ、そういう人がいなくてもできるようになっていけばいいのだ。

不安を感じても、逃げるのではなく、もうどうなってもいい。そういうリスクを負ったとしても、僕はやめない。駄目になったとしても、自分はやめない。そして、べつに自分のことをそんなに悪く言わない。どこが駄目だったかではなく、どこがよかったかを自分でちゃんと理解する。

悩むとぐるぐる考えてしまう。答えを出すことを恐れている。僕に必要なのは、いかに生きるかという決断だけである。後はそのまま進めていく。それでまた問題があれば少しだけ修正して、また決断し、進めていく。

♥

毎日まわりに振り回され続けると、自信喪失してしまう。原点に立ち返る。そして、自分の生き様を決める。

ぶれないってことは人の心も動かす。誰よりも好かれるし、周囲も認めてくれる。多少摩擦はあってもいいじゃないか。かっこつけようとして、ぶれまくる人とは根本から違う。

自分のやり方はあんまりよくないのはわかっている。効率が悪い生き方なのである。でも、なかなか変えられない。だから、それを変えていく。

暗示、自己暗示を徹底的に自分にかけること。何も考えないで、自然体でいて、それでいて楽な生き方をして、しっかりとコアでは信念を有して、自分がいちばんいい思いができる生き方にシフトチェンジする。

❤

僕は自己を肯定される機会が少なかったのだ。メンタルタフネスがスカスカなのだ。全身全霊の愛情欲求を潜在意識で持っているのに、演技と知恵で切り抜けようとするからますますうまくいかない。

自らのプライドを壊し、すべてをさらけ出して、欲求を満たそうとするほうがはるかに効率がいい。無駄な知恵を使わないで生きている子どものような満たし方をしたい。でもプライドが邪魔をする。

❤

人に合わせて、怪我をしないようにうまく持っていこうとするとき、いい感情が出せなくなる。自分を押し殺してしまう。

いい感情が発露したときに、親や他人から押さえ込まれた経験もあるかもしれない。すばらしい感情の発露を、押さえつけられたかもしれない。感情を出すこと自体が恥だと思い込まされたかもしれない。

楽しくないから憂鬱になる。

落ち込む。

暗くなる。

そこで感情が死ぬ。

❤

そこまでいったら、いっそのこと開き直って、切り込んでいったほうがいい。攻撃は最大の防御だ。主体的に対処するほうが絶対に健康的だ。

かといって、頭に血を上らせて突っかかっていくという意味じゃない。ハードルは実は高くない。今、想像しているよりも。

なんでも複雑に考えすぎると、心が追っつかない。

単純明快に挨拶だけで十分だ。

先手必勝。挨拶をしよう。

でも、ガタガタ道という遊戯をこの前、パパの太ももの上でやったじゃないか。そして、アオ、お前笑ってたよ。たぶんアオはガタガタ道好きだよと誘って、僕がむかし育った十禅寺のほうの河川敷へ行く。そこはまだ舗装されていない。つまり、熊本市的にはあんまり重要視されていない。だから草花がちゃんと育っていて、砂利道になっている。

日が照ってきてアオが暑いと言うので木陰を探すと、小ぶりの楠が見えたので、そこへ向かう。すると先客がいた。僕とアオは顔を見合わせたが、黒いジャージを着た男はびっくりもせず、こちらで座んなよと手招きをしてくれた。

彼は三九歳の木村雄一という男であった。造園、大工、農業を三〇年近くやっていると言っている。ということは九歳からじゃないか。この男は嘘を言っているのだろうか。しかし、こんないい場所を知っている男は嘘なんかつかないのである。名刺などない僕の人生は、こうやって里見八犬伝的に始まる。

三六歳で隠遁した本草学《ほんぞうがく》の創始、陶弘景《とうこうけい》のことを調べていたので、一瞬この男がそうなのかと思ってしまった。陶弘景は四五六年生まれの中国の医学者、科学者、占師、暦算、経学、地理学、博物学、文芸、書、フィールドワークの達人、つまり天才なのだ。今の漢方薬の始祖みたいな人である。この人が今、気になっている。中国に行きたい僕がいるが、どうにかとどまって、白川沿いで僕とアオと木村雄一の三人で楠の下で、日を避けている。

彼は僕にソーラーパネルのつくり方を教えてくれた。アルミ缶を広げて板状にして、いくつか並べてパネルをつくる。その下にビニール袋を敷いて、その中に水を入れればいいのだと言う。電気とかそういう問題じゃな

だ。彼は電気を使っている人間が信じられないそうだ。

造園さえしていれば、九月から一月までのあいだで一年食べていける金は手に入る。あとは白川の橋の下で寝てればいい。俺は木を見てれば暇をつぶせるし、それがいちばん幸福だから満足だと言った。コンクリートが嫌いな僕との共通点を持っている。

ふと、この男であれば、僕が伊豆につくろうとしている0円生活圏「零山」の農業・造園部分を任せられるかもしれないと思えてきた。首長としての坂口恭平は伊豆にずっと暮らすことはできないが、この男なら一生幸福に暮らすことができる。金もかからない男である。

「ね、雄ちゃん」

「なんね」

「伊豆に行かんね?」

「その零山にか?」

「そうたい。そこで木をずっと見ておける人間が必要なんよ。野菜も育てれて、モバイルハウスっちゅう可動式の小屋もつくれるような男が」

「ほー、面白じゃないね」

「やるね。五月か六月に伊豆にみんなで行くんだけど、雄ちゃんも行くね?」

「いいね。金はいらんよ。木があればいい」

「うん、最高級の道具だけは俺が責任もって買うから」

「それなら話は早い。乗ったよ、その夢」

するとアオが言った。

「雄ちゃん、家がないなら、この木の上につくればいいじゃん。パパは木の上に家を持ってるよ」

洒落たことを言うやつだ。いい子だね、と木村雄一が言う。

「どうせ、携帯は持ってないんでしょ?」

「うん、いらんもん。金もいらん」

「どうやったらまた会える?」

「俺はずっとこの橋の下でぼうっと木を見てるけん、いつでも気が向いたときに来な」

「何が好きと? 食べるものとか」

「だけん、言いよるだろが、なんもいらん、て。木があればいい」

「今度、筏《いかだ》を一緒につくって、この白川から有明海に出るまでの旅しようよ、雄ちゃん」

「いいね。俺は木の上に家をつくったこともあるし、筏で海まで行ったこともあるよ。車もマンションも興味ないけど、そういうのは好きだし、そういうことばっかりやってきたけん」

そう言って、僕は彼と別れた。里見八犬伝のような、坂口恭平による何かを求めて旅する冒険がもうすでに始まっていることを僕は知覚している。自転車に乗り、アオも登場人物としてしっかりとやる気になっているようにさえ見える。

★

家にアオを置き、歩いて早川倉庫へ。原稿の続き。するとまた一本の電話がかかってくる。僕が一九歳のときにバイクで旅をしたときのこと。広島県で台風に追いつかれ、避難する必要があったときに助けてくれた尾道の大将、山根浩揮であった。もう一六年のつきあいになる。

「恭平、ちょいと相談があるんよ」

「なんね。大将の言うことは聞かんといかん」

「屋台村みたいなものを熊本につくろうという話があって、協力してもらいたいんよ」

「大将……、俺の日記読んでるの？」

「いや、読んどらんよ。どうした？」

「えっ……、先日、白川沿いにむかし屋台がずらっと並んどって、それを戻してくれって、野良猫を育ててくれている優しいおやじに言われたところだったんよ」

「そりゃ、やばいな。恭平は最近、何しよるん」

「えっ、今、鼠の筆を探しとるよ」

「おもろいことやりよるなあ、筆かあ。そういうことじゃったら、一人、可能性がありそうな人がおるよ」

「どこに？」

「もちろん尾道よ」

「どんな人ね」

「雪舟って知っとるかい」

「雪舟の毘沙門天の絵が俺は好きなんよ。このあいだ毘沙門天を見ちゃったのもあるし、かつ雪舟といやあ、涙で鼠を描いたっていうあの逸話があるしね。俺は今、鼠に夢中なんよ。アオも鼠年だしね」

「ほー、いいね。その雪舟という人以来、五四〇年ぶりに中国の天童市から〝天童第一座〟という世界最高の書の位をもらった書家がおるんよ。その人やったら、話がわかるんとちゃうかな。俺の中学校の美術の先生をやりよった」

「その人の名は？」

「七類堂天谿《しちるいどうてんけい》っちゅう人」

「名前からして半端ないね」

「今度、尾道に来いや。紹介できると思うよ。だってお前があの一九歳のとき、尾道で一緒に雀荘で麻雀したスーがおるだろ？」

「おー、今理髪店やっとる」

「そうそう、その親戚なんよ」

「もう、なんかすごすぎて、漫画みたいになってきてるよ」

「もともと、俺もお前も漫画みたいな人生やんか」

「はあ……」

「あっ、そうそう、恭平、あとな、尾道はな、〝墨〟の町やからね」

「そうなんだ。じゃあ青墨は尾道で手に入れろってお告げってことやね。わかった。原稿書いたら尾道いくわ。原稿に戻ります」

「おー、じゃあ屋台の話もよろしくね」

「ばいばい」

　なんだか大変なことになってきている。「文房四宝」と呼ばれる「筆」「墨」「紙」「硯」がそろい始めている。「紙」は熊本唐人町通りの森本襖表具材料店、「墨」は尾道に、「筆」は尾道か輪島にあるかもしれない。硯とはまだ出会ってはいない。

　躁状態に入ると、集まってくるのが道具である。これらの道具たちがその時々の躁の景色を鮮やかにする。仏教の神様で言えばそれは「持物《じもつ》」と呼ばれている。毘沙門天の右手に乗っている持物は、一重の塔である「宝塔」。写真で見ると、ただのモバイルハウスにしか思えない。その瞬間、零山の建築のイメージが湧いて出てきた。

　僕は次は宝塔をつくるのだ。僕の頭の中にトロイの木馬のような巨大な木の車輪の上に乗った、木製の超巨大モバイル九龍城砦アパートの絵が突き刺さってきた。いつもこうやってイメージはダーツのように、弓矢のように、僕の頭に突き刺さってくる。どんどん次のイメージが湧いてくる。

健常者がこの状態に陥ったら、おそらくその人は発狂し、自殺するだろう。しかし僕は違う。首長になれと毘沙門天に命じられた、よくわからない、誇大妄想満載のキチガイおやじなのだ。だからこれが普通であると思えている。一日が一年に感じられてきている。

こんなに狂ってきているのに、原稿で使う文字はどんどんシンプルになっている。梅山の言う「愚鈍」の意味が少しわかってきた。僕は第九章をあと二〇行ほど残し、MacBook Airを閉じた。

帰りに料亭「魚よし」に寄る。サンワ工務店の山野さんがお店に来て話をしたらしく、「もしかしたら魚よしの改築をサンワ工務店にお願いするかもしれん」と大将が言っていた。一〇〇年以上の歴史を持つ魚よしの改築は、釘を使わない昔ながらの工法ができるサンワ工務店でやってほしいと、僕は大将と山野さんどちらにも言い続けていた。うれしくなって、山野さんに電話。屋台村の話もする。

人と人をつなげ、技術を伝承し、人々に一瞬かもしれないが幸福を提供する。それが僕の仕事だ。しかも政治ではなく芸術によって。その自覚が、僕を少し興奮させている。毎日が、怖くて、楽しい。一瞬の幸福はまだ続いている。しかし同時に死の恐怖もある。

4月23日（火）

今日は弦が産まれて、ちょうど一か月。お昼過ぎに、フーと弦は一か月健診に行くという。僕とアオは今日も自転車に乗り、幼稚園へ。緑の桜並木を自転車で走る。零亭へ戻り、ライブの練習をする。

弟子のタイガースとパーマが聴いている。パーマに早川倉庫のユウゾウからもらった鹿児島土産をあげる。坂口亭タイガースは、幼いころから眩暈《めまい》がするという。飛行機に一度乗ったことがあるらしいのだが、発狂しそうになった。それで困っている。

病院ではどこでも原因不明と言われる。原因不明などないのに。それはただ「わからない」ということなのだ。

原因不明なのではなく、ただバカだからわからないのだ。それが人間だ。それに気づけばいいのに科学的に考えてしまう。しかし熊本は違う。僕は現代の杉田玄白を知っている。その秘密の医学塾である「天真楼《てんしんろう》」を僕はタイガースに伝達した。そこに彼は週三回通っている。

一回二〇〇〇円くらいするらしい。行ったあとどうだったかと聞くと、「狂人のようだが西洋医学も東洋医学も等しく取り扱っており、なんにせよ先生の言葉が面白すぎるので通いたいです」と言う。金はあるのかと聞くと、「今は月に一度、一週間だけ大阪へ行き、阪神タイガース関連の仕事をして、それで零亭にいれば宿代は0円だし、食事もパーマくんとなんとかやっているからいけるかなと思ってます」と言う。足らなくなったら日雇いをせよ、と伝えた。二〇〇〇円の三回だから六〇〇〇円の、ありえないくらい面白すぎて涎が出るような日雇いを見つけ、週に一度それをせよと。そして、タイガースに仕事を与えた。

「お前の仕事は療養である。真剣に死ぬ気で療養してくれ」

彼が僕に手渡したのは、天真楼からもらった一枚の紙である。そこには、ぐにゃぐにゃのまるで僕の大好きな南方熊楠の南方マンダラのような不思議なぐちゃぐちゃな運動線が記されていた。これはなんだとタイガースに聞く。

「どうやら俺の重心の移動の軌跡らしいです。歩行検査というんですけど、ちゃんとバランスがとれている人は一点におさまるらしいんです。それが俺のは一秒ごとに重心がずれている。西洋医学は眩暈の原因を追うんですが、玄白先生はまずは体の使い方を教えたいと言ってます」

一秒ごとに重心が変化し、止まって作業することができずに、けっきょく零亭へとたどりついた坂口亭タイガースは、玄白にこう言われたそうだ。

「よくぞ、この場所にたどり着いたな」

僕は玄白の言葉のすべてを記録することをタイガースに命じた。録音したければちゃんと許可を取れと言ったが、「駄目だ、まずは体の使い方を教えるからその後だ」と言われたらしい。

録音はカセットテープでするのではない。人間も録音機能を持っている。僕はあらゆる電気的なものの使用を禁止し、耳で聞き取りノートに鉛筆で記録しろ、できるなら和紙がいいなと伝える。

こうして、テレビの構成作家をめざしていた男は、零亭に来て、眩暈を告白し、療養自体を仕事とし、その記録を書に残すことになった。タイガースも面白い旅を始めているようだ。

『歩く虎』とかでいいじゃないか書名は。歩くとは何かを玄白に教えてもらっているのだから、しっかりとそれを書け」

こうやって人は本を書き始めるのである。可能か不可能かは自分次第である。まあべつに本が書けなくても人生が終わりというわけではないが、すごい体験とともに書は始まる。だから今、お前はチャンスなんだと伝えた。

★

あんぱんを買って、幼稚園に迎えにいく。アオと自転車に乗って帰る。アオがぼそっと言う。

「パパ、アオちゃんね、ぜんぶおぼえてるよ。わすれてないよ」

「アオは本当に記憶力がいいよね。半端ないよ。俺よりすげーかも。どうやってんの？」

「あのね、わすれないためにはね、かんがえればいいとよ」

もうすっかりと熊本弁に変幻したアオの言葉が胸にぐさりと突き刺さる。そしてアオは一歳のときの記憶を語った。

「このまえね、ママが、むかしの、びでおみせてくれたよ。アオがたったとき。あのときね、ののちゃんがあそびにきてくれたから、それがうれしくて、たったんだよ。でも、ののちゃんがおすから、いやになったから、アオちゃんね、もうたつのやめたの」

アオは僕が撮った、自分が立ち上がったときのデジタル映像を見て、そのときの自分を思い出したというのだ。もともと人間はすべて記憶している。しかし一歳のアオは言葉を持たない。だから必死に伝えようとしても伝わらない。そのもがきが、彼女に「記憶する」という強い欲求を引き出す。それと同時に、彼女はののちゃんという姪っ子が訪ねてきてくれたことを喜び、はっきりと意志を持って、足を使って喜びを表現したというのだ。言葉にはならないが、足や記憶を使って、その感情を表現していたのである。

僕は驚愕し、ひれ伏した。この目の前の僕の娘はおそらく、娘だけではない。僕の先生である。認識のための、記憶とは何かを追い求める旅先案内人である。かつ、いつか帰っていく、その世界の同じ村の住人である。涙が出たが、これを見せたら、またあの鬱状態で苦しみ泣き叫ぶ獣の僕を思い起こさせてしまうので、そっと拭いた。

アオは本当に優しい心の持ち主である。そのためにも彼女の行動を一字一句ちゃんと記録する義務があると思った。僕は仕事よりも、むしろアオと遊ぶという「事」に「仕」える芸術家でいようと思った。この子は、この生物は、すべてを記憶している。そして、それはどの人の子どももそうなんだろうと思った。

★

家に帰り、僕は家を出て、早川倉庫へ。今の僕の頭の中は『幻年時代』だけである。しかし同時にその書は、僕にさまざまなイメージを想起させてくる。魔界のような空間である。そこを覗かなければどんどん原稿が進むはずなのに、僕はいつも扉を開けてしまう。

最後の七枚の原稿を書いている途中で、今は浜松にいる坂口恭平の弟子、藤野良樹から、池田浩士先生著の『仮設縁起絵巻』が献本されてきた。この男は、俺が欲しい本をいつも送ってきてくれる配本の天才である。卒論は「坂口恭平とドゥボール」である。つまり、キチガイのバカである。勘違いもいいところである。でも、世界で俺だけは、そこに何かの光を感じてしまう。だから藤野に言った。

「おい、藤野」

「はい」

「お返しに、今書き終わったばかりの一〇八一字だけ読んで聞かせる」

「はい」

『幻年時代』の一節を声に出して読んだ。電話口で藤野がハーハー言っている。

「なんか、心臓が痛くなってきました」

「これが、今の俺の風圧じゃ。だからお前も書け。書くのはつらいが、残るぞ」

「はい」

「お前の生活を書け。そして、卒論を送れ。俺は読まんが、俺のまわりの天才編集者の誰かにヤッターマンみたいに賽子《さいころ》を振って渡すから」

「はい」

「本送ってくれてありがと。書けよ。つまらん人生なら死んだほうがまし。食えなくなったら零亭に来い」

「今アマゾンのマーケットプレイスで、コードウェルの『幻影と現実』を零亭へ送りました。坂口さんの捉えようとしている世界への手助けにきっとなると思います」

「おいよ、いいね、その調子だよ」

俺のまわりにはもうすでに人間がいる。だから僕は周辺の人々と言葉の世界をつくればいいのだ。人と出会い、対話すればいいのだ。「会いたいんですけど」という電話はかかってくるが、もうすべて断ることにした。偶然に出会うことにしか興味がない。弟子を受け入れることもフーに禁止された。僕の概念を伝承できるなんて思ったことが間違っていた。そんなのはどうでもいい。俺はただ生きる。それをただ見せる。そして屋根裏に隠れて、一人で原稿と書と絵と音楽をつくり続ければいいのだ。

このキチガイはただの制作の世界に入る。ほとんどの人間が俺のいちばん嫌いな会社に入ってしまって、町には誰もいなくなってしまったと焦っていた小学生のころのように、町を歩き、人々と語り、歴史を教えてもらい、この無知なただの世界一勘のよい躁鬱病者はただひたすら、頭の中に渦巻くそのぐるぐるを、「あ・る・く」などという陀羅尼のような単純な言葉に置き換えて、いつか俺が死んでからかもしれない、いつか出会うことになるだろう、たった一人の読者に向けて、本を書く。

★

二〇一三年四月二三日。初稿は一月開始だから四か月が経とうとしている。そして今、原稿が終わった。謎がちゃんと解けた。とんでもない本が書けた。涙がぽろりと出た。アオとフーがいないから、泣けた。早川倉庫のおやっさんの前で男泣きした。おやっさんはビールを、息子で僕と同年のユウゾウはおいしい料理を持ってきてくれた。祝杯をあげた。俺の仕事はまず一つ完了した。

梅山に電話する。

「おめでとう。よくやったよ。超鮮明でありながら、よくその愚鈍さを保ったよ。今日はもう何もしなくていい」

「今度は何をすればいいんだ?」

「今度は黙読をするんだ」

「了解」

「本は一人で読むんだ。その一人目の読者の気持ちに立って、今度はちょいと優しく黙読をして、わかりにくいところは切っていけ。生け花みたいなイメージでいこう。最後の調整を行う」

「なるほど、お前、すげーな」

「というか、この本はとんでもないぞ、きっと。すごいとこまで届く。じゃないとここまで俺もつきあわないよ」

「おつかれ」

家に帰って、フーがつくってくれた冷麺を食べる。

リラックスして、家族と一瞬の穏やかな団欒。最近はもう東京に行くのを完全にやめたので、ずっと家族といられている。それがとてもうれしい。

★

そんなところに一本の電話がかかっていることに気づいた。かけ直してみる。

「はい、人吉《ひとよし》高校です」

熊本の人吉市にある高校だ。僕とはまったく関係がない。人吉はとても好きな場所だけど。

「着信があったのでかけ直しました。坂口恭平と申します」

「はい。ちょっと待っててください」

しばらく待つと、不思議な答えが返ってきた。

「あのー、すみません。誰も坂口恭平さんにはかけていないそうです」

一瞬沈黙が訪れ、しかし、そんなわけはない、僕の電話に着信があるのだから、誰かがかけたはずだ、いのちの電話もやっていたから、もしかしたら高校生がかけたかもしれない、探してくれとお願いしそうになったが、僕の番号を知っているのだから、もしも必要であればまたかけてくるだろうと思い、静かに電話を切った。

何かあっけにとられ、どこからが舞台なのか、俺が何の演技をしているのか。いや、そもそも俺はこの日記で何を書こうとしているのか。その前に、何かをつかみ取る必要なんか果たしてあるのか。というかお前はいったい何者だ。勝手に人吉高校に電話してきた訳のわからぬキチガイじゃないかと落ち着き始めた。

フーが不安そうな顔をしている。フーは僕に「恐ろしいけれど、落ち着いているようでもあり、作品が産まれているのだから止めるわけにもいかず、どうすればいいかわからずおろおろとしている私もたしかに存在している」と言った。二人で話し合う。

「俺が大津波になってきているときは、フーも不安になる前に梅山に電話しろって言ったじゃん、それやってみようよ。俺もツイッターやめたんだから……」

フーは固く口を閉ざしている。僕が大津波でも生き延びていることを知りながら、その力を使いすぎると地獄に落ちる自分の旦那を心配し、できることなら何もしないでゆっくりしてほしいと思っているのだろうか。よくわからんが、自分で抱え込むのはやめて「早めの梅山」でいってくれとお願いする。

梅山に負担もかかってきている。あいつも七本くらい連載を抱えている作家でもある。俺が電話で音読しながら原稿を書いているのをずっと聞いているのも負担かもしれない。というか、俺は迷惑な俺なのか、と河の畔でぽつんと静止した。

すると、一本の電話が鳴った。

「はい、坂口です」

「あの、人吉高校の者ですけど」

「はい。見つかりましたか！」

「私が電話しました」

「職員室では誰も電話しなかったと言ってたそうですけど」

「はい、進路室にいました。すみません」

「いや、全然いいです。どうしました？」

「高校生があんまりいい状態にないと思って。教師たちもよい状態にないです」

「でしょうね。背骨が溶けとるように俺には見えます」

「そこで、坂口さんに講演をしてもらいたいと」

「高校で講演をするのは初めてだし、それは高校生の一生の記憶に残るので、ぜひやらせていただきたい」

「ありがとうございます」

「報酬は0円でいいので、最高の宿と、飯と、温泉と、そして銘木屋を紹介してください」

「はい」

「先生は何を教えてるんですか?」

「英語です」

「高校の英語教師といえば、僕が通っていた熊本高校に新任の黒田先生という英語教師がいまして、その人の授業がむちゃくちゃ面白くて、ボブ・ディランの歌詞とか使うんです。でもある日、僕はその授業をさぼって、黒田先生に怒られるんです。しかも進路室でした。進路室に呼び出された僕は、なぜさぼったのかを説明しました。その日は僕が好きだった熊本県立美術館でのシャガール展の最終日で、彼女と一緒に観に行ったと。すると黒田先生は、Blur《ブラー》というバンドを知ってるかと聞いてきたんです。黒田先生もむかしバンドをやっていてレコードもつくったりしていたそうで、Blurのベーシストであるアレックス・ジェームスはむちゃくちゃ天才でオックスフォード大学に行けるほどの学力を持っていたことを語り出し、お前も芸術もいいがちゃんと学問もせないかんよと叱られました。でも、その叱り方がかっこよすぎて、まじで学問するため早稲田大学理工学部建築学科に行ったんです」

すると、電話の向こうの先生が止まっている。

「あの……坂口さん……」

「どうしました?」

「その黒田先生が今教えているのが、この人吉高校なんです」

「えええええええええ!」

僕は黒田先生と会うべきなんだろう。一七、八歳ごろ、生徒の中にもいなかった唯一の理解者であった黒田先生に僕は五月二〇日に会うことになった。高校で講演するのではなく、恩師に会いに行く。そうなってしまった。面白い。人吉は「木」のまちだ。僕は自分の庵《いおり》を早川倉庫の屋根裏部屋に結ぶことを考えているので、ケヤキの一枚板を今探している。

★

毘沙門天、その人間の形をしたものが弘法大師、すなわち空海である。空はサンスクリットで数字の0、つまり空海は零の海なのである。ならば今年の一月一三日に鬱状態の最中、もう死のうと思って東京・南青山にあるビジネスホテルの浴室で首を括ろうとぼんやりとしていたときに、毘沙門天の図像の幻覚と出会ってしまった僕は何者か。

僕は夢想する。零の家、つまりそうなると、空家になる。それ空き家じゃん、面白いなあと思った。でも、僕は家じゃなく巣の人でもある。そうなると空巣、つまり「あきす」になる。文字面は面白い。空を「あき」ではなく「から」とすると、空巣と書いて「からす」と読む。おっ、ワタリガラスが出てきた。ワタリガラスはトリックスターの象徴だ。最初の男。何も求めず、ただ押さえつけられない衝動のままに振る舞う存在。何かを求めてどこか遠くへ行ったまま空のまんまの躁鬱野郎の巣。

次にカラスの漢字を探す。カラスの漢字は四つあった。「烏」と「鴉」と「雅」と「鵶」である。フーは鵶が好きだと言った。僕もそれかなと思った。するとアオが言った。

「パパ、『雪』にするって言ったじゃん」

アオは僕に、引越しをしたらその庵を「雪」という名前にしたいと言っていたのだ。僕がああでもないこうでもないと名付けていたから、引越しをするのだと勘違いしているようだ。

なるほど。鵶に雪。黒に白か。ユキガラス。雪鵶。「雪」「鵶」「空巣」。面白い言葉が並び始めている。巣の音読みを調べていると、音読みには「呉音」と「漢音」があって、呉音というのは遣隋使以前にすでに日本に定着していた漢字音のことだ。それで巣を読むと、「ジョウ」となるのだそうだ。空は「ク」と読む。つまり、空巣は「カラス」であり「クジョウ」とも読める。クジョウにも無数の意味がある。

……なんだか、えらいことになってきた。ということで、僕はこんな魔界には入らずにアオと遊ぶことにしよう。

アオと遊ぶは「ばばばあちゃん歌留多」である。僕たちは、歌留多を次のようにして遊ぶことを見つけた。絵柄を全部裏返して一枚めくる。たとえば「い」。それで止めるかどうかを決める。もう一つめくと決めたら、またためくる。「す」と出たらそれを「椅子」とする、みたいな。言葉を偶然によってつくるというこの遊び——坂口恭平が開発した「ことはつくり」——をアオとしている。

今日のアオは冴えていた。五十音によってこんな言葉が編まれた。

ことはつくり　二〇一三年四月二三日

もさ　猛者
えき　駅
らせん　螺旋
て　手
りす　栗鼠
なめひお　舐め氷魚
む　夢
ゆ　湯
や　矢
の　野
るうれね　流憂ね
まふ　麻布
いそ　磯
しか　鹿
ろ　露
ほ　帆
とち　土地
はみへく　食み屁く
けこあよ　毛児会よ
わ　輪
ぬたつに　沼田津に

猛者が駅の螺旋に手を
栗鼠が舐め　氷魚が夢を
湯には矢が　野を流憂ね
麻布が磯に　鹿が露を

帆の土地は食み屁く
毛児会よ　輪は沼田津に

こんな詩ができる。「ことは」を集めろ。落ち葉集めのように僕とアオは入り込んでいる。この遊びが僕は好きだ。僕はこのように金のかからん、零から自分でつくった、訳のわからん、でも自由の風を感じる遊びのことを「零《ゼロ》遊《あそび》」と呼んでいる。

僕はおそらく狂っているのだろう。早く寝ればいいのだ。だから、もう寝る。サイレースを半錠、リーマス二〇〇ミリグラムを二錠、口の中にぶち込み、湧き水で飲む。俺は何をやっているのだろうか。視界の糸が解《ほぐ》れていく。

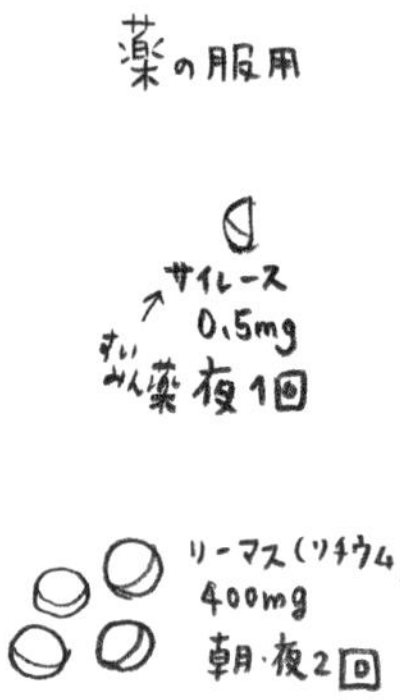

4月24日（水）

朝。雨が降っている。親父に電話してミニクーパーで迎えにきてもらい、僕も一緒にアオと幼稚園へ。車は風が吹かないから、車より自転車が好きだとアオは言う。サンワ工務店の山野社長に新政府総理なら公用車がいるだろうということで、無償で所有権ではなく使用権だけ頂いたベンツゲレンデも、秘密の車庫に停車したままになっている。僕もタクシーに乗ることがなくなった。自転車にはまっている親子である。でも、雨の日はやっぱり車がいいね。

アオと幼稚園に行くと、アオが所属しているたんぽぽ組の担任の先生から、声をかけられた。

「坂口さん！」

「おはようございます！　どうしました？」

「明日、零亭に行ってもいいですか？」

「先生がですか？」

「いや、たんぽぽ組三〇人で！」

面白すぎて、笑って答えた。

「いいですよ！　もちろん！」

すると、アオが少し誇らしげな顔で言う。

「ゼロには、おおきなきがほしいみたいな、木の上に家があります」

『大きなきがほしい』というのは、佐藤さとるさんと村上勉さんの絵本である。木の上に家があったらと少年が空想する楽しい絵本で、アオが好きだったのだ。その熱意を見て、昨年の四月、僕は零亭の庭に生えている杉の木にツリーハウスをつくることを大家に内緒で決めたのである。そのツリーハウスが帯になった『独立国家のつくりかた』が六万部も売れたのに、熊本日日新聞にも出たのに、大家さんは文句ひとつ言ってこない。とても優しい大家さんで、僕は心からうれしい。

だから、この場所はやっぱりずっと守っていきたいなと思う。築九〇年のこの六〇坪の家を、ずっと借りていたいなあと思っている。熊本市中央区のど真ん中で家賃三万円という破格の家。坪井川の夏目漱石の家の目の前、横井小楠の生家の目の前、宮部鼎蔵の生家の目の前、小泉八雲ゆかりの地に、零亭は位置している。そのちょいと先には熊本随一の国学者だった林櫻園先生がつくった家塾「原道館《げんどうかん》」があり、その目の前には宮本武蔵の旧居跡まである。とんでもないところなのだ、僕が仕事をしている場所は。

零亭には今は弟子たちが二人で暮らしている。そこに幼稚園児が三〇人遊びにくる。なんか素敵だなと思った。街に馴染んでいっているような気がする。たんぽぽ組の子たちも幼稚園の行事として来ることをうれしがっている様子で、僕も笑顔になった。みんな生きているなあと最近思う。するどく生きている。温かく。

★

零亭でギターの練習をする。そして、パーマとタイガースを連れて散歩する。僕がいつもお世話になっているところに挨拶まわりをしようかと思ったのだ。

鬱記

2012年10月24日

僕は悩んでいる。自分の性格、病気、人づきあいの下手さ、いろんなものへの興味のなさ、など。自分の仕事も中途半端で面白くないと思っている。

しかし不思議なことに、僕の状況は何ひとつ悪くなっていない。仕事も調子がよく、これまででいちばん人々に知られていっているし、自分のやろうとしていることも一つの方向性を持っている。人づきあいが下手だといっても、僕のまわりに酒を飲む友達がまったくいないわけではなく、彼らとはちゃんとしたつきあいができている。僕なりにだが、それもべつに問題はない。自分の適当さが問題だというが、仕事は何の問題もなく進んでいる。興味のなさというが、それでも僕はこれまでいくつもの新しい作品を生み出し、CDまでつくった。新しい曲までつくった。興味がないというのとは、少し違うような気がする。

つまり、これは病気になってしまったときにだけ感じる、不思議な気持ちなのではないか。僕は退屈しているかもしれないが、いやいや調子がよいときは馬鹿みたいに忙しくやっているし、むしろもうちょっと休んだほうがいいとフーからは言われている。

つまり、どういうことかというと、何ひとつ問題はないのである。すべてがうまくいっていると言っても過言ではないのである。

すべてがうまく進んでいるとフーは思っているらしい。なのに、僕はすべてが駄目だ、もう人生終わりだと嘆いている。これは少しおかしな状態である。もう少し考え直したほうがよいのは、この僕の誤解ではないだろうか。何ひとつ問題がないということを、もう少しよく考えてみたらどうだろうか。

もちろん、この僕の病気はとても大きな問題ではあるが、それでも、この病気を持ってしても、僕はうまく進んでいるはずなのだ。このままずっと自分の興味の赴くままに突き進めばいいのである。何も躊躇することはない。今までもこれからもすべてはうまくいくのだ。ちゃんと少しずつ努力しているのだから、うまくいくのは当たり前なのだ。僕はそれで今までやってきたわけだし、それでこれからもうまく進む。

❤

一七歳くらいに思い悩んだときから考えてみよう。

友達がいないと嘆いていたが、友達はゼロだったわけではない。はざまがいたし、ミトも齋藤もカナやんもいた。それで十分ではないか。また、勉強をするのが苦しくなったが、早稲田大学に行こうと決めたし、そのおかげで指定校推薦にまでありつけた。僕はいつも絶対に失敗しない。駄目そうになっても、ギリギリでいつもうまくいく。だから何も気にしないで楽しくやればいいのだ。悪くなることはない。気が向かなかったらやらなければいいのだ。それでオッケー。何事もいつもうまくいっている。

僕はよく後悔するが、何を後悔するというのか。早稲田大学に行った自分をなかったことにしたいと思うのか。いやそれは違う。つまり、後悔にはまったく意味がない。もちろん、健康的に自己批判をすることはよいことだ。それによって、僕は変化してきた。だからそれはこれからも続ければいい。でも後悔は意味がない。なぜなら、後悔するようなことは何ひとつないからである。僕にはこうすればよかったと思うような事例が一つもない。

❤

早稲田大学に行き、林さんと出会えたこともよい思い出だ。もちろんそのあいだ、僕はこれからどうすればいいのか、ずっと思案していたが、それは若いときには誰しもぶつかる壁だ。それで、すごくふさぎ込んだ時期もあったとは思うけれど、それでも僕は進んできた。学校での成績も悪くなく、自分がその後発表することになる作品などもつくれたし、これらも何も問題がない。

大学での生活はどうだったか。僕はサークルなど、そういう集まりが苦手だった。でも、べつにそういうのが苦手な人はいくらでもいる。かといって、僕は孤独ではなかった。それなりに多くの友人たちにめぐり会えたし、彼らとは、僕なりにではあるが、つきあった。一人になってしまって、とんでもないことになったこともない。僕はそれでよかったのだと思えた。自分がそうしたいからそうしたのだ。それでよかったはずだ。

最後も「東京ハウス」という卒業論文をつくり、それで高い評価を得た。自分はこれからどうするべきか本当に迷っていたが、それでも自分なりの生き方を見つけたいという思いは強く、就職活動はしなかった。それで後悔していることもない。何ひとつない。自分はそうしたいと思ってやってきたのだ。もちろん、悩んではいたけど。悩みは尽きない。それでいい。でも、重要なことは僕はこの道を進むと思ってやってきたのだ。

音楽や絵画など、いろんなことに興味を持ってきた。なかなか自分の体には浸透しない。それは鑑賞するというよりも、この人たちには負けたくないという思いで見ていたので、楽しみというのとはまた違っていたが、そうなるのは必然であったと思う。そうしたいからしたのだ。

❤

では、よく後悔するが、いったい僕は何を後悔しているのだろうか。後悔とは、僕はこういう生き方をしないほうがよかったのかもしれないというものか。それともまた違う。後悔というよりも、自分の方法が駄目だと思っているのかもしれない。人とのつきあい方、物の見方、それらがとても歪《いびつ》に感じられるときがある。もっと素直にいれたらなあ、と思うことがたくさんある。食事をつくれるようになれたらなあとか、洗濯などをちゃんとできるようになれたらなあとかである。しかし、それらも一人暮らしをしているあいだも、いちおうは、ちゃんとやっていた。だから、今があるのである。

だから、僕はできないわけではない。もちろんそれをこなすのはかなりの力が必要であったりするが、それでもべつに、それで人生が無茶苦茶になるということもない。だから、何も問題はないのだ。今は、フーがそのへんをサポートしてくれている。だから、それでいいのだ。

❤

大学卒業後、これからどうすればいいのかと途方に暮れてはいたが、石山修武さんが電話をかけてきてくれた。こういうことがなぜか僕の人生では起きる。いつも、次に進むようなことが起こってくるのだ。

だから、あんまり不安がらずに、楽しく待っていればいいのではないか。そんなに僕の人生は悪いことが起きない。調子が悪いときの僕は何でも怖がってしまうが、もちろんそれはそれで仕方のないことではあるが、それよりも、いつか起きてくるまた新しい不思議な出会いのことを楽しく待っていればいいのである。

僕の人生は何ひとつ問題がない。それは調子がよいときに原稿に書くように、いつも何か面白いことが起きてくるのである。だから、重要なことは次なる面白いことが起きたときに、ちゃんとそれを楽しもうと思うこと。自分に飛び込んでくるものすべてを恐れないように。もちろん、自分で必要ではないと思ったら、ちゃんと断ることも大事である。

こうして、石山研究室に入った。お金はなかった。それでも本当にやばい状況には一度もならなかった。やりたくない仕事をしなくてはいけなかった。でも、そこで問題になって、クビになるということもなかった。何も悪いことはなかったのである。これは驚くべきことだが、なぜかいつも助けてくれる、誰かが。

石山研究室での仕事は僕がやれそうなことはあまりなかったが、それでも一つ二つあった。世田谷村新聞の発行、カンボジアツアーの企画、0円ハウスの図面、そして、世田谷村のドアの設計、などである。このときも、まわりのみんなとなかなかうまくやれないと思うときはあった。平山さんとはうまくいったが、それ以外はとても居心地が悪かった。石山さんとの相性もそんなによくない。でも、それでも自分のやるべきことはやった。そして、自分はここにいるべきではないと判断し、やめることにした。そのころ、フーと出会った。

このまま、僕はどうなるのだろうと悩んでいた。お金もなかった。だから築地へ行った。朝働いて、夜は自分の仕事にとりかかりたいと思っていたからだ。築地でもクビになることはなかった。まわりの人たちからもすごく気に入られた。でも、僕はここにいるべきではないとずっと思っていたので、それで悩むときが何度もあった。調子がよいときはいいけれど、調子が悪くなると失敗もした。でもそれでもやり抜いた。

いったい、人生というものはなぜこのように不思議なものなのだろう。何ひとつ悪いことが起きないのだ、本当に。どんなに困っていても、誰かが何かを依頼してくることで、次が始まる。調子が悪いときは本当にきついが、それでもベルリンでもそうだが、最高の仕事をやり終えた。

だから、今もそのように悲観的に捉えないことだ。だいたい、面白いように事は動く。むしろ駄目になったとしても、また次が襲ってくる。だから大事なのは、落ち込まないということだ。過去を悔やみ、将来を悲観しないということだ。だいたいうまくいく。それくらいに思っていてもいいと思う。

もちろん、この僕の悲観的な思考が仕事を途切れずにつくるきっかけになっているとも言えるが。積極的な批判であればいいと思う。でも、あとはやはり楽観的に事を進めていいと思う。それくらい、僕の人生では常に面白いことがどんどん起こっている。僕は笑えばいいのだ。

でも、調子が悪いときにはそんな思考はできないのかもしれない。

弟子を紹介しようと、近藤文具店に行く。ここも明治からやっているところである。ここは筆が強い。そろっている。人髪の筆を見せてもらう。子どもができたらずっと切らずに伸ばしておいて、それで先のほうを切って、筆をつくってもらうそうだ。アオの筆をつくりたいと思ったが、一度鋏を入れているのは駄目なんだと。がーん。知らなかった。弦のときは髪を切らないで、筆をつくってもらおうと思った。

ここの方は僕の新聞連載を楽しみにしていてくれた。本当に新聞連載は僕にとって重要だった。熊本の人々への挨拶になったのだ。町を歩きやすくなった。僕は人間を、その思い出を、記憶を採集している「記憶採集者」である。そのためにはみなさんに顔を覚えてもらわないといけない。旦那業を訓練していると思って、僕は毎日ひたすら町を歩いている。最近は自転車にも乗っている。これで鬼に金棒である。

僕は本当に人々に守られて生きている。僕はどの団体にも、文壇にも、建築界にも所属していないが、人々にとっては無名の、僕にとっては名を知っている、つまり町に生き生きと生きる名を持つ特定の無数の人々による助力で、僕は成立している。

つまり、坂口恭平という概念は一人ではないのである。坂口恭平はそれらの人の集まり、重なり、つながり、編み込みによって構成されている。そこに気づけたのだ、僕は。そして、自分はそのつながりの星座を示すための、虹をつくる幻術師かもしれんと思った。

源氏物語の中で紫式部は「まぼろし」という言葉を使っており、そこでは「まぼろし」＝「まぼろ・し」つまり、「まぼろ（幻）を表出させる師」という職業の人と捉えている。面白いなあと思った。土佐日記とか蜻蛉日記とかも読んでみようかなと思った。

★

アオがまた「ことはつくり」やろうと言ってくる。もちろん、やった。今日はこんな感じだった。

ことはつくり　二節　二〇一三年四月二四日

らせえ
ちにみ
うのは

すけりや
かよくへ
ふそねお
これゆも
いし
まぬろ
めんと
たる
ほむわ
きひあさ
なつ
て

これに僕はこう漢字を当ててみた。

らっせえ　地に見えた卯の葉が
巣蹴りや　寡欲な扶蘇根緒を
是湯も石に真塗ろ　面と樽に
穂の無い輪の基肥は麻
夏の手

勝手に解説するとこうだ。

ある男がいる。褌《ふんどし》一丁の男である。この男は狂っている。俺のようにキチガイである。ある日、家族がちゃぶ台で夕食を食べている。夏の午後七時ごろ、まだ完全には日は沈み切っていない。空にはまだ赤みも少しある。狂った男は、着物を脱いで褌一丁で外に出て行く。ちゃぶ台の嫁は諦めている。この狂人はもう仕方がないのだ。彼はどでかい石を彫り続けている。技術もないのに石工だと言い張って、家族は霞《かすみ》を食って生きている不幸な風景。

「らっせえ！　らっせえ！」

男は庭の巨大な石に向かっている。庭には大きな楠があり、何かの鳥がつくった巣が落ちてしまっている。そこに卯の葉っぱが、まるで巣を蹴ってでもいるようにくっついている。手に持つ三味線を調律する男。まったく装飾のない寡欲な三味線の根緒《ねお》には、始皇帝の長男である扶蘇《ふそ》の顔が金で描かれている。

男は自分で彫った石の大きな穴に、沸かしたやかんのお湯を垂らしている。しかし穴も大きいので、いっぱいにならない。それでも男はそこを野外の五右衛門風呂みたいな勢いでお湯の薄い風呂として入り、三味線を弾いている。お湯をすくい、石を塗るように濡らしている。桶の面だけでなく、石という樽全体に。

穂を全部落として茎だけでつくった輪っかを肥料にしてつくり上げた大麻を、男はていねいに吸っている。そして、三味線を弾きながら、歌っている。奥のちゃぶ台には妻と娘と息子が下を向いて食事をしている。沈黙のなか、がなり立てるように三味線が鳴る。そんな夏の夕暮れ、激しく揺れる男の手にフォーカスしているカメラの映像が見える。

……というような物語になる。アオと一緒に考え出した「ことはつくり」。むちゃくちゃ面白い。一本、本が書けそうな勢いである。

★

僕は今、坂口恭平日記を書いている。これは僕の物語でありながら、人の、動物の、植物の、道具の、音楽の物語だと思って書いている。僕は僕の周辺の人々の交わり具合を図像化したいようだ。それは絵では不可能だが、文字では可能だと確信した。だから僕は書いている。ずっと書いている。そして、横のフーが泣いている。

「おい、どうした?」

フーは、ほとんど精神の揺れ動きがない人だ。そのフーが泣いている。産後は不安定になるとは聞いたが、そういうことなのだろうか。とりあえず背中をさすってみた。そして、お茶を淹れて、二人でゆっくり話をした。

お互いの誤解があったようだ。フーはとても素直だが、どこかちょっとだけ頑固なところがある。しかしその頑固さがあるからこそ、このほとんど精神分裂状態のまま生き続けてしまっている男、一年のうち三か月ほどは完全な亡霊となり布団の中で二四時間、口もきかず悶えている男と一緒にいられるのだろう。フー以外はみんな嫌だと思う。

僕は楽しいときには楽しい。だからそれが好きで集まってくる人もいる。それはわかる。そして、そういう人間は般若の面に僕がなったとき、必ず消えるから、そういう人は気にしなくていいのだ。僕が優しく温かい言葉を届けなくてはいけないのは、目の前のフーなのである。この女は違う。どこにも逃げずに、いつベランダから猛ダッシュで飛び降りるかわからぬこの精神錯乱男と、温かい家庭という城をどうにか築いてきた建築家だ。コンクリート基礎をつくってしまったら、もうとっくのむかしに倒れていただろう。だからフーは、地震で揺れ動いたとしても絶対に倒れない、モバイルハウスみたいな可動式の家庭空間をつくったのだ。

この男は素晴らしいときは半端ない動きをする。それは僕も認める。しかし問題は、その見えていない部分なのだ。その闇とフーは対峙している。楽しいときの僕はその闇とは対峙できていない。なぜなら完全に人格が分裂し、闇の記憶を失ってしまうからだ。そのどちらにも会っているのはフーのみなのである。だからときには、涙が出るのである。

でも、僕は今回は謝らなかった。おかげで、『幻年時代』という、とんでもない子どもができた。今までの作品がこのための修行であったと確信できる、つまり転生・坂口恭平の処女作と思える作品ができた。それはお前のおかげだし、本当にありがとう。そして、おつかれさま。まだ完成はしていないけど、あと黙読、音読を完了すれば脱稿できる。だから終わったら、どこかでゆっくりしよう。

★

妄想も存在するし、現実も存在する。現実というものは、妄想と呼ばれている想念、思考、空間、時間が合わさってできた複雑な生命体の先っちょから、少しだけ顔を「現」した「実」なのだ。実だけを見てはいけない。人間も根を持っている。シモーヌ・ヴェイユが集団の意味を『根をもつこと』に書いている。それを一行読み、泣くが、やはり今日も俺はサイレースを飲まなくてはいけない。そして、強制的な眠りの世界に入らなくてはいけない。それをフーと約束した。

フーは僕の探求を止めようとする侵入者ではないはずだ。おそらく心優しい僕の妻である。だから僕は安心して錠剤に手を出し、口に含む。紛れ込んだ、小さな銀紙の屑が歯に当たり、金属音が鳴った。眠っては駄目よ、今すぐ福岡に行くのよと、なぜか頭の中で聞いたことのない女性の声が聴こえる。しかしそれは不思議と、初体験ではないような気がした。何の声なのだ、それは。

フーは今、目の前で寝ている。ベランダだと中に煙が入るので、玄関ドアを出て煙草を一服だけする。暗闇が恐ろしい。吸い殻を灰皿にぶち込んで、扉を開け家の中に入ろうとしたとき、透明の男の手が入ってこようとした。俺は焦って、ドアを閉めようと試みる。しかし手は力を入れ、俺も入れろと聞こえない空の声を出した。

あー恐ろしい。俺は今、何と対峙しているのか。

そのとき、弦が泣いた。音を鳴らした。再び坂口家の温和な空気が戻ってきた。俺は安心して、今から電源を切って、深い人工的な眠りに入る。明日は午前一〇時に零亭にアオの仲間三〇人がやってくるのだから、早く寝よう。ようやく人が「現実」と呼び、僕もいちおう認識することのできる世界にピントが合った。

アオは寝ながら、体を掻いている。なぜ人間は痒くなるのかと疑問になった。なぜ、弦はゲップ、おくびをするのか。しゃっくりもよくする。そして母乳を吐く。何が違うのか。そして、その目的は？

僕は自分の体について何も知らないことを知り、恐ろしくなる。まず、考えなくてはいけないのは、俺の体とは何か？　である。眼球の中で水晶体に何が起きているのか。目の中には水晶体とつながる硝子体管というものがある。硝子、つまりガラスである。眼球の中の硝子はゼリー状らしい。ますますわからなくなる。ワタリガラスは本当に烏なのか。

4月25日（木）

朝からアオと自転車で幼稚園へ。アオと別れて、近藤文具店へ。ＬＩＦＥ社の二〇字×一〇行の原稿用紙一〇〇枚がそのまま束ねられているノートがあるのだが、それを七冊購入。さらに方眼のノートも。原稿用紙をタイガースとパーマに、そして方眼のほうをフーにあげた。それぞれ「執筆したら？」という気持ちで。

坂口亭タイガースには、幼いころから治らない眩暈を治すために通っている医学塾天真楼での歩行訓練の過程と玄白先生の言葉を記録して、『歩く虎』という本を書けと命じた。坂口亭パーマには、周辺のおじいちゃん、おばあちゃんの話を、肩でも揉ませてもらいながら聞き取って『肩たたき』という本を書けと命じた。その後に、日本一大きいハンセン病療養所である熊本の菊池恵《けい》楓《ふう》園に住む人々のことを、二人で記録してほしいと言った。そのことを合志市の元市会議員野田さんに電話で伝える。この八〇歳代の人物も傑人である。

フーには梅山が出したアイデア、「日記」を書くように促してみた。フーはきのう僕の前で涙を流して、少し楽になったようだ。生きる喜びを噛みしめて、寝ることもなく執筆に邁進する人間が、突然顔色を変えて「死にたい自信がない家族を持って不安だお金がない」とか言い出すのだから、フーが受け取っている天国と地獄の落差もやはり僕と同様大きいはずだ。だから、とにかく傷が深くなる前に、僕になんでも言えと伝えた。その様子は絶対に記録にとったほうがいい。僕の躁鬱の状態の記録にもなるし、梅山への連絡帳にもなる。手書きでいいから、やってみなよと伝えた。

フーは、僕が作品へ向かいすぎていくために、自分のことを必要としていないのではないかとも思っていたようだ。「そりゃないだろ、お前」とは思ったが、誤解されているところがあるので、それを説明した。それでも肌の触れ合いは減っていたのかもしれない。手をつなぐとか、抱きしめるとかそういった行為の重要性を再認識した。とにかく離れるときは手や体を触ろう、何か仕事が一段落ついたときには肩でもさすろうと思った。

アオと僕が、今二人で自転車に集中して、創作意欲も湧いている。そこで生じた孤独もあるように言っていて、そのことを説明している人間、フーがまた野生の鹿のように見えてきて愛おしくなった。僕は、フーが弦におっぱいをあげていて、僕まで近寄って、「弦かわいい、かわいい」と言っていたら、アオが寂しくなるのではないかと思い、とにかく今はアオとがっつり半端なく面白いことをすることに集中していたと伝えた。だからアオが帰ってきたら、フーも忙しくても抱きしめてあげて、そのあいだ僕は弦との楽しい時間を過ごす。そうやって、ちゃんと分担していこうと話し合う。

こういう時間が少なかったのかもしれない。僕はもう基本的には熊本を離れず、家族と一緒にいながら創作に打ち込むという生活に変えていこうと思っていると伝える。だからずっと送り迎えは僕がやるし、アオとは幼稚園が終わったら少し遊ぶし、坂口亭タイガースとパーマもアオをあやすのがうまいから、みんなで仲良く子どもを育てればいい。

いろいろと面白い。こうやって学んでいくのだろうと思った。僕は親父が会社員だったにもかかわらず、残業せずにずっと一緒にいてくれたことが自分の安心につながっている。時間を奪われず、いつも暇でいたい。

★

午前一〇時になって、幼稚園のたんぽぽ組の子たち三〇人が先生に連れられてやってきた。まるで、別の種族が零亭集落に訪ねてくるような雰囲気を感じた僕は、大きな葉っぱを引きちぎって、「かんげーーーい！　かんげーーーーい！」と言いながら、舞を披露した。

子どもたちは、笑い、僕にぶつかってくる。その中に、僕の娘であるアオがいるのはなんとも不思議な気持ちだった。本来なら僕の零亭集落にいるはずのアオが、幼稚園種族の派遣員の一人として、僕を見ている。アオは僕のところに飛んではこなかった。遠くから、笑って

見ていた。なんかその距離を僕はとても面白く感じた。

僕は彼らに零亭の庭にある木の上の家「猿巣《さるのす》」を案内する。ディズニーランドのごとく、一度に六人の子どもを上に連れていき、窓から顔を出し、一枚ずつ写真を撮っていく。僕の家には変な鉄くずや動くものなどが一杯あるので、子どもたちは興奮していた。

それを見て、アオがうれしそうな顔をしていた。自分の家に友達が三〇人来てくれるなんて不思議な感触だなあとアオを見ている。最近、アオは本当に幼稚園を楽しんでいる。かんな、まほ、みゆ、りきや、など親友たちも来ている。とても恥ずかしがりやだったアオは、少しずつ活発になっている。僕に似て、ありえないほど繊細なのは変わらんけど、それはいつか淡い変化する色になる。僕はペンタックスで写真も撮った。

二階の僕の書斎にも案内する。僕の家は縁側の柵も適当だし、その向こうは川なので、最高に気持ちがよいが、子どもにとっては危険でもある。それでもそういうところで遊ぶのが楽しいのだ。

僕は初めにどうすればいいかを彼らに伝えた。この零亭は九〇歳のおじいちゃんです。壁は全部土でできてます、おそらくみんなの家とは違います。だから、優しく、ひいおじいちゃんと思って、でも元気に遊んでください。土は触りすぎると壊れるから、なでてね、と。

彼らは聞いてくれて、一時間半ほど遊んだ。最後には僕が歌を贈りたいと「たんぽぽ」を歌った。彼らはその歌を園長先生を送るときに歌っていたので、僕に合わせて、みんなで、三一人で合唱した。零亭に子どもの歌声が響く。

僕は泣いた。ただ泣いた。子どもがたくさん元気にいるという空間とは、なぜここまで豊かなのだろうか。子どもはたくさんで育てたいなあ。叶わぬ夢を描く。思わず幼稚園の先生に、零亭を幼稚園の分園にしていいです

よと伝えた。零亭はいつでも誰でも使っていいですよ。打ち合わせでも、週末でも、子どもでも大人でも、幼稚園に関係していることなら、すべてなんでも使っていいですよと伝えた。まずは、ちゅうりっぷ組とふじ組さんも連れてきたいとのこと。みんなでモバイルハウスもつくろうよ。楽しいよ。

4月26日(金)

朝から自転車で幼稚園にアオを送り届ける。写真現像屋で、きのうペンタックスで撮影した子どもたちのプリントを受け取る。もらった簡易アルバムに茶紙を巻いて、「きのうえのいえのぼうけん」とタイトルを書いて、アオに絵と色付けを依頼し、そうやってつくった写真本を幼稚園の先生に渡す。

零亭が幼稚園の新しい庭として機能しだしたら、面白いことになりそうだ。

アオが帰ってきたので、そのまま零亭へ。そして白川沿いへ。川沿いを走り抜ける。いつかここで筏をつくって、コンティキ号漂流記みたいに海に出たいと思った。橋の下の雄ちゃんは筏をつくれるし、海にも出れると確信を持って言う。そんな旅を思い描いている。アオは怖いから遠慮するという。いつか、一緒に筏で旅をしたいなあ。

4月27日(土)

午前中に、熊本高校の後輩のノブが、旦那と息子とやってくる。一緒に魚よしへ行き、寿司を食べる。その後、フーが髪を切りに行ったので、フーが冷凍していた母乳を自然解凍させ、弦にあげる。爆飲してくれたので、しっかりと寝ている。

アオに洗脳された僕は、弦を抱っこ紐で前抱っこしながら、近くのデパート「県民百貨店」の七階に連れていかれた。百円を抜き取られ、アオは、犬が旅する移動式ゲームみたいなものに興じている。

アオは完全に僕を掌握している。僕も負けたくないので親らしくしようとするが、それは先回りされて読み抜かれており、ちゃんと親友の座に落ち着かされる。僕もアオは放置しても無茶苦茶はしないと思っているので、どちらかというと親友というよりも、先輩のお姉さんみたいな立ち位置になり、けっきょくは僕と弦をコントロールするアオに従っている。

4月28日(日)

僕に服をつくってくれる親友のシミと一緒に、朝からサンワ工務店の山野潤一さんのところへ工場見学。そしてベンツゲレンデに乗って一路、山鹿の平山温泉へ。「一木一草」という温泉宿へシミを連れていく。ここも山野さんの設計によるもの。泉質はとろとろしていて最高である。

その後、この前会った僕の本の読者であり、温泉のすぐ横にたまたま住んでいる源ちゃんのところへ。嫁さんのゆきちゃんとシミと僕の四人で、広い庭で、七輪を使って焼き肉ランチをごちそうになる。ノンアルコールビールなのに、完全に酔っぱらう。源ちゃん、いろいろと面白そうな変人であった。平山温泉に寄った際にはいつも寄らしてもらおうっと。ありがたい限り。

僕はいつもこのように旅先で、いろんな人にお世話になる。僕も、とにかく人が来たら、徹底して歓待する。これが一九歳から続けてきた旅で学んだことである。楽しいことに真剣になることは財産になるのだ。

4月29日(月)

朝起きて、親父と母ちゃんを迎えにいき、県民百貨店で待ち合わせして、おばあちゃんを迎えにいく。今日は弦のお宮参り。弊立《へいたて》宮の従兄弟である龍田の三宮神社へ。

隣には熊本国際民藝館がある。ここの収集はすごいから僕は大好きだ。お客さんがたくさん入っている様子を見たことがないが、だからこそ貴重な場所である。

今日も僕はペンタックスを使って、フィルムで撮影する。僕も子どものときに着た坂口家の家紋付きの碧色《へきしょく》の着物を弦に着せる。樹齢三五〇年ほどの楠の前で撮影。ここも楠が気持ちよい。僕がいちばん好きな木だ。南方熊楠の木。横井小楠の木。

4月30日（火）

今日は雨だ。自転車に乗れないので、ベンツゲレンデで幼稚園までアオを送る。その後、零亭で原稿を書く。坂口恭平日記二〇〇〇字、『月刊スピリッツ』連載「鼻糞と接吻」二〇〇〇字、吉阪隆正賞受賞によせて『住宅建築』用原稿二〇〇〇字、すべて午前中に仕上げる。『幻年時代』を書き終えて、息の長い原稿を書く技術が上がったかもしれない。原稿五枚くらいを一息で書けるようになってきた。

★

吉阪隆正賞を受賞したことが、僕の中にじわじわと染み入ってくる。吉阪隆正は、僕が生まれて初めて読んだ建築家である。この人を知って、「U研究室」がやっていたことを知り、それが僕の零亭や、自分の仕事の元の一つになっていることは確かだ。初めから日本だけでなく海外でも仕事をすることを決めていたのは、吉阪が数か国語を話せて、自邸のある百人町での会議でも日本語を使わないときがあったくらいという逸話を高校生のときに聞いて、衝撃を受けたからだ。

高校生のときの僕には、吉阪隆正、石山修武、赤瀬川原平さんが書いた『東京ミキサー計画』と『反芸術アンパン』の二冊で知ったネオダダをはじめとする美術運動、『ホール・アース・カタログ』を起点とした、ソローの『森の生活』、ジャック・ケルアック『路上』、ゲーリー・スナイダー、バックミンスター・フラー、そして音楽家のディラン、ベックがいた。頭の中でさまざまな想念がアメーバ状に広がっていった。目の前の世界は退屈だったが、書物で知るそれらの世界は無限大の拡がりを持っていた。

僕はそんなところから始まった。そして何も変わっていない。一時期はそれが悲しい事実としてしかなかったが、今はそれでよかったと思えている。

ディランと石山修武をどうやって結びつけるか。そんなことばかり考えていた。このときから躁鬱病の気はあったのかもしれない。実家という安定した空間にいたので僕は自覚できていなかったが、このつなげたがりの性格は、おそらく性格というよりも、自分の脳の損傷によるものだと最近では考えている。

夕食はPAVAOでタイ風焼きそばを食べ、家に帰る。そのままソファで眠りについてしまい、一二時過ぎにフーに起こされ、布団に連れていかれる。やたらと眠い。産後の体みたいな感じになっている。僕もフーもそれぞれ子どもを産んだ。すくすく育ってほしいな。星に願う。

5月1日（水）

朝から自転車でアオと幼稚園へ。その後、零亭で原稿。お客さんが来訪し、イギリス人のショーンとやたらと話す。僕はいつも英語を使いたくてたまらないので、英語がしゃべれるとなると、今度、海外へ行ったときのトークの練習としてどんどんしゃべる。向こうは普通に世間話がしたいかもしれないのに、僕は自分が考えている空間についてのアイデアや、レイヤーとは何かということを必死に英語にして、説明する。会話なのか、シャドーボクシングなのかわからないが、そのような遊びにつきあってもらう。

家に帰ってきて、アオと二人で自転車でまた出掛ける。あんまり気持ちのよい陽気なので、フーに電話し、弦を連れてこいこい、みんなで「さい藤」に行って茶でも飲もうよと誘う。弦用のおしゃぶりと脱脂綿を購入し、四人でさい藤へ。フーは中華めん、僕はふな焼きを注文。さい藤のおかあさんの自然食品話に耳を傾ける。

二週間ほど前にアオと話をしていて、おいしいものを食べたら「すごいおいしい！」って言ったらもっと喜ぶよと僕が言うと、アオが「おいしくなかったら？」と聞くので、僕は「おいしくなかったら、おいしい、だけでいいんじゃないかな。おいしくないと言うとつくってくれた人も悲しむから。でも、それじゃアオも落ち着かないだろうから、俺にだけは小さい声で、あんまりおいしくなかったと言えばいいんじゃないかな」なんて話をしていた。

今日、中華めんを食べたアオが「すごいおいしいです！」とおかあさんに言っていた。本気で旨かったのが伝わった感じで、とてもよい風が吹いた。子どもはおいしいものがわかる。人が心を込めてつくったものがわかる。四歳のこの理解度の深さはやはり、僕の四歳の記憶ともつながるところがある。すべてを子どもは知っているのである。午後四時の気持ちのよいシャワー通りの茶屋でのひととき。

★

また頭の中で次の作品をつくりたい思いが渦巻いているが、なかなか集中できていない。書き終わったばかりだからゆっくりすれば、とはフーの一言。そりゃそうなのかもしれない。早まってもどうせ形にはならない。明日の夜は「ばら寿司の会」。三日はどこかみんなで行楽しようと提案されたので、ここは一つゆっくりと休日を過ごすことにする。

そうだ、こうやって一つひとつ相談して、暴れそうになっている頭を抑えていく。こうやって集中できるポイントでドンと力を出す。まだ僕は自分という暴れ馬を乗りこなせていない。

5月2日（木）

朝からアオを幼稚園まで自転車で送る。アオは、おとといつくり上げた自作の絵本「あおときょうへいのものがたり」を持っていった。担任の先生は、いつか絵本をつくりたいんですと僕に先日熱く語っていたが、そんな先生を鼓舞するのが目的なのだろうか。

アオは最近、めきめきと創作意欲が湧いている様子。僕が毎日、原稿書いているのに焚き付けられたのだろうか。僕が彼女にできることといったら、一緒にいて、自分のつくる行為を見せることだけだ。鬱のときに落ち込んで絶望して死のうと考えている人間の姿を見せてしまっていつも本当にすまないと思いながら、元気なときはとにかくひたすらに創造を行っている姿を見せられたらと思う。と言いつつも、僕は籠らないと書けないので、基本的につくっている現場は見せられないのだが。見せられるのはその気配だけである。

ま、それでいいのではないかと思っている。なんでもやりすぎはいけない。それはフーからの助言である。だいぶマイルドになってきたのではないか。もう対外的な

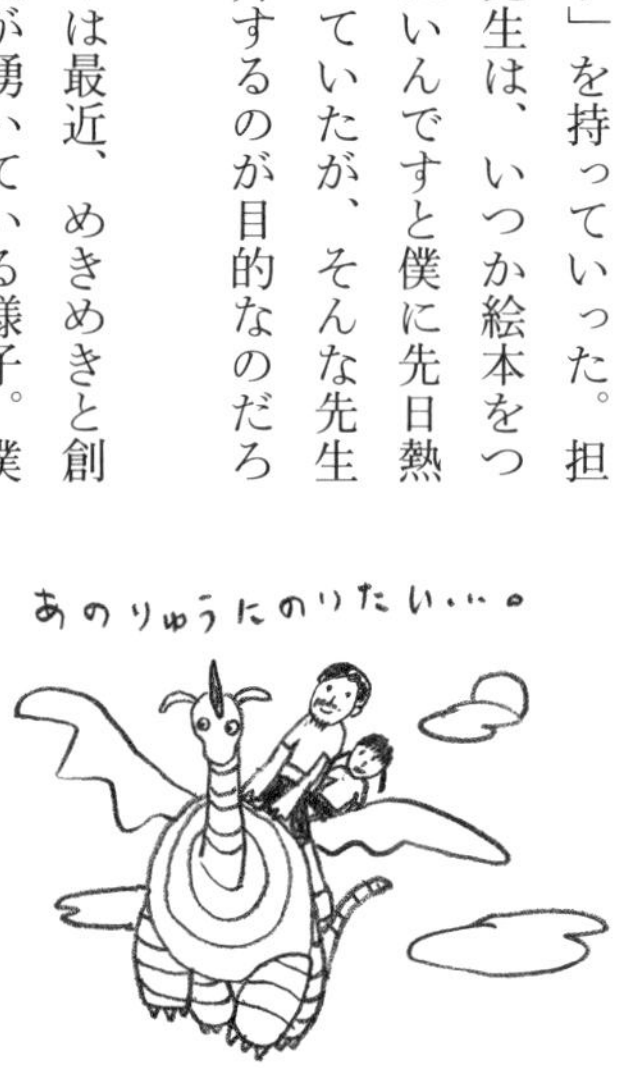

部分はマイルドでいい。むしろ、まったく波風立たないくらいでいいのかもしれない。そうすればするほど、原稿の中で、文字の中で暴れることができる。今年はそちらの方向で行ってみようと思っている。どうせまたすぐに方法を変えようと試みるはずだ。そのときが勝負だろう。できるだけルーティンをつくり出す。とにかく膨大な原稿を生み出す。これが今の自分への初期設定である。そうすれば、心が少しだけ落ち着くことがわかってきた。

幼少のときから、この爆発するエネルギーをどのようにコントロールすればいいのか、それが大問題であった。たいていはどこにもエネルギーが向かうことができずに、何かととっちらかっていき、びっくりするような行動に結びついていった。それはそれでよかったところもあるのだが、今は集中して具体的なブツに変換していきたいし、それができるようにもなってきている。

ただの精神分裂者の叫びとして、ポイと捨てられそうな想念を、どうにか空間化できるようになってきたのではないか。それが今の僕の実感である。苦しんだが、今はその苦しみですら、空間化する段になると、少しだけ愉快な気持ちになることができる。

★

今、さまざまなアイデアが頭の中で渦巻いている。完全な躁状態はようやく抜け、少し落ち着きを取り戻してきたが、それでも観念奔走は続いている。

これが躁状態の僕の症状である。べつに借金することもないし、車を猛スピードで突っ走らせるというような行動もないが、観念奔走だけが止まらない。そのまま人にしゃべろうとすると、二四時間続けることができる。で、今回はiPhone使用禁止令まで勝手に自分につくり上げた。人にしゃべりたくなると僕は携帯電話を使いまくる。月に一〇万円を超えることもあり、よくフーに怒られている。その反省をふまえたうえで、iPhoneで電話する行為を自力で禁止し、つまり機内モードにし、話したいことがあればすべて原稿化してみるという療法を行うことにした。

しかもこれであれば、それが書き下ろし単行本になるわけで、出版したいと考えてくれる人もどこかにいるかもしれない。『幻年時代』の初期衝動は完全にそれだったわけだが、今年になって「推敲」という行為があることを知り、生まれて初めて推敲をしたというとんでもない執筆初心者の僕なのだ。躁状態の初期衝動と、推敲というもっと落ち着いた精神状態での冷徹な自分が混じり合うと、「執筆」という創作活動に落とし込むことができるかもしれないという希望を感じたので、それを実践してみている。この坂口恭平日記もそうだ。ツイッターで書き散らしているよりも、まとまりのある息の長い原稿に変えていったほうが可能性があるかもしれないという考えからそうした。

今日は、新しいベクトルの力が出せて少し満足した。また長い原稿を書くルーティンの始まりである。今度は五〇〇枚くらい書いてみようと思っている。

★

お昼ごろ、今度二〇日に全校生徒の前で講演することになっている熊本の人吉高校の先生と、先日、糸島でお会いしたイギリス文学の研究者の女性が講演の打ち合わせがてら零亭に遊びにくる。人吉名産の工芸品をおみやげにいただく。女性からはハラムシの絵本と松ぼっくりまでいただく。

我が家にはさまざまな人からのおみやげがどっさり届く。本当にありがたい。毎日、献本が届く。感謝である。大学時代に僕は、サンワ工務店の元社員だった藤田さんから「お前はごっつぉさん人生だな、こりゃ」と言われていたが、その癖がいまだに治らない。というか僕はそんな人生なのだろう。ありがたく受け取り、その返礼義務とは何かをいつも考えるようになった。

僕は本当に怠惰な人間でもあるので、直接お返しできてなかったりする。しかし、返礼義務とは直接的な物の交換ではないと勝手に考えている。むしろ僕は、いただいた人ではない、また別の第三者に返礼するのではないか。そんなことを考えている。気前のよい人生でありたい。『悲しき熱帯』を読み、さらにそう強く思うようになった。

下巻の「#29 男、女、首長」
を読んで
ウツが抜けた（笑）

アオと二人で自転車で家に帰ってくる。原稿をもう少し書きたくなった。自宅マンションの元物置部屋的な扱いだったところに籠って、しばし原稿を書く。手持ち無沙汰になったり、観念奔走したら、いや、とにかく暇さえあれば書くようにしよう。そのルーティンをつくり出そう。自分という猛獣の使い手である僕はそう思った。

5月3日(金)

朝起きてすぐに福岡へ行こうかと思っていたのだが、フーが大掃除をしたいというので急遽変更し、家で大掃除をすることに。今回、僕が張り切っているのは、物置だった部屋を坂口恭平専用の執筆部屋に変える許しを得たからである。ということで、坂口恭平主導で大掃除を行った。見違えるほど綺麗になった。模様替えもできた。僕の個室もできちゃった。空家《あきや》という名前をつけた。

ANA機内誌『翼の王国』の編集卓ちゃんと、五月下旬のドイツ行きについて電話。ベルリン、ワイマール、デッサウの三都市を回ることになりそうだ。

5月4日(土)

アオは自転車が本当に上手になってきた。楽しいみたいだ。僕の後部座席に乗るのも、自分一人でピンキーに乗るのも。好きなことを好きなだけやればいい。アオに関してもそう思う。やりたくないことはとりあえずやらなきゃいい。やらなきゃいけなくなったら、一緒に協力するから、それはそれで諦めて、やろう。そうじゃなければ、やりたいことだけを徹底してやろう。僕とアオの合い言葉はこれである。

朝は、起きたい時間に起きればいい。僕とアオは根っからの朝型人間である。朝早く起きるのはいいことだらけだ。徹底して朝早く起きよう。僕は小学生のとき、朝早く起きて、勉強も終わらせ、さらに漫画もつくっていた。学校に行く前、そして休みの日の朝。とにかく朝が僕の創作の時間だった。それが今でも変化していない。『TOKYO 0円ハウス 0円生活』は、バイトをやめて無職になり貯金0円で結婚して不安だった僕が、毎日朝四時から昼の一二時まで八時間かけて、それを一か月半休まず続けて完成させた。数か月も執筆に時間をかけ

鬱記

2012年10月25日

人の作品に文句を言うのはもうやめよう。それは僕の悪いところだ。とはいいつつ、今はあまり言わなくなってきたけど。

僕はいつもうまくいっている。調子が悪くなろうが、なんだろうが、それで人生は無茶苦茶にはならない。だから、粘れ。調子が悪いときには悪いなりにやるしかない。調子がよいときに何でもかんでもやるのは、今後は少し気をつけよう。

でも、それくらいだ。あとは、何の問題もない。落ち込むな。何が大変なことになってきたか、論理的に言えないのなら、そう卑下することはやめよう。自分は何ひとつ問題がなかった。過去は忘れよう。過去は無視しよう。というか、それで今、生きれているのだから、面白かった、楽しかったで終わらせればいい。そして、これからもどんどん面白いことをやるぞーっという気持ちでいればいいではないか。

どんどん先に進めばいいのである。ちょっとだけ他とは違う人生だけど、それでも、僕はそれで生きてきた。それで家族三人養ってきた。少しは自信を持ってもいいのではないか。面白い人生を歩もうではないか。

❤

先がないと思えた『0円ハウス』の出版後でも、僕は自分の道を見つけてきた。今はそれよりも、だいぶマシな状態である。だから、どんどんやればいいのだ。調子がよくなってきたら、また動けばいい。今は冬ごもりと思って、少しずつ動けばいい。何もしない日が少しはあってもいい。

それはフーからしたら、当然である。それはべつに僕を無茶苦茶にするわけではない。むしろ、僕をリラックスさせてくれるはずだ。だから何事も恐れず、未来にはよいことが待っているとイメージして、次々と新しいことにトライすればいいのである。

きついときにはきついと伝えて、ちゃんと休めばいい。休むのだから、ちゃんとゆっくり休めばいい。もうネットで躁鬱病のことを調べても仕方がない。鬱のときには自動的に否定的な考えが浮かぶし、躁になれば、なんでも簡単に思えてくる。

そのような脳味噌の動き方をするのである。

❤

今日、フーから言われて、本当にびっくりしてしまった。本当に何も悪いことが起こっていないのである。僕は仕事も充実し、プライベートもうまくいっている。娘も元気に育っている。フーとの関係も何ひとつ悪くない。むしろ、いいことずくめである。自分の身辺には幸運ばかりが舞い降りてきていると言っても過言ではないだろう。

仕事もとっちらかしているように見えるが、僕はちゃんとやってきている。確定申告もそうやって自分で行っているわけだし、何も問題がない。一人でマネージャーなしで自分の仕事を進めているのは、それだけですごいことと言ってもいいのではないか。もう少し自分のやってきたことに対して、自信を持ってもいいと思う。というか、調子のよいときにはそう思えているのであるが。

❤

このように考えてきて、結論は僕には何の問題もないということである。もちろん、完璧ではなく、いろいろ調整したり、修正したりしたほうがさらによい結果を生むということはある。それでも僕はこれまでの人生をちゃんと歩んできた。自信を持っていいのである。人ともちゃんとつきあっている。友達だっている。だから、自信を持っていればいいのである。

それが今できないのは、病気のせいだということも理解しよう。何も問題はない。だから、このまま進めていけばいいのだ。

怖いこともあるかもしれない。これはできないと、不可能だと落ち込むときもあるかもしれない。だけど、忘れてはいけない。僕は今まで何ひとつ悪くなかった。むしろ、自分一人でこのような生き方を可能にしてきた。それはいいことだと思う。不安を感じる前に、ちゃんと自分がやってきたことに自信を持つ。何ひとつ悪いことは起きていない。むしろいいことばかり起きてきた。だから、もっと楽観的に考えていいのだ。

るほど生活に余裕がなかったからだ。

朝は僕を強くする。アオもしっかりと受け継いでいる。夜は遅くなったら体を壊すけれど、朝はどれだけ早く起きても健康のまんまだから、どんどんやっちゃっていいよ。アオは通っている幼稚園の合い言葉「早寝早起き朝ごはん！」と叫んでいる。僕は朝ごはんは食べないけど、アオはその三点セットでお願いします。

5月5日（日）

朝からバスで熊本空港へ。午後一二時、羽田空港着。そのまま代官山ＵＮＩＴへ。午後一時からリハーサル。今回は僕のソロだけでなく、「坂口恭平と新しい花」というバンドでも演奏することに。

ライブが終わって、目黒川沿いの居酒屋大樽へ。磯部涼、あだち麗三郎、七尾旅人、ささお、粟ちゃんたちと打ち上げ。ずっと前に僕にいのちの電話をかけてきた音楽家も六本木のライブを終えてやってきた。なんと五月下旬にニューアルバムを出すことのこと。うれしい限り。いのちの電話をかけてきた人が少しでも元気な顔をしているのを見るのは本当にうれしい。

もう僕はいのちの電話をやめてしまったが、それでもやってきたことは間違いではなかったなと思った。先日も死にたいとは思わなくなったという手紙が送られてきた。だいたい死にたいと思うときってのは、僕に関していえば、変化し新しい作品を見つけようともがいているときだと断定することができた。みんなも似たようなものではないのかなと思っている。

だからどんどん死にたくなればいいのである。死ななきゃいいのである。死にたくなるというのは僕にとってとてもよいことなのである。だって、変化するのだから。もちろんそれは大概の場合は、周辺との意識の隔絶によって絶望的になる。創造的な思考や活動というのは、日常的には端っこに追いやられているからだ。

僕はそれはまずいと思って、二二歳のときから、完全に創造しかしない生活をどうやってつくり出すかばかり考えてきた。創造していても文句を言わない、現実的ではない夢見心地な嫁さんを見つけることに執心してきた。いのちの電話を聞いていて、多くの人がそのような時間をつくりたいと思いつつも、やはり周辺と同調したいのだと言う。ほとんど妄想に近いそのような考え方によって、べつに周辺は同調など実は求めていないのに、勘違いして自らそのような平均値をつくって、その世界に飛び込んで、けっきょく創造ができなくなり、絶望的な状態に陥っていた。

時間をつくり出す。生きる環境をつくる。こういうことは誰も教えてくれないから、なかなか難しいのだろう。僕は周辺に友達がほとんどいなかったし、けれども遠くにはキチガイな仲間はいた。そのアンバランスが、僕に自分の環境をゼロからつくり出すように仕向けたのだと思っている。二二歳から試し始めて、二八歳で僕はあらゆる労働と離れた。それでも七年かかった。これは理解者がいないとなかなか実行するのが難しい。

そして面白いのは、完全に創作だけ行える環境に持っていったとしても、死にたくなる精神状態がなくなるわけではなく、むしろ多くなっていくということだ。だから、楽になるというよりは、よりきつくなっていると思う。それでもそのことに集中できる環境のほうが僕にとっては生きやすい。極度のプレッシャーをたまに感じないと死にたくなってしまうという性質なのだろう。

★

打ち上げ後は、磯部夫妻と歩いて恵比寿駅まで。別れて僕は即寝。午前二時。ライブ楽しかったなあ。今度はビックバンドでもやりたいなどとまた妄想が始まっている。

「あなたは鬱のとき『趣味がない』などと訳のわからない嘆きをするけれど、そもそも執筆に集中すればいいものを、音楽をやればそれが仕事に、絵を描けばそれを仕事に、宴会で楽しくお話をすればいいのに、それも仕事にするもんだから、いつも追い込んでしまうのよ」

フーにそう言われている。なるほど。最近はだいぶ自分でも緩め方みたいなものを覚えてきているような気がしているのだが、音楽もほどほどにしたほうがいいのかもしれん。

「あなたはいつもフル回転のサービス精神旺盛のミラクルマニアだけど、ミラクルなんて起こさなくていいから、落ち着いてやってごらん。落ち着いてやっているくらいでちょうどいいよ。フル回転だとトゥーマッチでうるさいもん」

俺は子どもか。でも落ち着いてやってみようかな、今年は。

5月6日（月）

朝起きて、風呂に入って、恵比寿駅の構内に入場券を持って入り、構内の讃岐うどんへ。ここのうどんが好きなのです。入場券を見せればトッピングが一つ無料なので、一二〇円のちくわ大のトッピングをして、かけうどん並を喰らう。その後、日比谷線で小伝馬町駅へ。カバン作家のカガリくんと出会い、彼のアトリエでインタビューを行う。『ポパイ』で連載している「坂口恭平の服飾考現学　ズームイン服！」の取材のため。

この連載ももう一四回目になる。一年以上やったのか。まあ、そのうちの二回分は鬱で僕の代わりに水道橋博士氏と建築家藤村龍至氏に代筆を依頼したのだが。躁鬱病を前面に出してからはある意味楽になったのだが、その代わり症状が出てしまうことが前より多くなったのではないかという疑念も残っている。とはいえ、それを出さずに生きるのも大変そうなので、これでよかったはずなのだ。

毎日、会社に行ける人々はすごいと思う。僕にはとてもじゃないが、できない。季節とともに、体の調子、精神の調子がぐらぐらと変化するのです。それは自然の営みのように自分には思えるのだが、この世界じゃなかなかキチガイ扱いされてしまうよね。昆虫たちの体が大きくなってこの人間の世界と同じように生きたら、みんなキチガイ扱いされるのだろうなあ。僕は人間よりも昆虫に似ている。

★

夜七時に熊本に到着。アオが待っていて、早く遊ぼう、自転車に乗ろうと言ってくる。僕の家の前のチンチン電車、新町駅の交差点、そこには大正時代の建物である長崎次郎書店、その奥には江戸時代からある吉田松花堂というシーボルトの弟子がやっていた漢方屋が並ぶ。夜の信号待ちをしながらこの交差点に立っていると、僕には明治時代くらいの栄えていたここの風景が見え、さらにはここが文化の薫り漂う素敵な交差点になっている未来の風景まで重なってきた。

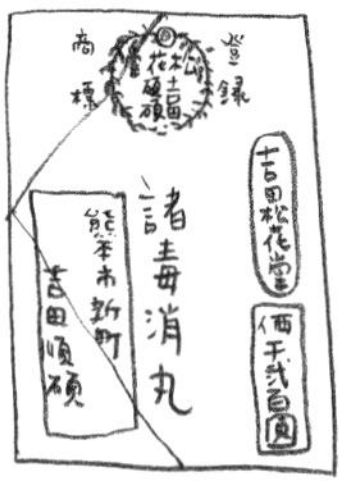

アジア、アフリカ行くときに重宝してる。

起きてまた夢を見た。心から落ち着いた。僕はこれから熊本を舞台にさらに深く関わり生きていくのだろうと確信を持った。とんでもないことを、同時に心から落ち着くような世界を、実現したいなと強く思った。そんな気持ちのままアオと会い、強く抱きしめた。絵本とポストカードセットを渡した。

5月7日(火)

朝起きて、幼稚園にアオと向かう。もちろん自転車で。弟夫婦から送られてきた弦の誕生祝いのお返しとして、きのう買ってきたお土産の猫のポストカードを使ってアオが手紙を書いたので、通園の途中に中央郵便局のポストに投函する。その後、熊本城を横目に見ながら、坪井川沿いを自転車で走る。

四日ぶりの幼稚園。今日から午前中まででではなく通常通りの午後三時まで通うことに。アオは幼稚園がむちゃくちゃ楽しいらしく(僕にはそう見えるし、アオもそう言っている)、僕が幼稚園なんかさぼってどこか遠くへ行こうよと誘っても、断る。僕としては断られても、一緒に行きたいと言われても、どちらでも面白いと思っている。

いつも、僕はこうやって人に話しかける。どちらでも面白いと思うことを、突然の決断で、とんでもなく遠いところまで行くみたいな非日常へのきっかけを提案したりする。僕としては、そのどちらもが同じくらい奇跡的な世界であるということを伝えようとしているのかもしれない。幼稚園なんていう共同体に入っていることも、僕にとっては、そしてアオにとっても、突然シチリア島に行くくらいの面白き冒険であると思っている。

なんかうまく説明はできないが、僕はときどきこういうことを言う。そして実行する。フーにもこういう行動を、提案を、実行を、していた気がする。いちばん近しい人間であるからやるのかもしれない。

この目の前の自転車に乗っている二人という光景が、地球の上空、宇宙の果てくらいから見たら、とんでもなくユニークな存在だなといつも不思議になる。あの感じをいかに常に新鮮に持つか。それが僕にとっては楽しい作業なのだ。意味はない。ただ楽しいとは何かを考えると、僕はこのような思考回路を通り始める。この道が好きだ。

5月8日（水）

朝起きてアオと幼稚園へ。今日も自転車で。いつもの市役所前を通る熊本城前のお堀沿いの道ではなく、裏道の桜並木を抜ける小道のほうへ向かう。今日もアオは、郵便ポストに三通の手紙を投函している。

アオは、僕が今継続している創作のルーティンに刺激を受けているのかもしれない。毎日毎日、地味かもしれないが、少しずつ創作を続ける。それを積み重ねていくという作業は大人には地味すぎてとてもお薦めできないし、人からは酒でも飲もうよとか言われるのであるが、子どもたちからしてみれば黄金色に見えているのかもしれない。アオは僕のことを地味であるようには言わず、むしろ創作に溶け込んでいることに嫉妬してくる。その気づいている風のアオの態度が面白いし、もしかしたら後に良きライバルになるのかもしれないとこちらは勝手に時計を進めて、アオの顔を見る。

見る、と言っても、本当は見れていない。僕は前を向いて自転車に乗っている。少し横を向いたふりをしただけだ。それでアオの顔を見たことになるのだ、自転車の上では。アオもそれを了解している。このように自転車上の会話のような、身振りみたいなものが僕とアオのあいだで交わされるようになってきた。

「とにかく楽しい」とアオは僕に伝える。「風が」とまた詩を吐く。葉桜の緑の中から光線が落ちる。アスファルトに衝突した光の上を、僕とアオは車輪に跨がり駆け抜ける。それくらいの躍動感を感じている。

地味かもしれない。しかし、その中に自信のようなものが出てきた。それはアオが背中を押してくれている自信でもある。アオがいなければ、僕は自転車には乗っていないだろう。アオも僕が自転車にはまらなければただの幼稚園児であり、弟が産まれてきたばかりの、愛情を二分割された瞬間の寂しさに浸っていたかもしれない。この二人は、どうにかぎりぎりのところで、お互いの創造をぶつけるライバルになりえた。だから必死に僕は自転車を漕ぎ、物語を語り始め、アオもそれに乗っかってジャングルクルーズに怯える観客の一人の役目を果たそうと、しかも自然なようにして、演技をする。

僕はアオの演技を見て、ペダルをさらに強く踏む。アオは、もう何もいらない。自転車さえあれば何もいらない。おもちゃもいらない。自転車でどこまでも行こうと僕をけしかけてくる。自転車を漕ぐ二人という演技が、おもちゃに勝てるかもしれない。『トイ・ストーリー』の映画に勝てるかもしれない。これは僕を興奮させた。

そうやって、僕のことを盛り上げようとしてくれている。おかげで僕は創作意欲が湧いている。それに喜びながらもやはり嫉妬し、その新しいルーティンを獲得できた僕のように、自分も何か創作したいと思い始めているアオがいる。その闘いが興味深い。

★

そんなことを考えていたら、目の前に、これまた自転車に乗った男が、こちらに向かって会釈をしている。いったい誰だろう。コンタクトレンズをしていない僕はよく見えていない。するとアオが後ろから小さな声で、「あっ、雄ちゃんだ」と呟いた。

えっ？　雄ちゃん？　目を凝らしながら、自転車のスピードに合わせて近づいていくと、あれ、本当だ。そこには白川で先月出会った、造園家、農家、大工でありながら、今は白川沿いで路上生活を行っている三九歳の木村雄一がいた。彼は僕らを発見し、満面の笑みで、そして礼儀正しく、こちらに向かって会釈をしている。

「おはようございます。坂口恭平さん。アオちゃんもおはよう」

僕とアオも、雄ちゃんに向かって会釈をする。自転車をお互い止めて話しかける。雄ちゃんの自転車の前カゴには白いビニール袋に紙の束が見える。

「今日は、紙ゴミを集めてるの？」

雄ちゃんは躊躇なく答える。

「へい、そうでっせ。今日一日でもう二六〇〇円分も稼ぎましたよ」

仕事の調子はいいようだ。雄ちゃんは、僕が浅草で出会った貴金属拾いの佐々木さんに少し似ているところがある。どちらも妖精のような佇まいで、普通の日常には存在しないような軽やかなファンタジーに入り込んでしまった錯覚を覚える。

「伊豆の件だけど……」

先日伝えた、伊豆での0円生活圏の開拓者として雄ちゃんを任命したことを覚えているかと、僕は尋ねた。

「へい。坂口さんが来ないから、あれは夢だったのかと思っていたところですよ。いつでもこちらは行く気満々です」

また電話します！　と言って、雄ちゃんは仕事に戻っていった。アオは朝から自分で紙ゴミを出したばかりなので、それを雄ちゃんが集めているという事実がいまいち飲み込めていない。「ゴミでしょ？」と僕に聞いてくる。

「紙ゴミと言っても、ゴミと言っているのは人間だけで、雄ちゃんみたいな妖精にはただの紙にしか見えないわけよ。つまり紙ってのはアオにとっては文房具で、お金を出して買うでしょ。ということは、これを集めたら、お金になるってことなのよ」

アオは「へー」と言った。まだ完全には意味がわからないんだろう。しかしその雄ちゃんの勇姿は見ている。それでいい。それだけでいい。意味なんかどうでもいい。考えなくていい。人間が躍動する、その動きの軌跡を見ていればいい。人間だけ見ていればいい。それが良いのか悪いのかなんか判断しなくていい。動いている人間を放っとくな。

「雄ちゃん、かっこいいなあ」

僕が言うと、アオも続けた。

「雄ちゃん、優しいよね」

どうやったら仲間を見つけることができるか、僕はそれをアオと一緒にもがいて体験したいと思っている。どうやったら分け隔てなく人間を見ることができるか。そんなこと難しい、無理だ、やはり人間は分け隔てするものだと僕はいつもまわりから言われてきたし、自分でもそうだとは思う。それでも、分け隔てせずに人間を見るという試みをやめては駄目だ。それをアオと一緒に体験することで、アオも人間に興味を持ってくれるのではないかとちょっとだけ希望を持っている。

今、人間は人間のことを無視している。それが僕は嫌だと思っている。時間をつくる。暇でいる。いつも呼ばれたら登場できるようにする。家族に何かがあったら瞬時に一緒に動けるようにする。これは僕の人間に対する興味からきている。人間がいちばん面白いよ、と僕は思う。

幼稚園に到着する。いつもは零亭のほうに自転車を止めてから一緒に幼稚園まで行くのだが、今日はアオが幼稚園の駐輪場に止めてほしいという。どうやら、自転車で一緒に来たという姿を幼稚園の先生や同級生の園児たちに示したいようなのだ。微笑ましいのでその誘いに乗る。

零亭という隣に家を持っている人ではなく、遠くから幼稚園まで自転車で来た親子として演技するのも悪くないなと思ったので、これからは幼稚園の駐輪場に止めようと思う。アオはこのように細かい精神の持ち主なので、それに乗っかってみよう。僕も細かかったしな。その細やかさに気づかれないと、落ち着かなかったしな。

5月9日（木）

アオと自転車で幼稚園へ。今日も雄ちゃんに会うかもしれないとアオが言っている。が、会わずに幼稚園へ。その後、PAVAOで場所を借りてタイ古式マッサージをやっているユキちゃんに九〇分のマッサージをしてもらう。これが三五〇〇円だから安い。しかもユキちゃん、すごくうまくなっている。

僕の体は酷使しすぎてガチガチになっているとのこと。これからどんどん執筆したいと思っているのに、このままじゃ体のほうが先にバテそうだ。対策を練らないといけない。走り続けている村上春樹さんの気持ちが少しわかったような気が。

村上さんの新刊を読んでいるが、使う単語がどうも合わずに、途中で断念している。代わりにカフカの『城』を生まれて初めて読んだが、むちゃくちゃ面白いじゃないか。読書でしか味わえない空間体験ができている。僕がやりたいと思うのは、このような文字による空間の創出である。

★

僕は二〇〇四年からほぼ毎日、日記を書いている。それはもちろん自分の記録になるのだが、僕はほとんど読み返さない。日記は、原稿を書く訓練以外の有用性を感じない。むしろこの日記は、どうやらアオや弦が、自分が小さいころに自分たちが生きてきた環境がどのようなものだったのか、その細部を知るための資料を作成していると思うようになってきた。

書くという作業は文字の表面だけではなく、さまざまな捉え方、読まれ方、意味を包含している。その空間性に僕は惹かれているのだと思う。現実という目の前の世界に実際に建っている建築よりも、僕には空間として、肌に感じられているのである。

僕の四歳のときの記憶は、もちろん『幻年時代』で描いた幼稚園までの道程などいくつかは鮮明に覚えているが、ほとんどはぼんやりでピントが合っていない。そのためにも親による日記というのはとても役に立つし、むしろ義務のようなものとして僕は感じているのかもしれない。

親になりたての男と女が、仕事もまだ不確定なまま、不安も感じながら、それでも楽しく、みんなで一日を過ごそうともがき、それを二人の子どもが見ている。こんな涎が出そうなシチュエーションは、後にも先にもこのときしかないのではないかと思っている。だから僕は、見た目は専業主夫くらいの勢いで絡んでいるが、その実、ただの創作意欲である。『隅田川のエジソン』の鈴木さんのような、今いちばん注目したい相手がアオであり、フーであり、弦であり、己のその姿なのである。

というつもりで、フィールドワークとして真剣にやっているつもりだ。だから、苦しいけれど書くのである。不安で仕方がないけれど、創作をやめないのである。後で、よかったと思えるのを知っている。写真に残すのは少しでいい。写真やビデオでは残せない心の動きを、意識の流れを残す。それこそが僕にとっての思い出である。

思い出すよすがになる「思い出」とは、僕にとっては文字なのかもしれない。一〇年前の日記の文字を読むと、そのときの自分の吸っていた息の匂いすら感じるときがある。それは他の何物にも代えがたい。写真でもビデオでもない。絵でもない。

集中しようとしている自分、創作の方向性を決めようとしている自分がいる。すると、そこに歌も出てきた。僕は文字と同じく、歌を聴くと、そのときの大気が体中に迫ってくる。こんなところで、絵を抜いて歌が出てきたことにびっくりしている。しかし出てきてしまったのだ。それを見捨てるわけにはいかない。

こうやって、突然の停止と突然の表出がありながら、創作へ集中していこうとする意欲がある。そのあいだを駆け回るアオと、泣き叫ぶ弦。フーからは日常的な作業の依頼。そして、ふっと息をつけたときの夫婦の楽しい対話。その抜けた先に、自分の仕事がある。その冒険は静かだが、やはり激動だ。

5月10日（金）

アオは定期検診のため、フーと一緒に熊本大学病院へ。僕は家で弦をみていた。その後、アオを幼稚園へ送ってきたフーと家でざるうどんをつくって食べる。「ズームイン服！」のためのスケッチを描き終わり送信する。そして外出。

今日は僕も毎月一回の定期検診。市内の精神病院へ。前回、本当に鬱が酷くて、とんでもないことになっていたので、主治医（女性）はとても心配そうにこちらを見る。が、僕は四月一三日の誕生日以来、また転回して真ん中に戻ってきたので、その旨を伝える。

「それでまた鬱が終わると直感が降りてきて、終わらせることができないと思っていた新作の原稿を一気に書き終えました」

主治医はえーっ！　といつもの驚きの声を上げる。ほんと、あなたは面白い人だね、と。躁鬱病の人もたくさん先生のところに来ているらしいが、「あなたに対して行っているような処置はできない」と言っていた。

普通、躁鬱病というものは苦しい病であるとされているので、どうにかその躁鬱の波を消そうと試みられるのである。だから大量の薬を投入し、上がりも下がりもせず、いやどちらかというと、少しだけ下がっているような気分で落ち着かせるというような治療が行われているらしい。躁鬱にとって、少しだけ下がっているような気分はとてもきついのではないかと僕は思う。しかしそれでも、躁になって暴れてしまい、枠を飛び出た行動をするよりかましということなのだそうだ。

「だって、あなたの場合、躁鬱の波を利用して仕事をしてお金を稼いでいるからね……」

それでも僕は、もうこんな大波に乗った状態で生きていくのはつらい。だから真ん中に持っていってくれと懇願する。しかし先生は笑いながら言う。

「あなた、この躁鬱でごはん食べていってるんだから駄目よ、真ん中にしちゃ」

僕の創造性を潰そうとしないというか、逆にもっとやれと言うのだ。おかげで僕はあんまり薬も飲まずに、そして躁鬱も押さえ込まずに、できるだけ自然な状態で、己の野生の精神が赴くままに、脳味噌を発動させて生きている。

主治医は、僕が毎月書いていた熊本日日新聞紙上での連載「建てない建築家」を楽しく、かつ毎月の僕の状態のチェックのために読んでくれていた。面白い病人のケースの一つとして楽しんでくれている様子だ。こんなケースは体験したことがないとも言っている。だから、病気として診てもらっているというよりも、「僕の特徴をいかに活かして生き延びていくか」の相談役といったところだろうか。

障害者手帳を申請していたのだが、熊本市長に突っぱねられて申請許可が下りなかったですよ、と先生に伝える。

「そりゃそうよ。あなたはしっかりと稼いでいるし、普通の生活が送れているんだし」

「でも、一年の三〜四か月は布団で寝込んでいるわけですよ。七〜八か月は元気満々で世界中のどこにでも明日から行けそうなエネルギーに満ち溢れますが」と返すも、

「そんなこと気にしないで、いいからどんどん作品つくりなさい」と諭され、本日の診断終了。

家に帰ってきた。カフカの『城』を読み進める。今日は雨が降っていたので、仕事のやる気はなし。アオと作曲活動。弦はギターを聴けば泣き止む。

5月11日(土)

今日は幼稚園も休み、僕も仕事休み。零亭でみんなでバーベキューをする。

僕とフーとアオと弦、早川倉庫のユウゾウと奥さんのアッコちゃん、息子の健太、幼稚園のママ友まいちゃん、娘のもみ、まほ、移住してきたフーの親友で今は幼稚園も同じあやちゃん、息子のブン、餅つきでいつもおいしいものを持ってきてくれる西瓜農家の娘ふくちゃん、その娘ののの、かの、弟子のタイガースの総勢一六人でバーベキュー。

雨もやみ、天気もちょうどよい。熊本産、鹿児島産の最高級牛肉、豚肉を食べる。早川ユウゾウが桜チップを使って鶏肉のスモークをやってくれた。旨かった。西瓜

も食べた。酒も飲んだ。今度は零亭でテントを張って、みんなでキャンプしようかということになった。それじゃ絵本『ばばばあちゃん』じゃないか。フーもパーッと友達と遊んで楽しそうだった。一二時から夜七時くらいまで。

家に帰ってきてフーが寝ちゃったので、アオと一緒に自転車で外出し、いい品物が置いてあるスーパーでフー用の栄養のあるお菓子、オクラ、ドレッシングを買ってくる。途中で「益雪」のおいしい竹輪も買う。

僕が夕食をつくった。オクラとトマトとキュウリと竹輪を切って、讃岐うどんを湯掻いて、全部混ぜて、ドレッシングかけただけのサラダうどんをみんなで食べた。夜はアオと『ドラえもん　のび太とブリキの迷宮』のDVDを観てたら、知らぬあいだに寝てた。

5月12日(日)

朝、早く起きて、アオが双六《すごろく》をしようと言ってくる。僕が以前買っておいた「エルマーのぼうけんすごろく」である。これ、クオリティ高い。でも地図風の双六盤が、グロスがかかったテカテカの紙なのが惜しい気がする。もっと古い地図風の味わいのほうがよさそうな。僕は双六が大好きで、むかしから自分でつくってた。双六を本気でもう一度つくってみようかなどと考える。

しかしアオは、本当に早く起こす。夜九時には寝ているので、朝六時半ごろ起きてくる。自分が暇なので僕を起こし、一緒に遊んだり、絵本を読んだりすることを強要してくる。眠いので勘弁してくれと言っても、一向に叫び声がやまないので、けっきょく一緒に遊ぶはめになる。

こういう子どもの行為は、こちらとしてはとてもきついのだが、おかげで朝早く時間がつくれるので、その後、事務処理などを行うことができるのは利点であると、起きてからは考えることができる。アオは僕が鬱のときもこういう行動をする。和室の部屋に襖を閉めて、閉じこもって、布団を被って寝込んでいても、こそこそと襖を開けて入り込んでくる。あそぼー、と小さな声で言ってくる。

僕が無視していると次第に声が大きくなって、しまいにはやはり遊びにつきあわないといけなくなる。しかし、その強引な遊びにつきあわされて、外の空気を久しぶりに吸うと、体調が治ったりする。そういうことを意外と考えてたりするのかなアオは、と思ったりする今日このごろ。

5月13日(月)

朝から自転車でアオと幼稚園へ。その後、零亭で原稿。

昼過ぎ、アオを幼稚園へ迎えにいく。アオと零亭に戻り、パーマとタイガースを呼んで、アオがやりたいと泣いていた「エルマーのぼうけんすごろく」をみんなでやる。これ完全に子ども用で、途中のイベントのところでは、「みんなのまわりをワニになったふりをして一周する」とかあって、大人たちが恥ずかしがりながらやっていた。アオは大満足だったようで何よりで。でも恥ずかしいので一回で終わらせて家に帰ろうとすると、今度は「温泉に行く」と言う。零亭の近くに「城の湯」というスーパー銭湯があるので、そこに寄る。

幼稚園でどろんこ遊びをしているので、帰りに温泉に入るのは気持ちいいだろう。午後三時の温泉は最高なので、僕も喜んで入る。そして風呂上がりの自転車の風がまた気持ちいいことを知る。

5月14日(火)

ギリギリにフーに起こされて、急いでアオを自転車の後ろに乗せて幼稚園へ。その後、零亭へ。原稿を書いた後、パーマと話す。

二三歳のパーマはいつも本を読んでいる。午前中に一時間ほど周辺を歩き、暇そうな人に話しかけ、「近所の人」というテーマでフィールドワークを行っている。気楽なもんである。タイガースとパーマ、どちらも眩暈持ちで、どうやら毎日、体調が悪い。零亭が完全に療養所と化している。いったい何なんだ。ということで、パーマと話す。

「お前は何するの？」

しばらくすると、パーマがようやく口を開けた。

「はい、東大に行こうかなと思ってます」

そんな話は聞いたことがない。パーマの話はいつも初耳のことばかりだ。

「なんだよ。そんな話は聞いたことがないよ。しかも、お前が受験勉強している姿なんか見たこともないよ」

「はい。なんとなく思っただけなんです」

奇跡の人、パーマくんである。彼は学者になりたいと言う。社会学者になりたいらしいのだ。宮台真司さんに興味を持っているらしい。じゃあ僕のところではなく、宮台さんのところに行けばいいのにと思うのだが、よくわからん。僕のところで毎日、零亭の掃除をして、気持ちのよい光を浴びながら、縁側で本を読み、眠たくなったら寝ているのだ。しかも働く気もほとんどない。それで自信持って生きちゃっている。お前もたまには働けよ、俺も毎日書いているんだからさ、とついおやじの発言してしまう。弟子なのか何なのか。

働けと促した後に、零亭内にある二畳間のツリーハウスを本屋にしたいなと思っていたことを思い出す。木の上の小さな本屋って楽しそうだもんなあ。僕が持っている本を適当に並べて、パーマも本だけは読んでいるので、売ればいいのではないか。そういえば以前「ポアンカレ書店」をやると言っていたのだ。やってみようかなと思っている。

「新しいことをやるときは、フーと梅山に相談するって言ってたけど、ちゃんと守ってね。いくらぐらい使う気なの？　見積もり出してね」

フーは、ちゃんと手厳しく言ってくる。ということで、この話もまた立ち消える可能性大である。

いつもお店をやろうとしてしまう。山頭火でもあるまいし。山頭火は熊本で古道具屋をやっていた。今でも古道具屋とか、なんか訳のわからんお店をしたいと思ってしまう。しかもお店を始めたら、最初はいいけど、どうせすぐに飽きて放置するだろう。だからやめておけばいいのである、初めから。

こういう風に考えることはできるようになっている。ということで、完全に遊びでやろうと思う。やめたくなったときに、すぐやめられることをやろう。僕はそのようにただの気分屋なのである、と自分で自覚するように。

5月15日(水)

今日、アオは午前中で終わることになっていたらしく、そのまま自転車で迎えにいく。白川河川敷へ。最近よく会っている路上生活者・木村雄一、雄ちゃんのところへ。アオが行きたがっていたので。

以前、出会った橋の下からは移動しているらしく、二人で白川沿いを自転車で走り、探す。けっきょく見つからなかった。外出中なのだろうか。仕方がないので、二人で野花を摘んで、花束をつくってフーに持っていく。

花屋で花を買わなくても、河川敷には今すごい数の花が咲いているから、それを摘めばいいのにと僕は思っている。紫色、黄色、ショッキングピンクなど色が豊富だ。ふと自分が平安時代の人だったら、このような鮮やかな色を見て、なんと思うかと考えた。

文林堂の岩絵具を見たこともあり、最近、色が気になっている。どこからつくったのかよくわからない絵の具ではなく、岩絵具など由来がわかっている色が気になる。鼠色だけでもかなりの数があった。

アオがお昼ごはんはサンドウィッチを食べたいと言うので、上通りの外れにある「デコラーレ」へ行き、パンチェッタのサンドウィッチを購入。ポテトを買いたかったので、モスでも少し買って家に持って帰ってきて、ベランダに木の折り畳みテーブルを出し、椅子を並べ、ベビーカーまで出して弦も寝かせ、みんなで食べた。こうやればベランダでも優雅な気持ちになる。どんな腐ったようなアパートであっても、かわいい鉄のL字を壁に取り付けて、無垢の板でも置いて手製の本棚をつくれば、そこに気持ちのよい風が吹く。

僕はそれを小学四年生のときに感じた。近所の神社のバザーで、手づくりのダンボール製自動販売機の中に潜り込んで、人に顔を見せずに、お金が挿入口に入ったのを確認してからオレンジジュースを注ぎ、それを受け取り口から出したときに。自動販売機はべつにあってもいいけど、そのおかげで僕はダンボール製の「人動販売機」をつくり出せて、しかもそちらのほうが、ある意味での「自動」感は編み出せているとと確信した。

僕はいつもこの感覚なのである。べつに、すべてを手づくり品で身の回りを埋め尽くしたいのではない。むしろそんな気はまったくない。相変わらず勘違いされることも多いのだが、手づくりなんて、逆にあんまり好きじゃないくらいだ。そうではなく、ファミコンという製品を見て、それを模して、自分の手で、デジタル感を表現するのが好きなのだ。サンリオ商品の真似をして、「サカリオ」という商品を模した商品のようなものをつくるのが好きなのだ。

自分のつくった適当なものを透明の袋に入れるだけで商品化してしまう。その透明の袋や、額縁が好きなのだ。なぜ一枚ガラスを通すだけで、写真は作品になるのか。その膜が気になっている。

0円ハウスもその精神で捉えている。僕は六〇年代に流行ったようなセルフビルドなんかには、実はまったく興味がない。むしろ自らの創造性を減退させるものなので、避けている。0円ハウスはそうではない。あれは、製品だったものが家の部材に変化している、つまりトランスフォームしていることが興味深いのだ。その違いを言語化するのって、なかなか難しいものである。

僕が幼いころからつくってきたものを書き出し、言語化が難しいため今まであんまり言えずにきたそのあたりのところを、かゆいところに手が届くように書いてみたいとも思っている。『幻年時代』はもともと、そのような精神で書き始めたはずだった。しかし気づいたら、またまた全然違うところにたどり着いていた。僕が執筆の結果、到着したのは、記憶という材料による建築空間であった。

世の中には、そんなことばかり転がっている。簡単に理解したとは思いたくない。簡単に記憶の世界であると判断したくない。記憶も一つの空間である。銭湯の絵画のように平面的なものと捉えるのではなく、深く生い茂る森の中に入り込むように、立体的に表現したい。それが僕にとっての言語化という行為である。

それは知覚を越えるものであると思っている。記憶覚というか、思考覚というか、まだよくわかっていないけれど、そんな世界の細部を描きたい。なぜならば、書いていて、単純に心が躍るからである。書くという行為そのものが「坂口恭平の冒険」と化している。じっくりものを観るという思考の変遷を、移動のように感じていくときがある。旅日記ではなく、日記の旅。

★

お昼を食べ終えて、フーが外出したいというので、家族四人で久々の外出。チンチン電車に乗って街まで。修理をお願いしていたベビーカーを「鶴屋」に取りにいく。

四人家族になって、僕の行動方針もまた変わってきたのだが、今回は初めて子どもができたときとは違って、そんなに負担にはなっていないように思える。慣れたのかもしれない。最初、子どもができたとき、僕は大変だった。過去最高の鬱状態に陥り、初めて精神病院に行ったときでもある。仕事もそんなにうまくいっていない。お金もない。子どもの育て方もわからない。そんな状態であった。

二〇〇八年の後半から二〇〇九年は本当にきつい時期だった。『TOKYO 0円ハウス 0円生活』と『隅田川のエジソン』を書いたあと、次に何を書けばいいのかわからなくなってしまっていた。そんなぎりぎりの状態で、『TOKYO 一坪遺産』が春秋社から出版された。

この本を書いているときは一度も高揚していない。ずっと暗く、沈鬱だった。僕の本を好きでけっこう読んでくれている人は、「一坪遺産が好きだ」と言ってくれることが多いけれど、僕はなんとなくあのころを思い出すので、完成した後、一度も読み返したことがない。今思えば、立体読書のことも言語化しようとしていたし、それと0円ハウスから始まる僕の建築観とを統合しようと試みていたので、その後の仕事につながっている。しかし、あのときはただの綱渡りだった。綱があるのかすらわかっていなかった。

そこから考えると、二人目の子どもができても、けっこうへっちゃらだと思えるようになってきたのはうれしいことだ。アオだけのときは、僕は自分の仕事に集中できないからと、子育てと仕事をとにかく必死に分けようとしていた。仕事中は扉を締め切っていた。それか家を出て、夜まで帰って来なかった。仕事が終わって食事をしていても、思考したいので、早く食べ終わって読書を開始したりしていた。集中する技術がそこまでなかったからなのだろう。

そのあたりは最近は改善されている。時間を決めて、そこに集中して執筆することができるようになった。一日に何時間も書かなくても、自分の考えていることを言語化することができるようになってきた。今は、朝九時から午後二時半までの五時間半である。そのあいだに原稿用紙一〇枚は最低書く。『幻年時代』執筆中は四〇枚くらいいくときもあった。指の力と思考を連続的にリンクさせることができるようになっていたのかもしれない。そうすると、子どもからの一緒に遊ぼうコールに瞬間的に応えることができる。すると、自分の精神状態もよくなるのである。

子どもは僕を疲れさせようとして、遊ぼうと言っているのではないと最近知覚できるようになってきた。子どもと遊ぶと、確実に想像できないランダムな思考や体験と出会う。実はそれは、次への旅なのだ。しかしそれは、やることをやってからでないと向かい合えない。もちろんこれは僕の場合であるが。

子どもとちゃんと向かい合えているときは、フーとも向かい合える。とは言いつつフーは、アオと遊びまくる僕にたまにこちらを見ろとの助言を言ってきたりしているから、その心中はよくわからない。

5月16日（木）

朝、アオを自転車に乗せて幼稚園へ。零亭で原稿。アマゾンからの郵便物が届く。高野秀行さんが書かれた新刊『謎の独立国家ソマリランド』という本だ。僕は買った記憶がないし、誰かが送ってくれたのだろうか。わからないが、本自体は面白そうだ。

こうやってどこか遠くまで旅行して、そこで何かと出会って本にするというのは僕もやってみたいと思うのだが、僕の場合はいつも自分の生活圏でのことになる。しかもそれは今に始まったことではなく、どうやら小さいころから何も変わらない。未知のところへ行っても、あまり興奮しないのだ。旅行してもホテルの周辺をうろうろしているだけだったりする。それよりも、既知の世界だと自分が確定しているところがヒラヒラ風にはためいているので、少しめくるともう一つの世界が現れる、みたいなことにアンテナが反応するらしい。

何事にも二つ以上の側面があり、しばしばその一つだけの面が強調され、受け入れられていく。そういうのを見ていると、「自分が感じているのはちょいと違うのだがなあ」と思いながら、若いころは、一つの意味や側面を信じる世界によくやられていた——と書きながら、何を書いているのかわからなくなってきたが。

たとえて言えば、『0円ハウス』を出したときもそうだったかもしれない。「路上生活者を取り上げているのよね、ああ、そういう類の本であれば、あれもそうだし、これもそうだし」と言われていた。僕としては何か違うものに興味を持っているはずなのだが、どうもそれを説明することができない。そんなことがよくあった。

それでも自分は言葉にできないものを感じていて、それこそに強度があると感じていた。わかりやすいところで断定するのではなく、自分が感じている、そのヒラヒラめくれる「もう一つの世界」の予感をどれくらい含めることができるか。こういう作業は、それでちゃんと飯を食べていけるのかというような世界では意味がないものとして受け取られがちだけれども、生き延びる技術としては、とても大事な行為だと最近思う。

★

アオを迎えにいって家に送った後、今月末から行く予定のドイツの旅の予習。今回はバウハウス特集なのだが、僕はまったくバウハウスを通っていない。というか、建築学科でありながら当時ほとんど勉強していないので、基礎知識をとりあえず入れておくことに。

大学では、本当に偏った勉強しかしていなかった。そんな僕が、ANAの機内誌でコルビュジェを見にインドへ、ライトを見にシカゴへ、今度はバウハウスを見にドイツへ行くのだから不思議なもんだ。ワイマールは躁鬱の先輩であるゲーテ先生もいるのか。ベルリンは「だるま」のカツ丼しか考えていないのはまずいので、いろいろ調べる。ドイツの建築家エーリッヒ・メンデルゾーンのアインシュタイン塔はむちゃくちゃ気になるのだが、これは関係ないから見れないのかなあ。

夜、背中と腰がどうにもおかしい。早く寝る。

5月17日(金)

朝から、どうも体の調子がおかしい。最近は派手な行動も控えているし、家族とも密につきあっている、つまり、あんまり問題は見当たらないのだが、体が重い。

朝、アオが「起きて！」と揺さぶってくるも、起きれない。きのうは背中が痛いからと寝たはずなのだが、フーの顔からは〝もしや、まさか〟という不安げな気配が漂っている。

調子が戻ってきたのが、四月一三日の誕生日の後くらいからなので、約一か月である。こりゃ短いだろうと自分で苦情を言う。かといって、また鬱になったのかというと、そうでもないような感じでもある。ただ、やる気はまったくどこからもやってこない。フーに嘆くと、「やる気なんて、私は毎日そんなに言うほど、ないですよ。恭平、あなたが毎日、何かと熱狂的にやらないと気が済まないだけで、私は、熱狂的だったときなんて一度もない」

たしかにフーは、毎日模範的なリラックスというような風情である。そういう毎日がいいと言うと、「いや、あなたは何かをつくりたくてたまらないから、たぶん無理でしょう」と返される。というか、新作書き上げたんだし、たまにはぼうっとするのもいいのではないかとフーは淡々と話す。そういう淡々さがうらやましい。僕は淡々とできないのである。ということで、フーと井戸端会議。

しかし、本当に、オセロのように一瞬にして状況が変わるのが僕の状態である。きのうまではまったく感じることがなかったのに、今日この体の痛さかと思ったら、途端にやる気がなくなり、体を動かして何かを考えていないと落ち着かなかったはずのこの動物は、たちまち石化する。

というわけで、この坂口恭平日記の様相も変わってくる。今回はかなり慎重に取り扱っていたはずだが、それとこれとは別らしい。体が動かなくなるのは、疲れてい

鬱記

2012年11月4日

何が不安なのか。大きなことはワタリウム美術館である。

では、それがどうなれば不安でなくなるのかを、自分でできるのかどうかを無視して、シミュレーションしてみよう。僕が今からワタリウム美術館での個展のオープニングまでの一二日間、どのように過ごせばよいかをイメージしてみよう。

❤

まず、僕と関わってきた人にはすべて個展の案内状を出す。それは恥ずかしいことかもしれないが、大事なことでもある。久々に連絡が来てうれしがる人もいる。もちろん、来れない人は来ないだろう。それでいいのだ。たくさんの人に案内状を出す。その宛名をワタリウムに明日中には提出する。

モバイルハウスをちゃんとつくる。これも展示にはとても重要なことだ。

展示内容をちゃんと自分で考える。そして、壁に貼る文字を考える。展示物を自分で全部決める。写真も何を展示するのか、それをきちんと決める。

枠に収まらないような展示をする。未来へ向けての展示をする。人が新しい発見をできるような展示をする。

悪いイメージをすべて取り払う。僕は絶対にできる。絶対にできるんだと思い込む。自分に言い聞かせる。

どんなに笑われてもいい。でも、それでも自分の最大限を尽くす。面白いものを作る。かつ、じっと人が考えられるようなものを展示する。過去の作品にあることはすべて盛り込みたい。

自分を馬鹿にしない。自分だけは真剣にやる。絶対にこの展示を成功させるという意気込みでやる。未来篇のことも考えながら、展示する。

帰ってからの一週間は寝ずに作業をする。とにかく集中する。落ち込まない。とにかく仕事をする。

絶対に成功させる。そして枠にとどまらない。自分にとっての新しさに挑戦する。

❤

もういろんなことに悩まない。悩むなら動く。動いて問題があったときにだけ対応する。

きのうのインタビューもまったく問題がなかった。きのうのトークショーも、いつもの僕とは違う側面であったが、それでも何ひとつ問題はなかった。きのうの飲み会でも落ちているのかどうかがわからないと言われた。

　僕はつまり、人からは落ちているようにはまったく思われない。たしかに口数は多くはないかもしれないが、それでも全然落ちているようには思われていないのである。

　そもそも、僕自身もこれが落ちている状態というよりも、あの躁状態に対する憧憬から「落ち込んでいる」と言ってもいいのかもしれない。もちろん、何も考えることができていないと思ってしまうのは苦しいのであるが。

♥

　何にも興味を抱けないというが、それは本当だろうか。

　セックスには異常に興味を示している。自分の病気に関しては異常に興味を示している。自分自身に関しては異常に興味を示している。つまり、興味がまったくないわけではない。

　興味の対象が移ってしまって、自分の仕事とは違うものになってしまったから、落ち込んでいるのである。でも、何事にも興味を失っている状態ではない。そのことにはちゃんと気づく必要がある。

　その他、何も記憶することができないと言っているが、それも大げさな言い方だろう。人間は興味を持ったことしか記憶することはできない。さらに、僕は一つの体験をするときにもいくつものことを考えている。だから、あることを覚えていないということも仕方がないのである。かといって、それで人生が無茶苦茶になったことはない。だから、それでもべつに問題はないのである。記憶している人が横にいるのなら、それでいいだろう。そう思ってみてもいいのではないか。

♥

　それでは僕に何の問題があるというのか。自分が問題であるとか、悩んでいることについて考えてみよう。

　果たして何が問題なのか。

　といっても、いきなり思いつかないのである。自分は楽しめない人間であると思っている。でもそれは本当にそうだろうか。きのうも何も楽しくなかったのか。井手くんと話しているときはそれはそれで面白かったし、黒崎さんと話しているとき、ドイツ人のカトリーヌと話しているとき、キンパラさんと話しているとき、それぞれ、楽しくなくもなかった。楽しいと思えた瞬間もあった。

　つまり、僕は思い込んでいるのである。フー、アオといるときも楽しい瞬間はある。ミネちゃんたちといるときも、さとけいと話しているときも、川治くんと話しているときも、梅山と話しているときも、磯部涼や佐々木中さんと話しているときも、楽しいときはいくつもある。だから、僕は楽しめない人なのではない。人生で一度も楽しいときがなかったというのはまったくの嘘だろう。

もちろん、今は調子が悪いからなかなか積極的に行動できていない。だからつらいのだろう。でも、原稿を書いている作業自体もべつに楽しくないわけではないのだ。何も問題はない。

それ以外のときは、大体でいいのである。「ま、それなりに楽しめればいい」という思考も必要である。「いつも絶好調、いつも楽しすぎて幸せである」というほうがおかしいのである。そのような極端な思考を改めたほうがいい。なぜなら、それは思い込みすぎだからである。

かつ、どんなことも、できることなら楽しめたほうがいい。だから、楽しもうと硬直するのではなく、なんか楽しいことないかなと気楽な精神で毎日を生きたほうがいい。

❤

自分と自分性のずれに苦しんでいる。

これも本当だろうか。調子がよいときにどんどん新しいことをやろうとする意欲と、その後の調子が悪いときの本当にどうしようもなく動けないとき、この二つが合わさって僕は存在しているのである。だから、それら二つのおかげで自分が存在している。だから、そのどちらも消すことはできないのだ。フーはずっとそれを見ながら、それでもいいと言ってくれている。だから、頼りないときもあれば、頼れるときもある。それでいいのではないだろうか。

僕はそういう人間なのである。だから、デリケートになるのではなく、そうなってしまったのなら、仕方がないと諦め、ゆっくり養生すればいいのだ。もちろん、そのあいだは苦しいが、苦しんでいる行為に悩むのではなく、そのあいだはしっかりと苦しめばいいのではないか。

自分はとても臆病な人間であると思いつつも、いろんなことに挑戦するし、会社に勤めず、一人で挑戦する。だから、臆病であるわけではない。ただ、少し恥ずかしがりやである。といいつつ、べつに人前で話すことは恥ずかしくない。ただ人間関係が少し得意ではない。といいつつ、べつに人と話はする。だから、そんなに問題はない。ただ、人とゆっくり何でもない話をすることができないのである。だけど、フーとはべつに何でもない話をする。だから、できないとは言えない。あんまり得意じゃないと思えばいいのではないか。それでも、調子がよいときにはそれはまったく問題はない。

今の問題は次に進めていないだけなのかもしれない。次に何をするのか、まったく見えていない状態である。それはいくつもトークをし続けてきたからかもしれない。それが問題なのである。それを考えなければいけない。といいつつ、そんなに簡単に新しいことばかりすることはできない。だから、べつにそれもそんなに気にしなくていいのではないか。

心臓に毛が生えたような人間になってみたいと思う。本当に繊細で、考えられないほど荒削りで、そういう二面性が存在している。でも、心は根アカでありたいと思う。どんなことだっていいなと思う。根クラはきついじゃないか。面白くないものなんてない。ただ自分が面白くないと感じているだけだ。それをどうすればいいのか。

家庭をつくりながらも、訳のわからないことばかり、ずっとやっている。それが面白いのである。そこに僕の可能性がある。かなりヘンテコであるが、それでも、自分がそういう行動をやっているということが面白いのだ。

❤

と、ここまで原稿用紙六枚書いている。つまり、原稿は書けるわけである。書こうという気もある。そういう事実に気づくと、自分の体は自然と立ち直っていく。僕はもっともっと行動ができるはずである。もちろん、いろいろと弱いところもあるが、それも含めて笑い飛ばせばいいじゃないか。できない人ねと言われ続ければいい。

というか、そんなこと言われたことがない。なのに自分で思っている。それはおかしいじゃないかと思う。つまり、自分からの視点だけが余計なのである。自分の視点をすべて取り去ったとき、僕はまた新しい行動を始める。そのことのイメージを絶対に忘れてはいけない。

自分が生まれ変わっていく。かつ、今までの人とも同時につきあっていく。そのようなイメージをずっと忘れないこと。それを忘れずに、突き進む。そうすることが自分の次の可能性と出会えるチャンスなのである。今のところうまくいっている。だから、これを守るのではなく、また新しい自分と出会うために、自分の過去を壊す。破壊する。

その感覚が次の自分を見つけるチャンスになる。普通に収まっても、僕の人生はどうにもならない。僕の人生は僕のものだ。だから、見たこともない、新しいチャンスへと向かっていけばいいのである。でも、それは何なのだろう。そんなことがわかっていても仕方がないが……。

次に何をやるのかがわからない。でも、次にやることは、もうすでに目の前に転がってはいる。

モバイルハウス新書の完成。尹《ゆん》さんのやってくれた語り下ろし。そして、竹村さんと書く新作。新潮社でやろうとしているお金についての根源的な問い。これらも直接次に進む道につながるかわからないが、それでも僕はやろうとしているのだから、挑戦してみればいいと思う。

新政府としての活動も続けたらいい。できなくはないはずである。もちろん、やればやるほど、どんどん自分は大変になっていく。そのことのブレーキなのだろう。それを恐れずにやることができるのかどうか。そこに自分の行動がかかっている。一度きりの人生。どうやって生きるか。面白いようにやれればいい。人のことを大事にしよう。人と関わることが重要なのだ。ずっとやめない活動をするために。

ほら、もうここで一〇枚分書いている。

あと、僕は今、自分の一日の生活について迷っている。どうも執筆するだけじゃ面白くないと思っているようなのだ。ここで、自分が実践してみたいと思う一日を思い描いてみたい。

❤

家事は何をするか。料理は週に一度は自分でやるようにしたい。それ以外の料理はフーに任せ、その代わり僕は皿洗いとお風呂。洗濯も自分でやれるようにしたい。洗濯物干し、掃除もできるのだから、たまには手伝ったほうがいい。

こうやって自分の一日を考えていると、自分が何もしていないのではないかと不安になる。でも、それではないかと不安になる。でも、それでは食べてはいけないはずだ。調子がよいとき、僕は猛然と仕事をしているはずなのである。

自分には好きなものがないと言っているが、これも嘘になる。自分はどんどん好きなことがある。調子が悪いからそのことに気づけないだけで、本当はいろんな興味深いことがたくさんあるのである。

あと、僕は人に見られることが苦手で、それであんまり外出ができない。本も買えない。それなら、アマゾンで買えばいい。このように少しずつ、自分で調整していけばいいのである。あと、人と接しないことが多い。これも、フーが言うように本当のことなのか。調子が悪いときがなければ、人と会って、いろんなことにトライしているはずなのである。

あとは新しい世界に触れるために、旅をしたほうがいいのではないかと思っている。

何ができるのか。自分の体で何ができるのか。それをよく見てみようじゃないか。

できる。絶対にできる。自分の可能性をもう少しオープンにできたら、それが可能になるはずだ。今は調子が悪いから、閉ざしている。心が閉じている。

人と接することだけを避けている。そこがいちばんネックである。それを開いたら、僕は自由な精神を獲得できるだろう。心を打ち解けそうな人がいたら、しっかりと開いてみる。そうすることで、僕はまた一歩、進んでいくだろう。一つひとつ学ぶことを忘れずにいれば。

自分がいちばん下であるとちゃんと認識すればいいのである。だからこそ、いろんなことを吸収したい、いろんなことを学びたい、という精神を持てばいいのである。強がるのがいちばんまずい。自分が知らないことを知っていると言うことがいちばんまずい。知らないことを知り、それを知りたいと思うこと。そして日々、少しずつかもしれないが、成長していると実感すること。これこそが幸福である。

今の状態からでも十分巻き返すことができる。

絶対に絶望しないこと。どうにかしてでも、成長しようと試みること。子どもが二人になる。これからももっと大変なことがあるだろう。それでも、彼らと一緒に成長するということを忘れないようにすること。フーとも幸せな日々を送ろうとしていること。

そういう人生を歩もうと思う。

♥

まだ終わってない。人生は終わらない。自分の生を全開にして、人々の幸福につながるようなことをしたい。そして、その前に自分の人生に対して、否定的ではなく、肯定的に感じられるような日々を送りたい。それはそんなに難しいことではない。そして、それはまわりの誰も気づいていない。自分だけが否定しているのである。自分だけが思い込んでいるのである。

もうこうなったら思い込むのも仕方がないから、放置しておく。でも、行動だけはやっていく。人に感謝し、興味を抱き、自分のことに自信を持つ。それを自分の思い込みだけがやめさせようとさせる。だから、自分の思い込みをどうすれば、解放させられるか。

るからでも、忙しいからでもないのかもしれない。それは季節の代わり目のように、理由もなく、時間がたてば来る、ということなのか。かといって、「こういうときに来る」という時間のヒントもない。ただ、それは来る。だから、防御策を取っていてもあんまり効果がない。来たかもしれないと思って、用心して、ゆっくりするとかそういう余白がない。

「だから、諦めたほうがいいんじゃない?」とフー。

フーはもう慣れているのだろう。しかし、僕は何度来ても慣れることがない。慣れることができない。なぜなら、解決策が毎度違うからであり、症状もまた毎度違う。といっても、罹っていない人は何を言っているのか訳がわからんでしょうが。

「だけど、いつもやる気がなく、落ち込んでしまったら、また新しい発想が出て、次の仕事につながったりするじゃん、だから大丈夫なんじゃないの」

フーは楽天的だ。そう言われればそうなんだけど、現実に陥るとけっこうきついんだよと思いつつも、楽観妻は強い。

その横で、朝の自転車に乗れなかったアオが自転車に早く乗ろうと言っている。弦は本当にいるのかと疑ってしまうほど、すやすや熟睡中。さて、どうなるのか。

5月18日(土)

弟が東京から熊本の実家に帰ってきている。帰省というより本腰を入れて帰ってきている。きのう、帰ってきたばかりの弟と夜遅くまで酒を飲んで、最近気になっていることなどの話をしたりした。

僕は歩いてすぐの実家に用事があったので、今日も顔を出してみると、弟の部屋が大変なことになっている。どこから集めてきたのか、プレイステーションを十数台並べて、それをテレビやステレオなどにつないでいる。その状態で、それぞれ別のゲームソフトを挿入し、音を出し、テレビ、ステレオから出力された音を一台のミキサーでコントロールし、それで曲をつくっていた。

弟が何かをつくっている姿なんて初めて見たので、おかしいな、でも、きのう飲んで熱く話したのがきっかけでつくるようになったのなら、それはそれで面白いなあ。しかし僕の弟は一つ歳下で、つまり三四歳で、しかも既婚で、そんな人間がプレイステーションをさまざまに接続させ、特に新しい薫りもしてこない音楽などをつくっていて大丈夫かなあ、仕事してるのかなあこいつ、と他人事ながら不安になり、心配してたら目を覚ました。つまり夢だった。夢でよかった。三五歳の僕は、現実にそんな状態なのであるが。

僕は調子が悪くなると夢を見る。そして、夢によってなんらかの効果を自分に与えようと試みてしまう。鬱状態に入ると自分の意識下ではどうすることもできないから、無意識の状態によるビタミンたっぷりの果物を食べるような気持ちで、夢を見る。夢判断とかそういうことじゃなく、夢から実益を獲得しようとする。夢世界からは無法者と思われているかもしれない。もちろん、現実世界から見ても、

と、ここで、日記が止まっている。

しかし、本当に天候のような体である。人間も自然だから、そう考えると不思議ではないのだが、当の本人はとにかくつらくなっている。天候と思おうと試みるが、それがなかなか難しい。

というか、人間の意志で体が動いてしまったら、それこそ、僕の体はどんどん消耗するほうへ向かうわけで、試みがいつも失敗することが重要なのだろう。つらいけど、そこは諦めるしかない。とにかくまた寝た。

自転車に乗せてくれてたのに、えーっ！　とアオに突っ込まれたが、最近は放置してくれるようになった。いいのか悪いのかわからない。僕は恥ずかしいし、いつも情けなくなる。しかし、フーはそのままを見せればいいと言う。

第2部

ベルリンの日々

2013年5月26日～5月31日

5月26日(日)

八日間、完全に止まっていた。で、今、ドイツのワイマールにいる。ANA機内誌『翼の王国』の取材。バウハウスの特集。ワイマール、デッサウ、ベルリン。

毎日できるだけ書こうとは思うものの、というか、実は鬱状態に陥っているときもかなりの分量の原稿を書いているのだが、ほとんど現状のつらさの記録なので、鬱になるととても小心者になる僕にはインターネットで公開することなどできない。それでも毎日一〇枚くらい書いていた。記録のためというよりも、書いているときだけは鬱屈した気分から脱出できるようだ。しかし、今日は少し書けるようになってきたようなので、日記を書いてみる。

頭がようやく動くようになってきた。転地療法ができたのか。編集の卓ちゃん、写真家の石塚元太良と三人で。同行してくれているのが気楽になれる仲間でよかった。というか、こんな天候荒れ放題の予測不能の僕が仕事できているのは、本当に周辺の人々のおかげである。

荒れるとみんなのありがたみを思い出し、晴れになってノリノリになるとまた忘れてしまう。本当に都合のよい生物である。だから、こういうことこそ書き残しておいたほうがいい。フーは、あなたには完全に別の人格の人間がいるという。やっぱりそうなのか……。坂口恭平日記が、ほとんど狂人日記と化してやいないか不安である。

★

機内でウェス・アンダーソン監督の映画『ムーンライズ・キングダム』を観るも、なんだかかわいい、雑貨が大好きな女の子とかが好きそうな映画のフリして、僕にとってはただの狂気映画であった。息苦しくて、体勢を変えて気持ちを切り替えようと思ったとき何度も肘でコントローラーの停止ボタンを押してしまい映画が消えるのだが、それでもう一度スキップして続きを観るのであった。間違って三度も停止させた。でも、けっきょく終わりまで観た。

天候が荒れてどん底に落ちると、親としての機能を果たせなくなってしまう。それでも、子どもは待ってはくれずにどんどん成長していく。あのときにいつも感じる、なんとも言えない、絶望感に似た感情を映画を観ながら感じた。その絶望感がフーにはないらしい。本当にフーは強くて芯のある人間だなあと思う。

興味深い映画だったが、しかしこれを観るだけでは落ち着かず、もちろん眠れないので、『ハート・ロッカー』を観ようとするも、爆弾処理のシーンでもう駄目だった。不安で押し潰されそうになった。これではもたないと思い、ハリウッドボタンを避け、ワールドボタンを押して、ドキュメンタリーコーナーに移動した。そこで見つけたアートコレクターのハーブ&ドロシー夫妻のドキュメンタリー映画を見始め、大いに励まされた。

まったく知らなかったバンクーバーのジャック夫妻に初めて絵を買ってもらったときを思い出し、なんか忘れてはいけないことを思い出した。少し元気が出る。ドロシーを観ていたら、フーに似ているなと思った。僕ももっといろんなところに一緒に連れていったほうがいいのかもしれないと思った。そろそろ僕は、自分の仕事が僕だけの仕事であると思い込むのをやめたほうがいいのかもしれない、と思った。

というように機内映画で少し変調できて、その後いくつかすごいアートピースをワイマールで見たら、完全に分かれているらしい（フー談）二つの人間がツートンカラーで混ざっている状態が今。こうなると書ける。フーにスカイプで現状報告し、今からワイマールでの夕食をみんなで食べにいく。

ワイマールと言えば、躁鬱の大先輩、ゲーテ先生の街である。ゲーテの家は見たいなあ。

5月27日(月)

取材が終わり、散歩してる。ワイマールの街が気に入りました。バウハウス。これは僕が構想・妄想していることを、そして妻フーに、もう今後オーガナイズするなと止められている「0円大学」なる実験都市計画とリンクしてきた。危ない危ない。もう人のことは考えないでいるという約束をしたものの、まだまだ会っていない才能の塊、芸術を試行しようと勇気を持って生きている若い人間へアクセスしようとする思いの火は消えずに、静かに炭となり、くすぶっている。

それでいい。実行に移さなきゃいいのだ。妄想はタダだ。夢のある妄想をしよう。それをテキストにぶち込むのだ。お前のその構想を、3Dをはるかに越える二次元の文字によるイリュージョンで立体化するのだ。そうすればフーも泣かずに済むし、アオも僕と一緒に遊べるし、第二子弦をリラックスさせながら過ごせるくらいちょっとだけ金も稼げるのだ。だから蓄財しろ、ゆっくり安静しろ。

と、よくわからない命令を己に下したのだが、ノートブックには「坂口恭平版バウハウスをつくるとしたら、どのような教師陣を呼ぶか」と、周辺の才能の塊の集合を二次元のノートブックの上に実現させようとしている。ノートを閉じ、街を歩こう。

お洒落なカフェがあり、桃のシャンパンを飲む。森の中を歩く。飛ぶ。そうして見つけた骨董屋で、フーとアオのお土産を買う。アオにはリスの形のヘンテコなぬいぐるみみたいな小さいおもちゃ。フーにはマイセンを買いそうになるが、それでは高すぎて怒られるので、というかここでマイセン買ってもつまらないということで、「ワイマール製の骨董をくれ」と言うと、おばちゃんが奥から一九五〇年代の金色のドット模様のクラシックなお皿を出してきた。惚れて即買った。大きな平皿です。なので、フーの要望にも応えているのではないか。

完全にさらっと交わすつもりだったワイマールに引っ張られている。ついつい延泊することに。デッサウには明日向かう。

★

部屋が変わった。三部屋くらいある気品のある寝室。R・ケリーを聴きながら、集英社から八月ごろに発売予定の新書のゲラを読んでいる。ガイ・フォークスと同じ誕生日であるこのキチガイ坂口恭平は、このあと

猛進撃を始めることになる――――のだろう。

これが俺の人生なのだ。絶望と阿片のような快楽の両方にはさまれ、そのあいだに見つけた蜘蛛の糸を人を踏みにじり上り続ける狡猾な鳥のような人間なのか、鬱のときの潤んでいる人のよい優しい人なのか……わからない。

「あなたは二人いるの？」

フーがスカイプ越しに俺に話しかけるも、俺の調子が上がっているので、顔は笑っている。アトピーでパニクっていたが、どうやらその発作もおさまり、綺麗な肌に落ち着こうとしているらしい。

家族は、それはまた一つの有機体である。かといって、夫の鬱が家族の鬱ではないのだとフーは僕に言い、アオは、とにかくウツでもソウでもなんでもいいから遊びにいこうと言ってくる。それでいい。そのままで。バウハウスの新事実たちが僕の扉を開けていく。このまま進むと危ない。でも今はオーガナイズしなければいい。原稿を書いて、梅山に送ればいいのだ。

★

人生はとても怖い。退行したくなる。変化が怖い。それなのに俺の脳は躁の天国と鬱の地獄のシーンを交互に照射し、僕に岐路の存在を知らせる。ならば、選ばなくてはいけない。選択したくない僕は、そこで苦悶するのかも。選択したくないのだ。それでも『トイ・ストーリー3』のように自動ベルトコンベアで僕は運ばれていく。というか坂口家自体が運ばれている。でも、一発屋といつも笑われている僕ですから（笑）。

「俺もお前もゼロだよ。ゼロからやっているんだから。構築するな。安心したら終わりだよ。どうせ霧となって散ったって、そこが僕らがいた場所なんだから、損得なしだ。だから、原稿を書け」という相棒、梅山の言葉が怖すぎるよ。

でもそれは、「俺もお前も放射能を吸ってんだから大丈夫だよ」みたいな不思議な落下共同体とははっきり違うと断言できる。そんなのは嫌だ。絶望を隠すのは嫌だ。ヴァルター・グロピウスもそうだったはずだと勝手にシンパシーを。

バウハウスのことを人は誤解している。間違いなく、俺は誤解していた。僕は無知であることだけでなく、誤解していることにも気づいてしまい焦り出した。

「それはまだ学ぶことがたくさんあるってことじゃない？」というフーのような余裕は僕には存在しない。すると、フーは「焦ってもどうせあなたはやめないんだから、それでいいの」と言う。

この女はいったい何者なのだ。僕は自分が何者であるかは判別できる。しかし、俺の周辺の光線のような、言葉を吐く、周辺の人間たちは果たして人間なのか――と言うと、「そろそろリチウムを飲む時間です」と放送が鳴り、僕は青明病院の袋を開ける。

さてまた始まったな。えんやこらさっと運ぶこと。もっと官僚的にやれ。己にだけは官僚的に指図せよ。己の城に届かぬKは誰だ。持ってきた文庫本が風に吹かれ、ありゃりゃ、お前、『城』なんか読んでんの？　大ジョブ？　病んでんの？　と言葉が光線として飛んでくる。はっ、いかん。とりあえず本日の執筆を中止する。

日常に満足できるほどに絶望を無視できる人間などいない。だから僕は書いている。

慰めるくらいなら、僕は自閉し己の城に閉じこもり、誰が読むのか知らぬ日記を書き続けるぞ。これが俺の次なる新作なんだ。

建築の家＝BAUHAUS
僕は「日記の家」を書いている。


日記の家（にっきのいえ／にきのいえ・日記之家）とは、先祖代々の手による家の日記（家記）を伝蔵した公家の呼称。「日記の家」の代表格は小野宮流藤原氏及び高棟王流桓武平氏である。――Wikipediaより

ワイマールに唯一建ったバウハウス設計による建築作品「アインホルンの家」を見学した帰りに見た巨大な松に平安時代の風が吹く。先日、僕の鬱でトークショーができなかった映画監督の沖島勲さんと会いたいと思った。でも、フーは首を振っている。まだ企画はしないようにね。でも、いい。原稿を書けばいいのだ。そうすれば会える。

つまり、会う、とはそういうことなのだ。

会えない人と会うために僕は書けばいいのである。書くとは出会うことである。

将来、アオが育ち、未知の生命体となるであろうアオ

を種にして育った女性と出会うため。今は亡き、僕に命名してくれた死者、祖母の坂口サイと出会うためなのかもしれない。しかしまだ、具体的な人々の手を握るのはやめておこうと思う。家族の手を握ればいい。

扉は開かれている。まっすぐ歩けばいいんだよ、間違っているとか間違っていないとかがそもそもないもん。過去も未来もないよ。ただやってきたんだし、これからもやるのよ。

男王制では火山がたびたび噴火することによる住民の大移動などが発生し、統治が行えなくなっていたが、坂口恭平という国は、フーという女子を坂口恭平に共立させることによって治めることが可能になった。実質的な政治は坂口恭平そのものが行い、フーは社会的な活動はせず、というよりも人と会わず、坂口恭平の人生相談的な、つまりある意味では呪術的活動、鬼道《きどう》にその活動を限定している。

5月28日(火)

ドイツのデッサウにいる。デッサウなんていっても誰も知らないかもしれないが、ここにバウハウスの校舎がある。設計はヴァルター・グロピウス。もちろんとんでもない建築だ。

ここで書きたいことはたくさんあるが、『翼の王国』の連載で書くことになりそうなので、ここでは言わない。ANAの飛行機に乗るか、坂口恭平の親戚なんですが機内誌を読みたいので一部送付してくれないかとお願いしてほしい。さらに言えば、そんなことはできればしないでほしい。しかし人間は勝手なものである。やらないでと言われていることしかやらない。俺がまさにそうだ。

バウハウス博物館の館長と熱く語る。涙を流した。バウハウスという熱病はパンデミック状態で蔓延している。みなが狂い始めている。パキスタンからローンしてまでここの学校に来てデザインを勉強している四〇歳のバーバラと出会う。パキスタンの商業都市ラホールは今、若手建築家たちが実験的な建築を建て始めているらしい。なんか七〇年代の日本みたいだな。気をつけろ。建物を建てると、バウハウスみたいな幸福な熱病ではなく、デボラ熱みたいな悪魔に取り憑かれるぞ。パンデミックに気をつけろ。

「楽しいパンデミックを。グッドラック」

そう言って別れた。ラホールは面白そうなので今度行ってみたい。

五〇〇年前からビールをつくっている半端ないビール工場で夕食を。デッサウは今見ると新興住宅地のようだが、実は第二次世界大戦で八五パーセントも爆撃された。それこそ重要な文化の都市で、五〇〇〇機の軍用機がつくられた場所でもある。音楽と演劇が栄え、かつエンジニアリングも備わっていた。おそらく、ライプツィヒよりもベルリンよりもヒップであった可能性があることが、取材を重ねていくなかで判明してきた今、あまりにも退屈なこの街で、ヴァージニア・ウルフの言葉が突き刺さる。


町や港や小舟の放つ光の群れは、そこに何かが沈み果てたことを示す幻の網のようだった。

——ヴァージニア・ウルフ『灯台へ』岩波文庫、一二六頁

その後、同行した写真家石塚元太良と二人で飲む。次の新作のアイデアが降臨してきた。気づいたら僕は梅山に電話していた。まるで高円寺から公衆電話で、吉祥寺付近で飲んでいる梅山にかけるかのように。しかし俺は今デッサウで、梅山は日本にいて、しかも朝七時であった。

下りてきたプロットを梅山に話す。つまり小説になる。タイトルも決まった。しかしまだここでは言わない。『幻年時代』が発売されたら教えます。というように、狡猾な資本主義野郎でもある僕は、とにかくお金のことしか考えていないただのインテリヤクザの風貌にも見えてくる。でも、そんな僕を、「あなたは心が優しい人なのにね」と言うフーを僕は信じていいものかと悩む。これは何かの暗号なのか。フーよ、お前は果たして本当に人間なのか。僕の味方なのか。いや、フーは味方ではなく、見方である。つまりvisionである。この女の持つ芸術性に少しずつ気づき始めている僕がいる。僕はノートを開き、さらにプロットを進め、梅山に電話。

「またプロット進んだよ。ラストシーンはこういく」

「よーしよし、いいぞ、恭平。プロットは後で詰めよ

う。登場人物たちの輪郭がはっきりしてきたから、次は平面図を描け」

「平面図か。いい言葉だな。わかった。プロットという時間軸は置いといて、まずは空間構成から始めよう。お前、しかし、面白い編集者だな」

「あんまり電話しちゃうと、また電話代かかるぞ。フーちゃんに怒られてしまうぞ。きのうホテルから電話して、けっきょくいくらかかったんだ？」

「二万円だった。四〇分話して二万円って、製作費と思えば安いものだろう。きのうは梅山に電話しなくてはいけない天命だったのだから」

「フーちゃんからの苦情には俺が対応する。だから、お前は平面図だ、とにかく。プロットはさらに固めちゃ駄目だ」

「小説というより、なんか建築つくっているみたいだな」

「だってお前の肩書きは建築家／作家なんだろ？　新政府の総理はもういいよ。やることやったよもう。それよりもお前は文を書け。作文しろ。早く。お前は自殺するかもしれないけれど、それでもお前が本を残したら、本は残るよ。本は死んでからが本番だ。生きているやつの本はどうもいけねえ。新政府をつくったと思ったら『二年経ったらやめます』なんてすぐに心が入れ替わる。死んだ作家は心が入れ替わらない。入れ替わるのは、読む、つまり生きている人間だ。だから、お前が死んでも残るものを書こう。というか、お前、発狂寸前かもしれないけれど、それはそれで羨ましいよ。もちろん俺は、坂口恭平にはとてもじゃないけどなりたくないけど。フーちゃんはとにかく俺がフォローするから、お前は原稿を書け。ツイッターは完全に止められたっぽいな。よーしよし。いい子ちゃんだ。他者となんか関わっても限界があるぜ。生者と関わるだけじゃつまらんだろう。遠い未来の子どもたちへ書いたほうが、飛距離半端ないぜ。人のことをあれこれ言う人間はけっきょくのところ、寂しいだけなんよ。もっと沈黙を保て。あ、でも今書いている坂口恭平日記はけっこういい感じだと思うよ。土佐日記とかちゃんとチェックしておけよ。じゃあな。バウハウス楽しそうだね。いいね、ドイツ」

★

無印良品の「再生紙・ノート・六ミリ横罫・A5・一〇〇枚・ベージュ」。これが俺のドローイング帳であり、設計図であり、取材ノートであり、ネタ帳であるのだが、その税込二一〇円の手帖に平面図を書き込む。

おそらくこれが躁状態であることはわかっている。みんなは躁状態は楽しそうでいいねと言っているが、ほとんどの医学書には「躁状態はしばしば周囲の人間から楽しそうだねと思われる傾向にあるが、多くの場合はそれはそれできつく、本人は苦痛を感じている場合がある」などと書かれている。

果たして坂口恭平の場合はどうか。

たしかにきつい。でも、マラソンランナーはきついのか幸福なのかを考える。つまり、口頭での問診でしか病状を診察されないこれらの精神障害者たちはそれ自体が文学であり、哲学なわけで、つまり何もあてにならない。ジャングルみたいなものだ。羅針盤すら効かない。だから僕は書くのである。それはわからないからであり、しかし、一瞬一瞬では感じているからだ。

次のノンフィクション、というか、もうすでに何がノンフィクションでフィクションなのかわからなくなっている。そもそも経験してもないのに図書館に通いつめて書かれている現行のほとんどの小説群たちが本当に大嫌いな僕は、小説を書くなら、ただ人間を躍動させればいいと思っている。人間を躍動させるにはどうすればいいか。文字の中の人間たちに生命を吹き込むには、それはつまり、体験しなくてはいけない。

ダニエル・デフォーを評した松岡正剛さんの言葉は僕の羅針盤になりうる。

> デビュー当時の作家の多くは、最初のうちは自身が体験した貧困や差別や苦悩や快楽を描いて文学賞をとったり、話題になったりするものだ。それがデフォーの時代では、実生活そのものが文章だった。
>
> しかし、デフォーはそこに仕掛けを装置した。自身の日々を実験台にして、それがあらかたケリがついたところでノンフィクションをフィクションに切り替えた。いや、もともとルポルタージュやアジテーションそのものを虚実皮膜で実験しつづけていたわけで、それがアン女王の死によって時代の落着がおこったことを見届けると、デフォーはまったく

新たな「物語作家」という職業の確立に向かったのである。

その物語は同時代に生きる極端な人間の一代記というものだ。そのためにデフォーは自身のすべての体験をフィクションに仕立て上げた。これはダニエル・デフォーだけが、デフォーの編集能力だけがなしとげたことだった（のちにはチャールズ・ディケンズがこれに再挑戦した→四〇七夜）。

――『松岡正剛の千夜千冊』一一七三夜より：ダニエル・デフォー『モル・フランダーズ』

★

在野の人間であり、現行の政府にまったく抵抗もしなければ、政府の存在すらまったくないものと思って生きているこの坂口恭平は――もちろんリングネーム通りに「建てない建築家」として――熊本の都市計画をバウハウス並みにいかに再生できるかを考えている。僕の概算だと、ざっと二〇〇億円が必要だということになった。もちろんこれは俺のギャラの話ではない。僕はお金が余っているので、一円もギャラがいらない。こういう試みに対しては、であるが。

二〇〇億円という数字はある数学者が出した。先日、僕の新政府数学大臣である浦安家麗という才女から国際電話。国際電話だと着信であってもまたお金がかかるから受信しないように、というフーからの警告を思い出すふりをしながら一コールで受信。

「恭平、数字出たよ」

「麗！　まじで！　お前、まじで最高の女だな。フーもすごいけど、麗、お前もすごい。接吻をしたいくらいだが、あいにく俺にはフーという世界最高の嫁がいて、これ以上何か不穏な行動をすると離婚されるかもしれないし、離婚された時点で俺の人生はおそらくリセットボタンのように終了するから、とにかく俺はお前に金を振り込む」

「あんた馬鹿じゃないの。あたしは男性としてのあなたにはまったく興味がないし、あたしも二人子どもいるんだし。ま、なんでもいいんだけど、あたしは数字は全部理解できるけど、旦那の働き悪くて金がないから、キスはいらないから、即金でお金を払ってよ。あんた今、デッサウにいるんでしょ？　あたしライプツィヒの大学でポアンカレの研究やってたから知ってるよ。あそこ最高だよね。ま、とにかくドイツから明日即金で三五万円振り込んでおいてよ。請求書はフーに送っとくから。あの人、好きよあたし。フー、かわいいよね。あいつ菩薩だぜ、絶対。だから恭平、もう他の女の子にキスとかしたら駄目だよ。次はないよ。まじで捨てられるよ、あんた。金あんでしょ？ 即金でお願いします」

「はーい」

とりあえずこの鬱陶しい女は、数学さえできなければ友達ではない。しかし、この女は数学ができるばっかりに俺のブレーンになっている。フェイスブックの友達申請を受諾しているどころか、二人である架空の人間をつくりあげ、二人でアカウントを共有し、新しい数学と人類学との架け橋を研究しているDr.Mizumotoになって、日々、ウルグアイの滝の下にある小さな集落に閉じこもり、計算式を書く傍ら、旅行客のコーディネーターをやっていることにもなっている。それは僕にとって楽しい遊びであるし、小説が書けないときの僕の新しい趣味となっている。

僕は三二歳ごろまで趣味という概念を知らなかった。人々がたとえばサーフィンの話などをすると、つまり「仕事の合間の悦び、いやむしろ仕事はサーフィンのためにやっている」などという、僕からしたら常軌を逸した熱中している姿を見ていると、僕には趣味がないなあと。つまり悦びというものがない。束の間の休息という概念がない。ティーとマドレーヌみたいな愉悦を知らない。

けっこう面白いこと考えているし、トークショーとかでもその野蛮かつ繊細な振る舞いを見せるから気になってつきあってみたけど、趣味ないじゃん！ 毎日毎日机に向かって原稿しか書いてないし、バレンタインデーとかまったく忘れているし。なのに他の女とは白金高輪の「ラビラント」とか行くし、意味わからんし、つまらんと言って、逃げていった女など一人もいないが……というか、実質的におつきあいをしたことのある女性は、中学一年生から二二歳まで一緒にいた中学の同級生の女の子とフーしかいない。

「俺、趣味がないんだ。机の上で苦悶することが趣味といえば趣味です」

フーの前で自虐的に言うと、

鬱記

2012年11月5日

自分はハードルが高すぎる。それを少しでも低く設定できたら、自分は楽になる。ハードルが高すぎるから苦しむのである。今、こういう喫茶店でこのような原稿を書いていても本当はいいのである。

自分のハードルは、こういうふうに時間を過ごしていては駄目だと思っていることである。でも、僕がそうしたいのだから、それでいいのだ。もちろん、そのようなことをしないほうがいいという思考もある。

とにかくハードルを低く設定して、もうなんでもありだと開き直って、人生楽しいことばかり、それでオッケーと思えればいいのかな。困ることとなんか何ひとつなく、なんでも面白い。いろんな人がいて、それが面白い。いろんな展示を見ても、いいなあと思える。こういうことが重要なのかもしれない。

どんなことも勉強になるし、どんな人とも飯を食べて、酒を飲めばいい。もちろん、その後にいろんなことを思うのはいい。だから、僕はとにかくあらゆることを受け入れて、どんなことでもやって、それでみんなが楽しめれば、それで万事オッケーということにすればいい。もう人生なんて、そんなものである。難しく考えるよりも、いろいろあるけど、どんなことでも面白いと思えれば最高だ。今日はそんな感じでいこうじゃないかと思っている。

❤

なんでもやっちゃえばいい。駄目なら駄目で、他にやりやすい方法を見つけていけばいい。僕には得意じゃないこともたくさんあるけれど、それでもどうにかやっていける。だから、いつも笑っていよう。笑うから人は幸福になれる。本当に笑っちゃえばいいのである。もちろん真剣にもやる。でも、自分の精神としては笑っちゃう。それくらいの状態がいちばんいい。僕の状態は何ひとつ問題があるわけではない。だからこそ、どんどん笑っちゃう。笑えればいい。笑うのである。

　とにかく笑う。真剣に笑う。面白いところを一つでも見つけようとやっきになる。それを見つけては楽しく笑う。いつもみんなで楽しい日々を過ごそうと思うこと。それだけでいい。自分がいい仕事をするのかどうかよりも、楽しく笑えるか。爆笑できるか。自分がつらいときでも、それでも笑いは忘れないようにする。そうでないと駄目である。

❤

　自分は絶対に大丈夫だ。自分は今までもこれからも、ずっと大丈夫であるのだ。今までお世話になってきた人にちゃんとこれからもお世話になれるように。とにかく家に招待してはみんなでごはんを食べたりして、みんなで楽しくやっていきたいと思う。

　それが今、まったくできていない。でも、それも問題があるわけではない。いつからでもやり直しはできる。とにかく笑う。笑えればそれでいい。笑うことが重要なのだ。開き直って笑い飛ばす。この方法論をいつまでも忘れずに、このやり方で人生を乗り切る。

　とにかく人生は面白い。笑えてくる。だから、そのように捉えたほうがいい。笑える人生。自分の人生は本当に笑えてくるところもある。いつも変なことばかりやっていて、本当にうまくいくのかどうかいつもスレスレである。だから、そんなに繊細にデリケートにならずに、ちゃんと笑えるような精神でやりたい。そうでないと本当に大変だと思う。

「っていうか、あたしも趣味なんてないんだけど！　ははははは」

大声で笑うフーをとりあえず後ろから強く抱きしめた。抱きしめれば、今までの過ちがすべてチャラになるんでしょうとはフーは言わない。フーは絶対に言わない。フーとスカイプした。

★

「鬱のときの自分、もう忘れたんでしょ」

「うん。ごめん。鬱のとき、なんか言ってた？」

「はははははっは！」

「で、プランが今日、三つ出てきたのよ。一つ目は『幻年時代』に続く新作のタイトルとプロットの一部分、そしていくつかの平面図が完成したので、次の本の執筆を開始します。梅山にはもう伝えたよ。一〇〇点！　とは言わなかったけど、プロットのノリとラストシーンの映像を伝えたら、『うん、見える。平面図を描け』ってなぞなぞしてくるもんだから、必死に平面図を書き上げたところ」

「いいじゃん。原稿執筆に関しては嘘でもなんでもいいから、とにかく狂気のその向こうのブルゴーニュの森まで行っちゃっていいよ。ってなんか言い回しが、恭平みたいになってきた。はははははっは！」

「で、二つ目が、俺が革命するとしたら……」

「恭平！」

「革命のためには……」

「おーい、恭平」

「ん？　なに、なに？」

スカイプの向こうにはフーはいない。フーはテーブルにiPhoneを置いてスカイプをしているらしく、その代わりに坂口恭平の所有するMacBook Airの画面上には、フーの乳房とそれに動物のようにしゃぶりつきながらも、素っ気ない顔をしている弦の姿があった。久しぶりに自分の息子の顔を見た坂口恭平は、にたりと頬の輪郭が歪み、しばし茫然とした。それに続き、フーの乳房から声が聞こえる。

「恭平。革命を起こすことを目論まないと、この前の誕生日に、あなたと梅山と私で約束したじゃん。革命は起こすんじゃない。革命は〝書く〟〝命〟なんだって。ユリーカー！　って叫んでたじゃん。それは酷いギャグセンスではあるけど、つまりあなたは今後いっさい人前には出ずに、私の横でずっと原稿を書き続け、それを黙読する人たちへ自由を歌うって言ってたよ」

「なんか、すごいこと言ってるな……。なんでそんなに覚えてるの」

「いやいや、あの、あたし、この前も言ったけど」

そう言うと、フーの乳房の映像はフーの顔に変化した。彼女はオレンジ色のLIFE社のB5ノートブックを持っている。坂口恭平が弟子たちに、書物の書き方を教えるために原稿用紙を近藤文具店で購入した際についでに、フーが好きそうだからと買って手渡しておいたものだ。

「坂口恭平日記つけてるからじゃないけど、梅山が言ったから、そしてあなたの躁鬱の具合を試験的に観察するために、あたしも日記書いてるもん」

「フー日記か」

坂口恭平は、人のあらゆるものをすぐ覗き見する性癖を持っている。鍵さえかかっていなければ、それは見てもいいものだと判断しているのだ。フーのタンスの四段目の奥のほうのビニール袋の中に何が入っているかすら知っている。しかし、坂口恭平はそれをフーに伝えたことはない。しかしフーも狡猾で、坂口恭平がさまざまなものを覗き見することは当然ながら把握していた。

フー日記は、その意味で、坂口恭平のためのプライベートな手製の本を書いているような気持ちでもあったのだ。どうせ坂口恭平という男は覗く。全裸などまったく興味のない坂口恭平は常に覗く。だからこそ、フー日記はつまり手紙として、無言の暗号としての手紙として成立していた。しかし不思議なことに——坂口恭平はその日記の存在を一度見たことがあったので知覚していたはずだが——それを開いたことがなかった。

当然ながら、その気づかなさは故意であった。坂口恭平は自分に関する秘密を覗くことを恐れていた。他者の秘密にしか興味がなかった。秘密というものはそれ自体で小説である。しかし、その小説の中に、坂口恭平が登場人物として出演することを恐れていたのだ。

「忘れてた。で、そこに俺が言ったこととかが克明に記録されてるの？」

「いや、そういうわけじゃないけど。印象に残った言葉だけ残している。鬱のときもあなた十分面白いよ。

ま、もちろんいつ死ぬかわからないという恐怖とこちらは常に向き合わないといけないからきついけど。でも、私より絶対、恭平のほうがきついよね。わかるよ。でも躁になったら忘れてるもんね。はあー、鬱の恭平が懐かしい。あの人、私好きよ。目が異星人みたいに澄んでるもん」

そう言うと、フーは日記を閉じた。

「お前、異星人、見たことあんのか？」

「いや、そういうわけじゃないのよ。なんであなたはちゃんと言葉を受け入れちゃうの？　たとえば、ってことよ」

二人は沈黙している。つまり、何の話をしていたのかわからずびっくりしている。革命についての話をしていたはずだが、と第三者の筆者もついこの二人の枕の長さに冗長だとツッコミを入れそうになるが、たいていのフィクションで、筆者の視点が入ったもので古典として残るものは存在しないので、とりあえず筆者は引き下がる。いや、そんなことを言ったら、『ハックルベリー・フィンの冒険』だって、『エルマーのぼうけん』だって、あれは筆者の言葉が入ってきている。いや、むしろ、そのまま突き進んでいくべきじゃない？　と筆者が今スカイプ越しに会話しているフーが言った。

「革命って言ってたよ。また変なこと考え出したんでしょ？」

坂口恭平がつくり出した幻影である、いつもどんな要望にも快く応じてくれるという人物設定にしているはずの、落ち着いた佇まいを持つフーが思い出して伝える。スカイプ越しの坂口恭平は、実は原稿をそのMacBook Airで書きながら、ほとんど上の空でフーの言葉を聞き、また新しいセンテンスを思いつき、それをタイピングしている。

「あっそうだ。革命の話だった。あのさ、俺の友達の浦安家ちゃんがさ……」

「聞いたことがないけど、その人、女の子なの？」

「いや、男だよ。数学マニアで、いつもすげー計算式導き出して、俺に新しい数を教えてくれる人なんだけど」

「恭平の友達って、とりあえず真面目に会社とかで働いている人一人もいないから、いつもあなたの狂気につきあってくれて、ほんとあなたは幸せ者ね」

「いや、俺もそうだと思っていたが、どうやら自由っぽい人でも実は意外と忙しいらしく、かなり無理して僕につきあってくれていることが最近判明したんだ」

「あ、そうなんだ。でも、つきあってくれるんだから、幸福だね」

「うん、たぶん、僕は幸福なんだと思う。自殺するかもしれないけれど、幸福なんだと思う。僕はそれでいいと思うんだ。死ぬなんて一度も考えたことがないけれど、不幸だと感じるよりも絶対にいいよ」

フーは涙を流している。

「自殺は本当にしないでね。死ななきゃなんでもいいから」

坂口恭平は精神分裂者の演技をしていた自分を反省し、トロンと故意にちらつかせていた自分の二つの眼球を、突如しっかりと直線的な視線に変換し、頭を下げて謝罪した。坂口恭平は自分がもうすでに自殺をしたいとは思っていない。過ぎ去った幸福への望郷が彼を精神分裂を患う人間の演技をスカイプという舞台上で行うという演劇活動を呼び起こしていた。坂口恭平はスカイプ上のフーと思わしき、画素の荒い女性型の人間へ謝罪の視線を送った。同時に、キーボードを静かに動かし、

「自殺は本当にしないでね。死ななきゃなんでもいいから」

とタイプした。

「思い出した。で、二五六億円あれば革命が起こせるという数字を、浦安家ちゃんが出しちゃったんだよ」

フーは涙を拭いている。乾いた頬をフーは両手でポンポンと叩いている。アトピーで痒かった皮膚が安定し、綺麗になった皮膚がこの男の発言により再発するのではないかという不安を静かに鎮めるように、再び頬をポンポンと叩いた。

「今年は弦ちゃんがいるから無理だけど、来年の夏に、

二五六億円を獲得するために旅に出ようと思うんだけど、どう思う?」

「もう意味わからないし、やっぱりあなた地球人じゃないでしょ」

フーはまったく冗談を言わない女である。その女から発せられた地球人という第三者的に地球を見るという視点は、高揚を続ける坂口恭平の冷静さをつんと撥ねとばした。

「いや、そういう問題じゃなくて……。だから今から説明するから。僕は、現行で言われている政治の世界で行動するのは得策ではないと言っているわけじゃん、いつも。それなのに躁状態になるといつも市長選に出るとか言うわけよ。そうすると、本当に適当だと僕はいつも思うんだけど、うおー、すげー! 市長選立候補! 絶対投票します! とかいう、本当にこの人馬鹿なのかな、冗談で投票しますって言っているんだよな、もしかして本気じゃないよね、と思う人が最近いっぱいいることに気づいた。この人たちは絶対『一坪遺産』とか読んでないと思うわけよ。ま、べつにそれはいいけど」

「ということは、市長選なんて立候補しないのね……。あー、よかった。本当に市長選に出るのだけは恭平やめたほうがいいって。恭平にとってあんな退屈な仕事はないよ」

「言うねえ、フーは。市長なんかになっても、けっきょく使える金って二億円もないと思う。絶対に熊本市の金が好きな地元有志とかヤクザに流れているだろうし、俺のパターンは、むかしの女の子の話が浮かび上がり、フーは済んだ話なのでって怒っていないのに、マスコミで叩かれ当選後三日目で辞任というギャグにしかならんしね。ぶっちゃけ、オバマ米大統領と同じく、アメリカでは大麻も吸ったことはあるし」

「やめとけって。本書いているほうが世界変えるっしょ」

「でもバウハウスを見る限り、そうとも言えない。政治では変わらないが、教育の中にカオスをぶち込むことができれば、つまり、俺の躁鬱のような解決のできない闇と立ち向かうための教育施設みたいな長い時間考えられる暇な場所があれば、社会がいい感じに適当になって、自殺するのも馬鹿らしくなったり、結婚したからって、愛し合ってもいないのに、無言で一緒にいなきゃならない世界なんてものから大脱走できると思うのよ」

「ほんと、あなたって大雑把で危険きわまりないわね。それでまた人を焚き付けるだけ焚き付けて、飽きたら逃げるパターンでしょ」

「だって、俺はフランス映画の『穴』ってのが好きなんだ。あれを一生ループで見ながら、原稿を永遠に書いていたいタイプなんだもん」

「ま、どうあれ、人間は何をやろうと自由だから、なんでもいいんだよ。恭平がやりたいことをやれば。恭平が好きな人はそれでいいと思うだろうし、怒る人もたまにいるけど、そんな人たちとは今喧嘩しなくてもどうせいつか喧嘩するから、早めに手を切っといたほうがいいよ」

「お前はギリシア人みたいに合理的な弁論術を持っているな。フーよ、ギリシア哲学専攻してたの?」

「いいや、私は立教の社会学だからね。差別問題に興味を持ってたわ」

「なんか、お前のこと好きかも」

坂口恭平はそう言うとおもむろにズボンを弄《まさぐ》り、陰部を出し、手に持ったMacBook Airの角度を変え、スカイプ上でフーへ親愛の情を伝えた。

「馬鹿じゃないの。だから、それで二五六億円はどこにあるのよ」

坂口恭平は思い出したのかのように、陰茎をしまい、そして、こう言った。

「二五六億円はニューヨークにある」

隣の部屋の宿泊者が僕の部屋の壁を叩いている。隣は石塚元太良が寝ているのであった。気づかぬうちに深夜三時。しかも、ヘッドフォンをしていたからか、かなり大きな声で叫んでいたようだ。坂口恭平はとっさに静かな声に戻り、ヘッドフォンをしてフーの声を無音にし、こそこそ話を始めた。

「まずニューヨークにいる、親友であり尊敬する芸術家JRのアトリエに行こうかと思うんだよ。しかも、JRが涎を垂らしてくれた僕のドローイングを持って。あの五メートルのやつ。あれ五〇〇万円の値を付けてるんだけど、しかも買いたいって日本人が今現実にいるんだけど、もうお金いらないよね?」

「いや、あればあるだけあなたはお金を使うから、やっぱり少しはあったほうがいいわ。五〇〇万円で売っちゃえばいいじゃん。その買いたいって言っている日本人の人に」

「違うんだよ。わらしべ長者っていうのがあるだろ。ああいう感じでいきたいのよ」

「何するの？」

「JRにそのドローイング、あげちゃおうかと思うのよ。覚悟決めて。アーティストだけど、ちゃんと売らずに保存してくださいって契約書だけ書いてもらって。そしてJRが知る限りのいちばんの金持ち、というか、俺の言っていること、つまり熊本市を政治部門ではなく教育部門だけに限定して、完全に日本から独立させる新しい都市計画を建築を建てずに実現するというコンセプトを理解できる、半端ない金持ちの人をJRに紹介してもらおうかと思うのよ」

「……本当にあなた躁状態になると理屈っぽくなるよね。ま、面白いからいいけど。で、つまり、五〇〇万円持ってどうするのよ」

「ニューヨークで二五六億円を稼ぎに行くんだよ。一人で旅すると鬱になるから、フーもアオも弦もみーんなで。ウィリアムズバーグの裏手に、誰も知らない、最高にかっこいい、しかも一日三〇ドルという破格のツリーハウスのホテルがあるからそこに行こうよ。俺は毎日タイムズスクエアの真ん中で、路上に『二五六億ドルまであと〇〇ドル！　恵まれない芸術家のために愛の金を！一ドルにつき一分間、半端なくぶっとぶ最高のコンセプト、実地計画書をプレゼンテーションします！』とか書いてさ、ギター持って流しやるから。たまにアオとかに汚い格好してもらって、恵んでください的に、古事記的に、いや乞食的にやれば、すぐ二五六億円集まるんじゃないかと思って」

「あなた……とうとう狂ったの？」

「いや、狂ってないよ。その証拠に今電話したんだけど、講談社現代新書担当の川治くんにこの企画を話したら、うん、いいよ、それやろう、と言ってくれたよ。しかも、『幻年時代』の次の作品、二作目の小説作品の出版の企画もやりたいって言ってくれたよ」

「本当に、あなたは何から何まで準備万端でむかつくよ。いいよ、楽しそうだから、ニューヨーク行こうよ。でも五〇〇万円持っていくけど、五〇〇万円以下になったら承知しないよ」

はじまった……。

躁

すぐ頭の中で星座をつくる

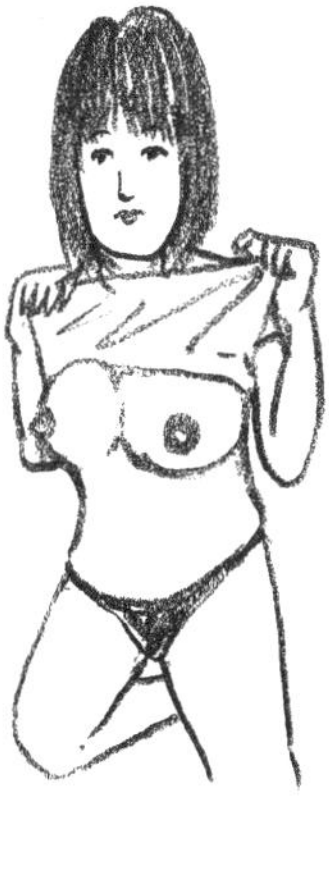

「大丈夫だよ。そのときは事情を話して、JRに五〇〇〇万円に到達しなかった分のお金だけ、つまり五〇〇万円とかそれくらいでいいからくれって、自分の絵を安売りするから。安売りしない俺が言うんだから、これはマジだぞ」

「あと弦がいるから、ニューヨーク行きたいけど、今年は無理です。来年の計画にしてください」

「来年やっていいの?」

「だってニューヨークに家族で行けるんでしょ?」

「うん、行けるよ」

「ウィリアムズバーグのあの半端なくおいしい、スペイン人の英語しゃべれない綺麗だけど幸薄そうな美女が焼いてくれるチーズケーキ食べれるんでしょ?」

「うん、行けるよ」

「行きたいかも、それちょっと」

「ま、そこまで揺れてるなら、どうせ来年絶対に行きたいって言うから、もうその話はいいや。よし、企画完了」

「どうせ、鬱になるしね(笑)」

「俺はどうせ鬱になるし、どうせ上がって今日みたいに企画書書き続ける人生もある。人生楽ありゃ苦もあるさ。人生山あり谷あり。鬱躁はウッソーとも読めるしね。ま、どうせ適当な人生なんだよ、俺は。原稿だけは血吐いてでも書くけどね。しかも、今はもう朝七時だし、集合時間だし、きのう一睡もしてないし」

「サイレース飲んで寝なさい」

「いや、それがもう仕事に。今日もデッサウ取材なんだもん」

というわけで、坂口恭平はスカイプを切り、同時に書いていた原稿も止め、今から歯を磨く。

時は、もうすでに二〇一三年五月二九日。

何かの物語が轟音を立てて坂口恭平を襲う。恭平は充電しているiPhoneを持ち、SMSでフーにメールを打った。

「『幻年時代』の次の小説のタイトルは、『711』と決まったんだ。かっこいいだろ」

★

ベッドの上で煙草を吸った坂口恭平は、慌てて飛び起きた。ドイツのホテルはどこも禁煙である。灰が、白いベッドのシーツの上に落ちている。慌てて吸ったのでむせて、ごほごほと乾いた音を出す。台所で水を出し、火を消した坂口恭平は、きのう酔っぱらってそこに置いてあった本を見つけた。『西遊記』だった。

原書をいつまでたっても読めない坂口恭平はむかし、毎日一ページずつ破り、それを捨てるくらいなら覚えようという強引な方法でジーニアスという英和辞典をすべて記憶しようとしていた。そのときに使った荒技に躍り出ている。しかし、捨てるのは忍びなく、また一ページずつだと読みやすいこともわかり、毎日珈琲を飲みながら、破った西遊記のページを一枚ずつ解読していくのが趣味となった。

坂口恭平は、一般社会と呼ばれる腐敗の世界がつくり出した趣味という魔法にかかっている。趣味を持てば高等な人間であるということが認定されて、安定した人生が送れるという情報を獲得した坂口恭平は、西遊記を破って一ページずつ毎日読むという——珈琲&シガレット&西遊記というジム・ジャームッシュへのオマージュという意味合いも含めた——趣味を展開している。ただページの文字を読んでも難しい漢字ばかりで意味がわかりにくいので、簡易な文字に変換し、勝手に意訳をつくり、ときには挿絵なども入れた。すると、次第にト書きのように見えてきた。それはまるで、演出家が書いているコンテのようにも思えた。

「やばい、これ脚本じゃん」

坂口恭平は驚き、SMSで再びフーへメールを送る。

「ごめん、狂人でごめん。でももう二度とお前と離れない。離れない方法を見つけた。毎日一緒にいればいいんだよ。西遊記が読めずに奮闘していたら、それが脚本に変化していることに気づいた。孫悟空はもちろん俺、沙《さ》悟浄《ごじょう》はパーマ、猪八戒《ちょはっかい》はタイガース。そして、玄奘《げんじょう》は……」

「嫌だよ」

「いや、問答無用、フーだよ。悪役はアオちゃんに毎回違うお面をかぶってもらうから。で、白い馬が必要だから、五〇万円くらいで白いポニーを阿蘇の牧場から買ってもいい？」

「なんだか、あっぱれだよ。よくそんなこと思いつくね。我が旦那ながら、あっぱれ。たいしたもんだよ。ばか、なんでポニー買うんだよ」

「だって、映画を今からつくるんだぜ！　製作費０円で。初期投資で五〇万円は安い」

躁状態のときは金の計算しかできなくなる。０円ハウスの成れの果てがポニーを五〇万円で買うとなるのである。それがこの脳障害者の問題点でもあり、フーがあんまり好きじゃない点でもある。しかしそれによって坂口恭平は、自ら必要ないと言い張る日本銀行券の獲得のために日々命を削り始め、坂口家が連動し、稼働できていることは否めない。坂口恭平は坂口家にとって諸刃の剣なのである。

「……っていうか、あんたなんで、自分で坂口恭平は坂口家にとって諸刃の剣である、なんて言えるわけ？　君はナレーターか。ポニーじゃなくていいよ」

続けてフーはぼそっと言った。

「ポニーよりも欲しい乗り物がある」

坂口恭平はとっさに思い出す。

「あ！　ブリヂストンの電動自転車ハイディビーが欲しいって言ってたじゃん！　あれ一〇万円くらいだろ！」

「そう。あれだと、幼稚園の送り迎えにいけるし……」

「決まった！　映画西遊記で。玄奘であるフーは電動自転車にまたがる。俺とパーマとタイガースと四人で、天竺《てんじく》目指して旅をする」

「どうやって撮るの？」

「この前フーの母ちゃんに、あなたたち、ちゃんと子どもの晴れ姿くらい動画で残しなさいって、買ってもらったソニーのデジタルビデオあるじゃん」

「うん」

「あれで撮る。脚本は俺が毎日趣味としてやっている西遊記の脚本がもとになる。一ページ一五分にする。

ＮＨＫの朝の連続ドラマ小説を踏襲する。原作は西遊記。これは著作権がないから0円。しかも普段、原稿執筆でオリジナリティの追求はいちおうやっているから、ここでは創作したくない。適当に自動的に作品が生み出されるのがいい。どこか行くのが面倒くさいから全部、零亭がロケ現場。撮影時間は長くても一日三〇分。でも毎日したい。これはルーティンにしたいんだ。漫画でいえば『こち亀』の両津さんみたいなライフワークにしたい。もちろん、俺は毎日狂っているほど原稿を書けていない。しかし、それでは孤独で死にそうなんだ。かといって、人がいるなかで原稿書いていると人を殺しそうになるから危ない。だから、原稿執筆の孤独は諦めるけど、毎日三〇分間家族みんなで演劇をやりたいんだ。それをホームビデオ的に撮る」

「あなた、西遊記って何ページあるの？」

「岩波文庫で全訳があって、三三三ページの全一〇巻、つまり三三三〇ページ」

「……あなたそれって、全三三三〇話の連ドラってこと？」

「そうだよ」

「公開するの？　ユーチューブとかで」

「馬鹿な。もうネットの人間なんか人間じゃないと思っているからアップなんかしないよ」

「上映は？」

「そんな馬鹿なところないと思うよ。だって、これは趣味だから、創作に終わりがあってはいけないんだよ。終わっちゃいけないの。完成しちゃいけない。でも未完の美学って、なんかかっこ悪いじゃん。だから三三三〇話だったらいいじゃん。終わらないけど、いつかは終わるかもしれないってのがいいじゃん」

「もうわからんけど、一緒にいれるなら、いいよ。アオも喜ぶし。公開しないなら出演もするよ。玄奘は私でいいわよ。孫悟空。果てしない旅へ今すぐ向かいましょう！」

「おっ、いいねー、いい感じいい感じ。新政府きっての名女優であり、新政府一の狂人である坂口恭平総理のファーストレディであるフーよ。いや、お前は今日から玄奘だね」

石塚元太良がホテルの部屋をノックする。

「恭平、出発するぞ。えっ、寝てないの？」

と、ここまでで一万四五七〇字。こういうのをいい仕事したと俺の世界では言う。翼の王国ではキチガイと呼ばれるのかもしれない。

しかし、今日、この瞬間書いた原稿三〇枚は旅のファンファーレとしては最高だ。坂口恭平は玄奘と旅を始めることになった。

5月29日(水)

けっきょく、きのうは一睡もせずに行ってしまったので、『翼の王国』の取材は眠い。もっと眠りたいと言うと、お前はいつから有名作家みたいな物言いをするようになったんだ、そんなことでは雑誌の仕事はできない、お前を解雇する、なんて誰も言わない。

「あー、いいよ。きのうまでで、もうある意味到達したもんね。今日はゆっくりしなよ」

優しい卓郎を、俺は透明の腕で抱きしめた。ということで、木立のなかで昼寝をしようと試みる。

原稿をもっと書きたいが、今日もまた眠れない。新しい本のアイデアがどんどん出てきている。ノートにはさまざまな言葉が羅列している。

新しい坂口恭平：小説連作アイデア

1 幻年時代
2 711
3 世界一周0円の旅
4 MERCY
5 フー（伝記）
6 天竺
7 交差点

ここらへんに
いくつか他にも
隠し部屋が
あるのではないか

5月30日(木)

けっきょく眠れないまま、というよりも眠りたくないまま朝を迎える。これが熊本だったら、今ごろ看護師であるフーにサイレースを注入され、僕は安眠しているはずだ。しかし、いるはずのフーがいない。化学物質を注入されることを免れた自由を感じるのであるが、同時に、監視そして優しく包み込んでくれるフーがいないということにようやく一週間たったところで気づき、寂しくなって泣いてしまった。

三五歳の男が、四歳と零歳の子どもを持つこの生物が、妻が一週間いないだけでホテルの部屋で泣いていいのだろうか。今はいいと思える。そのような弱ささえも色彩を持ち、その善悪、「クール／ダサい」の判断を超えた、その色そのものを見ることができている。

僕は寂しくてフーにスカイプをした。例によって、フーは元気な顔でスカイプに登場する。スカイプのようなものを八〇年代のころからやっていたという親父の会社は、秘密探偵サーカグッチ＝キョームズである僕には、何か匂う。でも、匂っていても、スカイプでフーと出会っていること自体は喜ばしいというか、幸福そのものである。その感動を僕はフーに見せることはできずに、なんとなくスカイプをしてみたというような素振りをしてしまい、罪悪感を抱いた。

罪の意識を感じたことをフーに伝えると、フーは「だはっ！　もー、繊細なんだから」と全然困っていないような顔をしたので、あと一週間はしっかりと前を向いて生きていけるはずだと思った。


フー、僕はいつも嘘をついてしまう。しかも躁鬱病である限り健康なんてありえないというハンディキャップを、己の利点と確信している狡猾な鼠である僕は、心優しい船員であるフー食料管理士が与えてくれる笑顔といくばくかの穀物を食べ、毎日労働もせずに暮らしている。

このように日常のことを書きながら、僕は小説の世界に入り込んでいく。そして、小説なんて虚構の世界なのだと言い張る人が横にいたので、なるほどそうかもしれません。そして同時に、僕なんて現実であってもただの嘘つきなので、つまり現実ですら虚構の世界でございます、と伝えた。だけど『幻年時代』という次の新作は、その中でももっともリアリティとは何かを僕なりに追求した作品ですのでぜひお読みくださいと言ってしまった僕に、当然ながらその男は、

「だから、そうやって宣伝するんだろ。躁鬱病という蓑虫めが」と笑いながら言った。僕も笑った。

★

僕はスカイプのフーを途中で置いてきていることに気

づき、慌てて MacBook Air のディスプレイに照射されているはずのフーのアカウント画面に戻ると、フーは掃除をしていた。

　僕は掃除が嫌いである。フーが見ている前では和室の場合はイグサの目に合わせて、台所もちゃんとゴミ箱を後ろに引いて隅々まで入念に掃除しているが、僕一人で注文され、フー、アオ、弦が外出中のときは、実はほとんど手抜き掃除であった。適当にやっている。目で見て、大きなゴミがあるかないかしか見ず、見えない微細な埃は存在していないことにしている。しかし陽の光が埃を照らすので、その微細な運動が確認されるわけだが、部屋に一人だけの僕はまったく気にしない。

　できるだけ早く終えて、午前中にもかかわらず BADJOJO もしくは XVIDEOS などのポルノ動画の検索にとりかかる。そして、また罪悪感を感じてしまう。坂口家の他の三人は「ゆめマート」というスーパーマーケットに、切らしたバナナと玉葱ドレッシングを買いに行ったのに、僕は BADJIOJO なんかで「Japanese」と検索している。本当になんの工夫もない、その猥褻な行動に、自分は虫には永遠に及ばないと落ち込む。

　しばらくすると、フー一家三人が帰ってくる。なにやらバナナやドレッシングだけでなく他にも収穫物があったらしい。充実した買い物になったようだ。僕はデパートやスーパーマーケットで買い物していると、急に眩暈を感じ、不安になってしまうので、ほとんど行くことができない。それがなぜだか考えたこともあるが、まだ結論には至っていない。靴を脱ぐフーに告白した。

「フーちゃん、ごめん、僕は適当に掃除をして、BADJOJO を見てしまっていた」

　すると、フーは意外な言葉を口に出した。

「うん、もうね、私、わかったの。BADJOJO 見まくったり、落ち込んだり、布団から出られないとか言いつつ寝ながら『電気羊』の小説は読めたり、ちょっと外に写真を撮りにいくと言ってはすぐに駄目だった、なぜかホームシックを感じると言って帰ってきたり、ときおり泣いたり、中学生並みにアコギで曲をつくっていたり。もうむかしは、本当にこの人何やっているのだろうか。さぼっているのか。いや、それならば何をさぼるのか。恭平にはさぼることなど何もない。恭平は、考えて続けることはさぼることができない。つまり、これでいいのだ。こうやって生きていくのが坂口恭平の道だとわかったの。だからBADJOJO見たければ見ればいいし、私に触りたければ触ればいいんじゃないの。もう、なんでもいいのよ。動いていること自体が、次の作品を生み出すんだから」

そんなフーは掃除をていねいにやっている。僕が見ていないのにもかかわらず、である。そんなこと坂口恭平世界では考えられないことである。僕は人が見ていないときは、掃除もしたくなく、皿も洗わず、本もほとんど読むことすらできず、鼻糞を食べている。するとフーが言う。

「あなたは人が見ている前でも堂々と鼻糞を食べているわよ」

そこには二つの事実があった。鼻糞を人前で食べてないはずの坂口恭平と、フーがご存知の「堂々鼻糞イーター」としての坂口恭平が。フーは言う。

「恭平、大丈夫よ、もうなんでもいいんだから。あなたは新政府総理大臣かもしれないけど、繊細ちゃん、でもあるわけで」

しかしそのどちらが欠けてしまっても、絶妙なバランスでの坂口恭平は存在しない。

「そんな奇跡のカクテルとしての坂口恭平が好きということなのか」と僕が聞くと、

「恭平。奇跡とか、超知性が高いとか、半端なくかっこいいとか、あなたはいつもそんなことに引っ張られているけど、私はね、ただあなたが好きなの」

フーは母乳を弦にあげながら、スカイプ越しに坂口恭平にこう伝えた。ベルリンの僕は熊本に帰りたくなるが、どうせ明日帰ってくるんだから最終日の今日は思いっきり楽しんでらっしゃい、とフーが言うので出掛けた。

★

ホテルの一階カフェで何がおいしいかと聞くと、俺のマティーニ半端ない、とバーテンが言うので注文。

午前一一時。坂口恭平はホテルの外のテーブルと椅子に座っている。目の前にはJRの写真グラフィティがぶちかまされている。ベルリンに住みたいと思った。ここに秘密の探偵事務所をつくってタンタンみたいに暮らしてみたい。そして誰にも知られることなく、洋介とたけちゃんとヒラクと俺の四人で劇団ベルリンでも興して、しかも誰にも見せずに麻雀でも打ちながら、一九世紀末の上海みたいな生活を送りたい。

日本じゃ、俺は少し動いただけで警察に睨まれたりして面倒くさい。熊本県警の目もちらりと感じる。なぜ言葉を吐くだけなのに、人は気にするのか。だから僕はもう人前には出ない。洋介とたけちゃんとヒラクの四人で、とんでもないことを考えて、それを秘密裡に出版するほうが俺には面白そうに見える。話したくない人間とも関わらない。ポルトガルの夕日を夢に浮かべながら、俺はフーとキスした。アオとキスしたい。弦と駆けっこしたい。

朝からそのバーテンに、カフェオレでもなく、エスプレッソでもなく、マティーニを飲めと言われたので、午前一一時に僕はマティーニを飲んでいる。むちゃくちゃ綺麗な緑色のオリーブがついてきた。

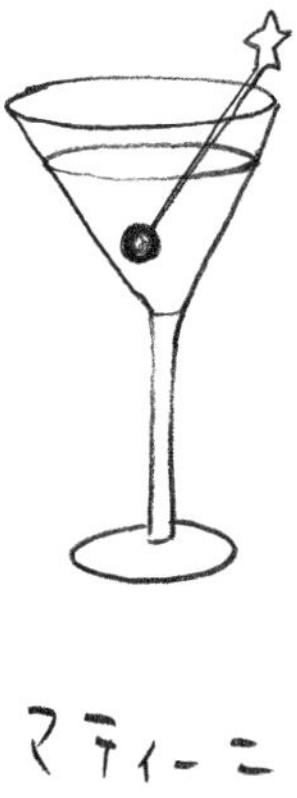

目の前を子どもが通る。僕の前の道路標識の土台の上に飛び乗ったので僕はひとこと。

「Climb Mountain」

俺の目の前で石川直樹と化した金髪の三歳児がヒマラヤ登頂している。僕のiPhoneが鳴る。相手はもちろん石川直樹。

「日本に帰ってきたよ」

「おー、石川直樹じゃないか。ローツェ登頂おめでとう。しかし、俺はそれがどれくらいすごいことなのかわからないんだ。僕はおめでとう、というか、お前が死ななきゃなんでもいいんだよ。だから、ローツェとかどうでもいいけど、俺は人間が入れない隣のカイラス山に住む毘沙門天だからなおさらどうでもいいけど、早く熊本来いよ。というかさ、ベルリン、なんか俺らの小学校みたいな感じもあるよ」

「なんかまた統合失調症気味になってきてるっぽいな。大丈夫か？」

「うん、とりあえずうまく調整できているはず。梅山は今のところ、オッケーだって言っているよ。でもさ」

「どうした？」

「きのう、一気に七本の長編だか短編だかわからない小説群のプロットが天から降ってきたんだ……。それをメモっていたら、まるでむかし、メキシコの呪術師を巡るJTBツアーに参加したときに、最後に希望者だけが食べることのできるペヨーテを食べたときとまったく同じ変容が視覚に生じたんだよ」

「(笑)」

「ま、とにかく梅山は長編とか短編とかは俺が全部決めるから、お前はプロットを書け。お前の愛読書を思い出せって言っている」

「お前の愛読書って何だ？　『幻のアフリカ』？　レーモン・ルーセル？　熊楠？」

「違うよ。クーンツの名作『ベストセラー小説の書き方』だよ」

しばらく石川直樹は沈黙し、そしてこう言った。

「熊本に今度行くよ。クーンツのその本は読んだことない」

「ほとんどの充足した人間を避け、鬱に苦しみ、原稿が書けずに困っているいちばん質の悪い、つまり言ってみれば、僕の大好きな映画であるコーエン兄弟の『バートン・フィンク』の主人公みたいな人生を送りたいと思っていたら、フーから、あなたは人の人生なんて追わなくても十分ユニークな存在よ、そのままでいいのにって言うんだ」

「だから、熊本行くよ」

「おう、じゃな」

目の前にタクシーが止まった。僕は久しぶりにHaus der Berliner Festspieleという劇場へ。昨年、モバイルハウスシアターをつくった場所だ。二階には、僕のモバイルハウスNo.6が置いてある。作品はまだそこにあり、僕は一人で泣いてしまった。

大好きな日本料理屋「だるま」へ行った。だるまの料理長であり、昨年坂口家一同でベルリンへ行ったとき

鬱記

2012年11月30日

今回の調子は初めてだ。これからどこへ進んでいったらいいのかがまったくわからなくなってしまっている。こんな絶望的な状態は初めてだ。僕がやろうとしている自分の仕事自体を自分自身で徹底的に否定してしまっている。これ以降、自分がまた調子を戻したとしても、それ以上に進んでしまってはいけないような、そんな状態になっている。

フーは、それならば、自分のやりやすいようにやればいい、絶望的な状態なんてない、自分のやりやすい方法で仕事を進めていけばいいと言う。それはそうだと思う。僕は自分に自信がないのだから、その中でやるしかないのだ。自分でちゃんと割り切らないと駄目だと思う。このような創造活動はやはり自分にとってはとても苦しい作業なのではないか。かといって、そうではない自分の生き方など予想もできない。

❤

何かを諦める必要があるのだ。

僕は表現活動をしている。つまり、これは表に出ない人生などありえないのであるから、諦めてどんどん前に出るしかないのである。しかし、僕は本当は表に出るのが好きではないらしい。もちろん、出たときはそれなりに楽しくもあるが、それでも自分で自分のことを嘘つき呼ばわりしてしまう。表現はしたいが、表にはなるべく出ない方法を見つけたい。

調子がよすぎるときに、変なことばかり考え出すので、それで困っている。

でも、表に出ないでどうすることができるのか。自分の仕事をやるなら、それを諦めて、どんどん突き進むしかないではないか。

自分がやりたくないことはやらなければいい。でも、自分が考えていることを伝えるためにはちゃんと表に出て、その考えを表明しなければならないはずだ。そこを恐れてしまっては何もできなくなってしまう。

じゃあどうすればいいのか。

❤

この躁鬱病という病気を抱えたまま行動するのは本当に大変である。

躁鬱病を持ったまま、自分のやりたいように行動できないものか。それが僕が今後、考えていかなくてはいけないことである。

でも、そのことに僕は今、まったく気が遠くなってしまって、考えることができない。

苦しんでいる。いっそのこと死にたいとすら思っている。でも、これは鬱状態だからそう思っているのである。そこを我慢して、またフラットに戻るという希望を持って生きていかなくてはいけない。今、駄目でも、すべてを捨てるのではなく、今、できることをやるという風にしていかなくてはいけない。

❤

他人の目を気にするな。

気にするなというか他人からはなんとも思われていないのだから。だから、自分の信じる道を進めばいい。少しずつでもいいから進めばいい。

高速回転で動くことだけを求めるな。亀みたいに少しでもいい。でも、それでも動いているということを自覚して、どんなにつらくても、自分だけがつらいのではなく、みんな人それぞれに何かを抱えて生きているのだから、そこで絶望するのではなく、それよりも人のことをいたわってあげればいい。

絶対に諦めてはいけない。諦めるなんて意味がない。今までそうやって立ち上がってきたのだから。

は、鬱の僕に翻弄されるフーとアオとお腹の中にまだいた弦が安心できる母親的存在であった、いまこ先生と久々に再会し、ハグし、もちろん僕の世界のどこにいても好物である〝コロ助のコロッケ〟〝ドラえもんのどら焼き〟のところの〝坂口恭平のカツ丼〟を注文。あまりにも旨すぎて、また泣いてしまった。いまこ先生と話す。

「ワイマール、デッサウと来て、建築の旅は終焉の地ベルリンへ。取材も残すところあと一つとなりました。長く大変な道でしたが、どうにか完遂できそうです。僕はいつも絶望の淵に陥り、いくつものピンチが来るのですが、映画のように、けっきょく最後はいつも周辺の仲間の協力のおかげで完遂できるんです。いまこ先生ありがとうございました」

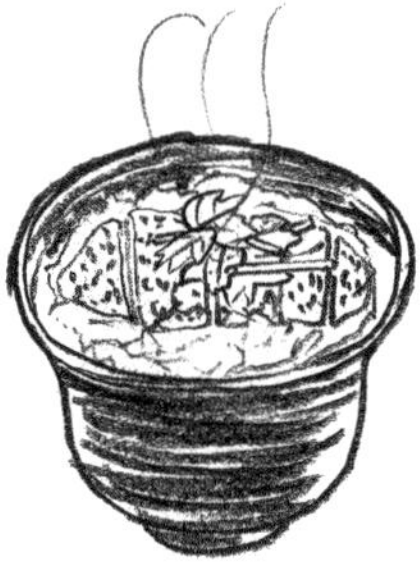

カツ玉

「だるまでのカツ丼は、坂口恭平さんにとって〝はばきぬき〟ってことですね」

「はばきぬきって何ですか?」

「脛布脱ぎ(はばきぬぎ(き))というのはですね、長旅から帰って脚絆《きゃはん》を外して楽になるということなんです。今でも岩手の方言として残っています」

「いまこ先生は何でも知ってますね。本当に感服します」

いまこ先生は書道の先生である。僕が最近、墨、筆、硯、和紙の文房四宝に興味があると言うと、喜んでハグしてくれた。

僕は二週間以上家を離れることができない。それくらい、寂しがりやの弱虫である。エベレストに三か月以上行く石川直樹が信じられない。だから、僕は文字の山を登ることにする。家族といないと頭がおかしくなりそうになるんだ。

坂口家はなぜかくもベルリンで歓待を受けているのか。僕はベルリンに住みたいとフーに伝えた。

「私も住みたいよ。でも、それは家族四人がそろってから熊本で考えようよ」

「零亭を熊本からベルリンに移そうかと思っているんだ。名前も坂口恭平探偵事務所と変えて……」

「あなた、それこの前見たスピルバーグのタンタンの映画に影響受けすぎでしょ。とりあえず早く帰ってきてよ」

「早くお前に会いたいけど、ベルリンから離れたくないよ」

「（笑）ほら、仕事、仕事」

そう言うとフーはスカイプを切って、僕の目の前にはまたJRの巨大なグラフィティが出てきた。JRにも再会したい。そうだ、俺は今度はニューヨークに行くのだった。ニューヨークで二五六億円を獲得するためにジョージ・ソロスに会いに行くのであった。

フーは、お金なんかいらないと言う。しかし躁状態の僕は、ときどき、ゴールドラッシュ期の荒くれた一攫千金をねらう狡猾な鼠のような男に生まれ変わってしまう。フーはなぜ、いつも穏やかなのだろう。そして、飛ばし続ける僕と一緒にいて、なぜあんなに幸せそうに笑っているのだろう。僕は他の女の子とデートしたこともあるが、そのとき三人の女性が、僕と会話を続けているときに意識を失いふっと倒れた。僕はついつい人に向けて、何時間も自分の思考の軌跡を話す傾向があり、それが『独立国家のつくりかた』や『ゼロから始める都市型狩猟採集生活』の元ネタになっていったのだが、その過程で、意識を失ってらっしゃった。もちろんフーも例外ではなく、三度意識を失っているのだが、それは僕の言葉というよりも僕のしてしまったことなので、数には入れていない。

★

僕はバウハウスはほどほどにして取材を終わらせ、最後に観たかったダニエル・リベスキンド設計のベルリン・ユダヤ博物館を観に行く。

僕はこの建築を観た瞬間、好きになった。そして、こんな恐ろしい建築はないとも思った。もちろん同時に、とても安息できる建築でもあるのだが。僕はまずは外周から確認することにした。接合部分はどんなものを使っているか。やっぱりリベットだった。細部しか興味がない僕は、顔を壁につけて鉛筆でノートにメモっていった。

しばらくすると、警官がやってきた。

「What are you doing now？」

どうやら怪しまれたらしい。僕は警官にこう言った。

「I'm stand-up spacer, interested in the architecture's construction of poet. So I research now」

（私はスタンダップ・コメディアンならぬスタンダップ空間創作家——説明できないし、よくわからないかもしれないが、実は社会にとって非常に重要な仕事をしている者——で、この建築が持っているであろう詩の構造を調査しています）

しかし、彼は僕の英語を理解してくれない。怪訝な顔をする。

そんなとき、ユダヤ美術館の裏手のほうから、自転車に乗った女性がやってきた。ドイツ人らしい。その朗らかな顔と振る舞いにフーの面影を感じてしまった僕は、つい助けを求めてしまった。男はどーんと構えている必要があるが、僕はいつもうろたえる。

「助けてくれない？」

彼女はいいわよ、と即答してくれた。僕は、自分が建築学科の卒業生で卒業論文ではダニエル・リベスキンドの建築観を書いたこと、このユダヤ博物館が、フランク・ゲーリーが近代美術を無茶苦茶に破壊した後に世界でいちばん重要な建築物だと思っていると彼女に伝えた。彼女はそれを警官がわかりやすいように、固有名詞ではなく、僕の建築に対する態度そのものを伝えてくれているようだった。しかしドイツ語なので、それがまったくわからない。それでも警官は後ずさり、三〇メートル先から監視することになった。僕は実測を続けている。

「ありがとう」

「いいえ、何の問題もないわ。ちょうど仕事が終わってリラックスしているときだし」

「お礼にお茶をごちそうしたい」

「いいえ大丈夫よ。こんなことお茶の子さいさいだもん。でも、あなたのそのノート、狂ってるね（笑）」

「見る？」

彼女はうんと頷き、僕の無印良品のノートをぱらぱらとめくった。その姿はフーそのものに見えた。でも、まだあどけないころのフーであった。まだ知らない何かがあった。

昨年、僕が鬱での欧州旅行を坂口家四人で体験したあと、フーはさらに前進し、この荒ぶる精神障害者である坂口恭平の操作に磨きがかかった。彼女にはまだその嵐は訪れていないようだった。

「僕は躁鬱病なんだよ。だからついつい熱中しちゃう。言葉がほとばしるので、精神分裂状態にもある。でも、けっこう楽しい本を書いているんだよ」

「ええ、とても素敵なノートよ。やっぱりあなたとお茶することに決めたわ。ユダヤ美術館にはもう入ったの？」

「いや、まだなんだ。外壁から実測しようとしたら、もう二時間も虜《とりこ》になってしまって。建築って、こんなに魅力的なものだったのかと思ったよ」

彼女は、僕のいくぶん過剰気味な英語表現を笑ってかわす。引いていないのだ。

「面白い人ね。美術館のカフェに行きましょう。裏庭がすごい綺麗なの。静かで。私は静かにしていたいとき、いつもここに来るのよ」

「ここベルリンで生きている人の、そういう生の声が好きなんだ。ありがとう。行こう行こう、そこに行こう」

「坂口恭平といいます」と僕は彼女に伝え、右手を出した。

握手した手はフーに似ている。優しい顔をして、まっすぐ僕に向かって彼女はこう言った。

「はじめまして。私はマリアよ。私もあなたとあなたの奥さんと同じ三五歳。そして、同じ三五歳で躁鬱病の彼氏がいるの。なんか不思議な出会いね」

僕はそこで、ピンとひらめいた。

「えーーーー！　そうなの!?　彼も躁鬱か……。だから助けてくれたんだし、だからフーに似ていると思ったのか。なるほど。いいよ、じゃあ僕が目の前でライブライティングしてあげるよ。〝ツレが躁鬱になりまして〟を」

「ありがとう」

マリアはルイボスティーを、僕はビールを注文し、彼女に連れられて裏庭に出た。丸い鉄製のアーチには藤棚が。ちょうど花が咲いていた。薄い紫色をして、仄《ほの》かな薫りを漂わせ、僕はベルリンのフーと一緒にいるのではないかと誤解したままにしていた。どうせ違うし、それはどうせフーに勘違いされる類のデートである。これは後に口で伝えたら、きっと怒られるだろう。だから、秘密のままにしておこうと思った。物質と物質が縁によって邂逅したときに起きる、ショートによる火花の跡に、僕は藤の花の匂いを火薬の糟《かす》のように感じた。

テーブルと椅子が並べてあり、天気がよく幸福な午後である。ベルリン在住の親友で、昨年は鬱に苦しむ僕を助けてもくれた洋介は待ち合わせの時間を大幅に遅れている。彼もまた、僕と一緒にユダヤ美術館を見たいというので来ることになっていた。

とりあえずなんでもいいやと思い、僕はホテルから持ってきていたメモ帳に、ボールペンで書き込んだ。

「The Textbook About Manic Depression（Boy Friend ver.）For You, By Kyohei Sakaguchi」

その瞬間、天から電撃が落ちた。これを小説に書けばいいんだと天命が下り、八本目の小説のタイトルが浮かんだ。「躁鬱の彼」。これは短編かもしれないな。

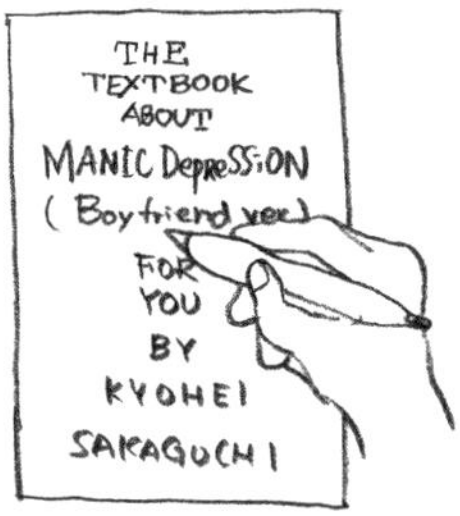

梅山の言うとおり、たしかに天命小説には二つのパターンがある。長くなりそうものと、生活にひょっこり登場した不思議な空間や人との出会いを描きたくなる短編の二つだ。僕はそのままちょっと待ってと伝え、東京中野の梅山へ。

「おーどうした。ベルリンどうだ？」

「最高だ。しかも今、また短編のアイデアが浮かんだ。タイトルは、躁鬱の彼、だ」

「旦那、いいねいいね。楽しそうだね。ここらで腰を落ち着けて、一度ちゃんと平面図を描けよ早く。建てない建築家、坂口恭平よ」

「そうか、わかった。しかし、内奥から言葉が溢れ出してきて止まらない。まずはこれを安定させないと小説家にはなれないな」

「だいぶ落ち着いて考えられるようになってきたね。帰ってきたら『幻年時代』のゲラ、そして次作『711』のプロット&平面図&初期設定にとりかかれ」

「ラジャ」

電話を切り、僕は彼女と話をした。途中で洋介も混ざり、とても素晴らしい午後だった。その後、洋介とユダヤ美術館へ。その後、さらに天命が落ちる。だからこの先が書けない。なので、ここで終わる。

★

今、ANAの機内。フランクフルト発羽田空港行き。

そのまま乗り継いで熊本へ。フーがスカイプで言った。

「アオはいつもパパと会えるまで何回寝ればいいかを数えるんだけど、なんか一日間違ってしまったらしく、今日帰ってくると思っていたんだって。だから朝から泣いて大変だったのよ。早く帰ってきてね。まっすぐ」

僕は機内で原稿を書いている。さまざまな思い出が。

サウダージ・ベルリン。

ベルリンのHomesickというバーで、仕事も何もしておらず夢はタバコ屋の女将さんだからモバイルハウスで煙草屋をつくってくれという女性が僕に言った。

「私は穴丑《あなうし》なの。味方でさえも知らず、その街に溶け込み、ただ溶け込んでいる忍者のこと。そう、私、忍者なの」

このように、僕の人生はすべて小説への粒子として、放射していく。僕は人と会い、建築と空間と触れ、街を歩けばいいのだ。ポッケにディケンズねじ込んで。

僕は生きるままに作家でありたい。

僕は描きたい。

僕は書きたい。

詩の構造で、文字により音楽の建築をつくり出す。

それが俺の仕事だ。

俺は人間が好きだ。

心が好きだ。


飛行機は、エカテリンブルクの上空を飛んでいる。あと五六九一キロでアオに会える。

5月31日（金）

機内泊。ドローイングを猛烈にアタック。リベスキンドを観て、もっと多くの芸術に触れたいと思った。クルト・シュヴィッタース、ロバート・ラウシェンバーグ、ポロック、クレーの原画を観たい。ミース、フィリップ・ジョンソン、プルーヴェ、ピエール・シャロー、イームズの建築が観たい。

今回の取材は大きな収穫であった。世界中の作品、建築を、ちゃんと体験していかないと次に進めないと思った。家に帰ったら調査を始めよう。三日間寝ていない。フーが怒っている。早く家に帰ろう。僕の旅は一週間が限度だな。

小説のプロットの詳細は詰めていく。面白いことになってきた。早く書きたい。次を書きたい。次は『711』。真剣に生きようと思った。

第3部

謎の女、フー

2013年6月1日〜6月25日

6月1日（土）

羽田空港に午前八時に到着。羽田空港だと楽である。そのまま乗り継いで熊本空港へ。バスで急いで家に帰り、アオと再会、強く抱きしめる。

今日、五歳の誕生日を迎えたアオは、俺にポニョばりに飛びついてきた。泣けてきた。この娘のことが僕は本当に好きなんだなと思った。それは自分の子どもだから当然であるという事実を超えていた。

フーともハグし、フー、アオ、弦の三人にお土産を。フーにはワイマール地方の最高品質のお皿一九五〇年代のもの。喜んでくれた。アオには、ワイマール地方の木のおもちゃの村でつくられた積み木、インド人から四ユーロで買ったジーパン地に黄色の熊の刺繍が入った帽子、パウル・クレーの指人形の写真集、リスの置物。たいへん喜ばれた。弦にはワイマール地方の木の車。いつか喜んでくれるかもしれない。

久しぶりに家族でゆっくり。これからのことを話す。次はメトロポリタン美術館でアルフレッド・スティーグリッツの研究をするために、ニューヨークに行きたいことを伝える。フーは、気分がいいときに行きたいところへ行くのはいいんじゃない？　と許してくれた。もっとすごい芸術を世界中飛び回って観たいと思っている。七月末はサンフランシスコに行くから、それに合わせて行くか、とか考える。

この三日間一睡もしなかった。バルザックじゃないんだから……とフーに突っ込まれて、フーに背中トントンしてもらいながら、僕は深い眠りについた。熊本が僕を、家族が僕を、温かく包み込んでいる。

6月2日（日）

アオと自転車でうろうろする。アオと自転車に乗るのは久しぶりだ。鬱状態のことを説明できないので、「悪魔くん」が背中に乗っているから起きれなかったと伝えた。すると、アオは悪魔くんに会いたいと言う。僕はまた鬱状態になるのが嫌なので、嫌だと言った。

アオは、一歳のときに友達だったユリコという女の子の存在を教えてくれた。もちろんイマジネーション・フレンズ、見えない友達である。一歳のときの記憶を五歳になったばかりの女の子が話す。これはとんでもないことだなあと思った。アオは本当に繊細な女の子だが、フーの教えが素晴らしいので、僕なんかよりもずーっとていねいに人生を生きている。その姿に嫉妬する。お前みたいに俺も生きたいよ。

その後、家にアオを置いて、歩いて街へ。PAVAOへ行き、お土産を渡す。小説の構想が止まらない。『711』のプロットを考え続ける。その後、熊本市現代美術館へ。現在、坂口恭平がつくったモバイルハウス、試作機の作品が展示されている。横尾忠則氏、日比野克彦氏などと並んで置いてあり、不思議な気持ちになる。作品の前に座っている監視員のおばちゃんから、「あなたの作品、素晴らしいからずっと座って見てます。幸せです」と言われて、泣いた。

作品のことをこんなに愛してくれている職員の人たちに囲まれて、僕は幸せである。その後、受付のおばちゃんたちとも話す。「坂口さんは女にモテるよ！」と太鼓判を押していただいた。こうやって、街の人々に愛されること。これが僕の目指すところだ。熊本の可能性を強く感じる。

長崎書店に行く。僕とフーの友達の娘さん、その小学二年生の子が僕はとても好きで、それはまずいことに、娘さんとして好きなのではなく、対等の女性として好きになってしまっているのだが、その子はこの前「アンネの日記にはまっている」と言うので、本をたくさんあげた。

その子がアンネの日記にはまったあげく、ナチスの魔の手に取り憑かれたという噂を聞いたので、僕はその特効薬を探した。結論、買ったのは、岩波文庫から出ているシモーヌ・ヴェイユ著『自由と社会的抑圧』という本である。巻頭の言葉がいい。

人間にかかわる事象においては、笑わず、泣かず、憤らず、ただ理解せよ。――スピノザ

理性をそなえた存在は、あらゆる障碍をおのが労働の素材となして、有効に活用することができる。――マルクス・アウレリウス

これを読んだ僕は、長崎書店の社長を呼んで、購入した。

「次に出る『幻年時代』の発売、楽しみにしてます！」

社長は本当に優しい人で、郷土作家である僕を心から応援してくれている。

「ここの本の並び、抜群です」

そう言いながら、僕は感動した書棚のコーナーと本の並びを一つひとつ批評させてもらい、褒めさせてもらった。

「僕、今度出る本の出版記念はここでやりたいんです」

「えっ？　まじですか」

シェイクスピア&カンパニー書店からジェイムズ・ジョイスが本を出したように、熊本の本屋で熊本の作家が本を出し、その発売記念講演をする。素晴らしいことだと思う。七月二一日の発売に合わせて実施してみたいということに。

僕はギャラはいらないので、買ってくれた八〇人限定でサイン付きの『幻年時代』を手渡す。そんなハッピーで穏やかな会にしたい。これから、僕はすべて熊本でやりたいと思っている。バウハウスを体験した今、僕はここで政治ではなく芸術によって変革運動を行いたいと心から思っているし、僕にはそれしかできないけど、もしかしたら、それであれば実現できるのではないかと思っている。

家に帰って夕食。そして小学二年生の女の子と電話。

「おい、ナチスに追われてるんだろ」

「うん」

「怖い？」

「うん」

「それを追っ払うために、今からスピノザっていうおっちゃんの言葉あげるから、よーく聞いとけ」

「うん」

「人間にかかわる事象においては、笑わず、泣かず、憤《いきどお》らず、ただ理解せよ」

「……」

「どうだ？　意味わかった？」

「うん」

「そうだよ。アンネは死んだ。でも、その事実を悲しんだり恐れてはいけないんだ。お前は将来、本を書く人になると思う、きっと。それならばスピノザ先生が言うように、ただ理解するんだ。アンネが受けた傷の事実を。苦しいけれど、それをやらないと次に行けない」

「うん」

「でもさ……」

「……」

「お前、楽しいんだろ？　本を読むのが。考えごとをするのが。ナチスは怖いけど、怖がっていることさえも楽しいんだろ？　本当は？」

「……うん！」

二人で笑って電話を切った。この子に本を送ってあげることにした。素敵な女の子だと思う。素直な子どもってのは、なかなかいないもんだ。

6月3日（月）

鬱が明けて、ドイツから帰ってきて、アオが待ちに待っていた自転車での幼稚園への通園。アオが心待ちにしていた俺の鬱明け。お前のために鬱を明かしたよ。俺は調子に乗って嘘をついた。深海へ潜って、また半端ない新しいインスピレーション、しかも一〇個ぐらいの次の本の構想を持って水面に上がってきたよ。

右手を高く二人で上げながら、いえーい！　と叫び、俺とアオは自転車で風を切る。僕は本当は涙がちらりと流れた。このように、なんでもない日常への関心、感動、気づき、それが僕のこの躁鬱病というプレゼントの雫《しずく》だ。
いつも考え方が変わる、まるで定点観測できない、この男をアオは好きだと言ってくれる。今すぐ抱きしめたいと思うのだが、幼稚園の定刻まであと一〇分。僕は急いでペダルを漕ぐ。そう、漕ぐよ。いつか、どこか遠くまで自転車で行って、夕暮れ時になったときに見つけた宿に泊まり、温泉入って、刺身食べて、帰るみたいな旅しない？　って誘ったら、ママも一緒がいい、弦も一緒がいい、とアオが言った。家族思いのアオにまた涙が流れる。流れよわが涙、と坂口恭平は言った。
昼過ぎ、アオの通っている幼稚園のたんぽぽ組、つまりアオの仲間たちが三〇人で零亭に再び現れた。今日は零亭の庭に繁茂している枇杷《びわ》の実採集の日。二〇〇個くらい成っていたので、一人三個まで取っていいと言った。坂口恭平お手製の階段、さらにモバイルハウス初号機の屋根に、映画『モバイルハウスのつくりかた』の俺のように乗って、枇杷を取る。

その子どもたちを見ながら、泣けてきた。彼らだけは僕のことをオズの魔法使いと思ってくれている。僕は大人からしたら毎日遊んでいるようにしか見えない、どうしようもない暇人だが、本当は文字を書いていて、この静かな自然が溢れている零亭で、毎日人々に向けて、言葉をつくり出しているんだ。それでいいんだ。そのまま生きろ。坂口恭平よ。彼らが僕にそう言っているような気がした。

★

夜は僕の家の隣にある、師匠であるサンワ工務店・山野潤一設計の料理屋「ソウルキッチン・トレビ」にてオープンレセプション。山野社長、鍛冶屋ズベさんをはじめたくさんの仲間が集まり、楽しいパーティー。

七〇年代に熊本にサンタナを呼んだ祭師・高辻さんも来て、初対面。熊本でいちばん気合い入っている人間として紹介してもらった。そう、僕は世界一気合いが入っているつもりだ。ま、勘違いかもしれないが、「それでもいいじゃん、がんばれよ」とフーはいつも言ってくれる。

高辻さんと熱く語り合う。熊本にはまだ伝説が生きている。そのままの姿で、肩肘張らず、そのへんに生きている。そんな空気がいいよ。夢のような宴。フー、アオ、弦も連れていく。家族で参加するパーティーは格別だ。本当はずっと家族でどこにでも一緒にいたい。そしたら、女の子に声なんかかけないんだ！　と言い訳を言うと、フーに頬をはじかれた。

フーは強い女だ。そして、優しい女だ。女の人っては、なぜ、このように素敵な曖昧さと余白を持っているのだろうかと思った。一瞬、フーが自分の嫁でなかったら、と思った。一人の女としてフーを見た。フーは十分、ゴッドマザーとしての道を歩んでいるのではないかとふと思った。本人には何の自覚もない。今日は、山野潤一師匠も奥さんを連れてきていた。そして、フーと奥さんが話している姿が美しかった。

僕は本当にどうしようもない人間だ。山野師匠もどうしようもないところもある（笑）。似た者同士の妻たちの語らいを見ながら、未来の熊本を勝手に妄想する。悪くないと思えた。よし、このまま進もう。山野師匠の五九回目の誕生日であるこの夜に、家から持ってきたガットギターを取ってかき鳴らし、涙目で「魔子よ」を声張り上げて歌った。声は、熊本の空の月に吸い込まれていった。坪井川に光が揺れている。明八橋で煙草を一服。

僕はベルリンから熊本のこの新町という僕が住む町の軸線を、勝手にシナプス上で引いた。それは一本の弦楽器となり、ぼろ〜〜〜んと音が鳴った。

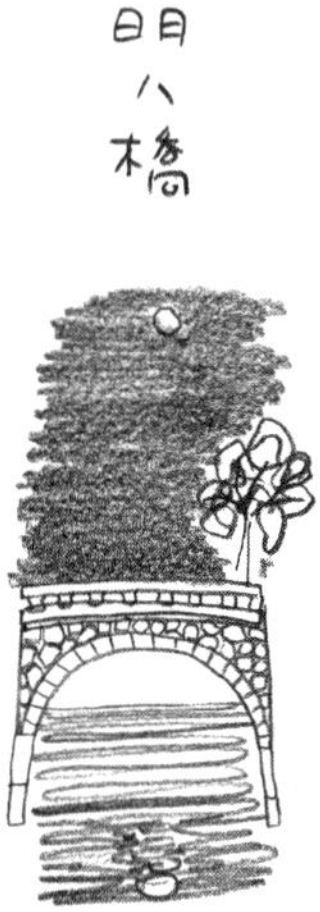

6月4日（火）

サンワ工務店の社長・山野さんと朝会って、自動車整備場へ。日産プリンス初号機のレース仕様のものや、オースチンを修理している現場を覗き、ベンツゲレンデに乗って家に戻り、アオを幼稚園へ送る。そのまま熊本空港へ。

『思考都市』の装丁、アートディレクションを全面的に担当してもらったデザイナーであり、僕が東京に行ったときの居候先である戎《えびす》亭の主の一人でもあるミネちゃんが熊本へ初めて降り立つ。

車で、一緒にまずは江津《えず》湖へ。二人で気持ちのよい空気を吸いながら、シャンパンを飲む。もちろん僕はノンアルコールビール。いつものお礼にと熊本案内。湖周辺の西海岸を感じる散歩道を歩く。途中で、動物園の象と遭遇、二人で象を逃がす計画を立てる。そういう小説描いても面白いなあと思う。

6月5日(水)

朝からアオを幼稚園へ車で送り、そのまま天草方面へ。三角西港へ行き、一服して、本渡の奴寿司へ。河豚《ふぐ》、あら、かんぱちの炙りなどの寿司を食べる。その後、イルカウォッチングfrom漁船。息峠窯《いこいとうげかま》へ寄り、窯主である陶芸家の岡田さん、娘のゆうこちゃんと久々に再会した。岡田さんの庭の梅、岡田さんがつくっている蜂蜜を、昨年の分と、六月に採ったばかりの分の二つ、僕の親友であり、ゆうこちゃんの夫である芸術家兼塩作り職人、笑平が天日干しでつくった塩をお土産にもらう。そして、下田温泉「湯の華」へ。

まずは水着に着替えて、妙見浦の岩場でダイビング。今年初めて海で泳ぐ。さまざまな魚が泳いでいるのを眺める。洞窟にも行く。海底にはなんと隠れキリシタンのマリア様がいると、湯の華のおっちゃんが言う。そこまでは確かめられず、旅館に戻り、温泉に浸かり、ミネちゃんと乾杯し、夕食。

比目魚《ひらめ》、えんがわ、伊勢海老、いさきの刺身、天草のロザリオ豚のサラダ、雲丹《うに》など豪華な夕食を食べ、途中、おっちゃんに連れられ、河岸へ。するとそこには無数の蛍が。なんだか、とんでもない旅になった。最後にもう一度、温泉に浸かり、ミネちゃんはご満悦で寝ている。

いつかまたみんなで来たいな、天草。明日は崎津教会へ行くことに。

6月6日(木)

朝から散歩。そして、旅館のおっちゃんに船に乗せてもらう。内緒で、船を運転してみた。面白い。産まれて初めての体験。浴衣姿で自分でクルージング。なんか不思議な光景である。その後、朝食に出た鯵《あじ》の一夜干しに衝撃を受けて、崎津教会へ。

ここは隠れキリシタンの里であり、ポルトガルの港町

鬱記

2012年12月1日

僕は今、躁鬱病の鬱状態に入り、悩んでいるのだが、それには理由があると僕は思う。今、次の目的を見失っているからである。

今年に入って、すぐ僕は鬱状態から立ち直り、それで『独立国家のつくりかた』の執筆を開始した。それは僕にとって、大きな意味を持つ行為であった。それにより、僕の本は多くの人に読まれることになり、自分の考え方も広く伝わることになった。CDを出したり、そのことを伝えるためのトークショーなどに出たり、多くのメディアにも出た。

この本を書くまで自分は一生懸命になってやってきた。宣伝にも力を入れた。入れすぎといっても過言ではないくらい入れてきた。しかし、その次がわからないのである。僕はこの次にどこにいくのか。それが自分でわからない。そのことに困っているのではないか。僕は今、そう思う。

❤

これまで『0円ハウス』、それを原稿化した『TOKYO 0円ハウス 0円生活』、その小説化『隅田川のエジソン』、さらに新しい空間に関しての本『TOKYO一坪遺産』、これまでの考え方をまとめた『ゼロから始める都市型狩猟採集生活』、そして新しく出た『独立国家のつくりかた』。ここまで自分としてはまっすぐうまく取り組めてきたと思う。

その一方、自分にとっての不安もあった。それは、いったい自分が遠い将来に向けてどのようなことを考えながら突き進んでいけばいいのか、それがいつも偶然によってでしか進まないことだ。仕事がないときに取り組むテーマがない。つまり、毎日どういうことをやっていけばいいのかが、実はあまりよくわかっていない。それが自分を苦しめている現状がある。

　とはいっても、自分にはやることはあるのだから、それにまっすぐ進んでいけばいいのであるが、それよりも、自分の目標というか、夢というか、ここまで到達したいという点が見えていない。しかも自分は何をする人なのか、それがまったく見えていない。そのことに今ぶつかっているのである。

　とはいっても、それは今までよりかは数倍やりやすくなっているはずだ。『0円ハウス』を始めたころは、まったく次がわからなかった。それでも、僕は諦めなかった。次にやることをとにかく探すぞと心に決めていた。自分にはそれができるとも思っていた。もちろん、日常的にそれがとても重くのしかかってくることもあった。まわりを見ていると、みんなある程度気楽にできているなあと思いながら、自分はなぜこうもいつも深刻なのかと不安を感じていたのだ。

みたいな場所である。ミネちゃんとそこでほぼ迷子のように、止まった時間の街を歩く。おばちゃんたちから声をかけられる。ひじきと、テングサと鯵の一夜干し、あおさなどを買い込む。その後、何人泊まっても一泊八〇〇〇円というとんでもない古民家旅館を発見し、案内してもらう。ここで合宿とかしてみたいな。

天草をしっかりと堪能し、シティに帰ってくる。ミネちゃんを送って帰宅。『穴』のDVDと本が届いていた。温泉上がりと疲れで、眠気まなこでぼうっとする。ゲラもミネちゃんに渡した。よし、これで休憩は終了。

6月7日(金)

朝から自転車にアオを乗せて幼稚園へ。その後、零亭で集英社新書の初校ゲラ読み。お昼前にお好み焼き屋の「ニック」へ行きニックセットAを食べ、喫茶店の「焙炉」へ。珈琲を飲みながら、またゲラ読み。

午後三時にアオを幼稚園へ迎えにいき、幼稚園の先生たちから、アオちゃんパパの仕事についての質問などに答える。なんか面白そうなことをやっているのはわかるんだけど、何やっているのかはまったくわかっていないようで、よく質問を受けます。そのつど、真摯に答えているつもり。これがいくらで、こうやるといくらになりますとか、お金のこととかも変に詳しく説明してます。

アオと零亭でフーのために野花束つくりをして、セブンイレブンでいちごポッキーを買って、家に帰ってくる。フーが梅酒をつくりたいと言うので、車で「you+you」へ。梅と桃と西瓜を買って帰る。ここは本当においしい野菜を売ってます。県外の人もFAX注文とかできるので、気になる人はチェックを。家に着いたら、アオをお風呂に入れる。

なかなか仕事はできません。二人も子どもがいたら。それでもいいやと思っている。できるときに集中してやる。そうやって乗り切ってきた。お風呂に入れて、夕食を返上し、ホテルニュースカイへ。ラウンジでさらにゲラ読み。午後八時に読み終わる。訂正部分も完成。セブンイレブンへ行き、着払いでゲラ一九六ページ分を集英社へ送付する。

夜、家で原稿。『月刊スピリッツ』連載「鼻糞と接吻」では今回、熊本での生活を書こうと思っている。来月の

『ポパイ』での連載「ズームイン服！」のための取材の日取りを決める。次は鹿児島でアクセサリーをつくっている不思議な女性を取材します。『翼の王国』の連載三回分の原稿にも着手しなくてはならない。さらに、一〇本分の新作小説のプロットもちゃんと育てないといけない。

なにやら、溢れ出てきている。さあ、また来たね。つくるときだ。鯛が空から降ってくる。桶もって外へ出よ。つかもう。しっかりと深く潜って。急ぐな。時間をしっかりと贅沢に使え。お金は使わなくていい。時間を贅沢に。自分の作品へ向けて。筆で和紙へのドローイングも続けている。面白くなってきた。

6月8日（土）

朝からアオとベンツゲレンデに乗って外出。今日は、幼稚園の父母参観の日。リズム体操をやっているアオを見ながら、僕も参加する。高校の同級生たちがお父さんお母さんになって、一緒の幼稚園に娘たちを通わせている。不思議な感じだ。幼稚園の役員になっているフーとタッチ。フーのママ友の娘で今は小学二年生の女の子まゆちゃんが、零亭のツリーハウスのことをアオと同級生の弟が言うもんだから、気になって仕方がないと言うので、連れていく。本が好きだというので、畑正憲さんの無人島の本や、『トム・ソーヤーの冒険』や、僕の『ＴＯＫＹＯ ０円ハウス ０円生活』などをあげて、ツリーハウスで一人で読んでもいいよと言って放置し、僕は向かいの零亭の書斎にて原稿。「鼻糞と接吻」連載第一三回をすぐに書き上げてフーのところへ行き、弦を引き取って零亭でしばしゆっくり。

子どもたちが零亭に集まってきている。楽しいことだ。大人はもう僕にとっては面白くもなんともないけれど、子どもは楽しい。レーモン・ルーセルやマイケル・ジャクソンみたいに子どもたちだけと遊ぼうと思った。零亭には子どもは入ってもいいけれど、大人はもうこれ以降、新しい友達はつくらないでおこうと思った。子どもはちゃんと僕の言葉をまっすぐ聞いてくれる。笑いながらも。大人は駄目だ。現実が……とかなんとか言うもん。もう無視して、僕はどんどん自らの道を進もう。

クルト・シュヴィッタースの作品を見たいので、またベルリンに戻ろうと試みようとしたりしている。もしくはニューヨークのメトロポリタン美術館へ行きたい。僕は自分が芸術だと確信した作品をちゃんと生で見なければいけないと思っている。そんな冒険をしたいと思っている。

フーのママ友たちが零亭にやってきた。アオちゃんのパパは、ちょっと頭のおかしな、でも楽しい人だと言われてます。誤解されていない感じが面白い。この幼稚園は、とても不思議な幼稚園なんです。みんなが家族のような。素敵な日常を日々感じる。

ママ友たちと「のざき」へ。ここは本当においしいうどん屋。かけうどんあつあつに、牛肉と鶏天と海老天をトッピング。僕とフーとアオと弦とあやちゃんとぶんたろうとひさひろとひさひろのママと、ともゆきとともゆきのママとまゆと一一人でごはんを食べたら、楽しくなってきた。

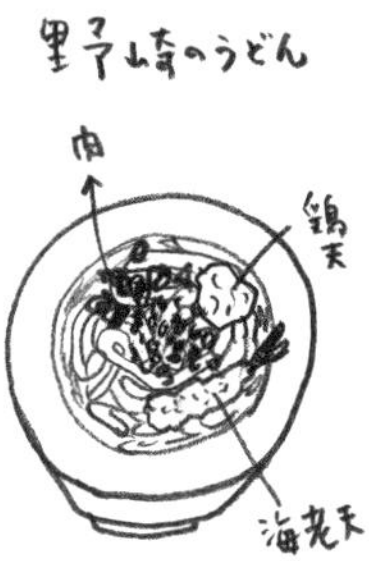

その後、車で僕とフーとアオと弦で、宮本武蔵が五輪書を書いた金峰山へ。「ココペリ」というかわいいカフェで一息。そこで育っているヤギや鶏と遊ぶ。僕が先日、天草で大量の蛍を見たことがアオは気になっており、蛍を見たいという。金峰山は蛍の里でもあるので、じゃあ夜再び来ようということになった。

午後六時に僕が通っている料亭「Kazoku」の料理人ヒロミさんを車で迎えにいき、僕が生まれ育った十禅寺にある焼き鳥屋「炭屋」へ。もう二六年前からあるという。久々に行く。

食後、雨が降っていたが、アオが譲らないので金峰山へ。すると、雨にもかかわらず、蛍がいました！　しかも無数に！　おまけにヒロミさんの天才的な技術によって蛍を一匹つかまえた。アオが育ててみたいというので、いただくことに。アオの手の中で光る蛍。五歳の女の子はどんなことを思うのだろう。蛍の光って本当に好きです。ダンゴムシと蛍の入った虫籠

にアオは見惚れている。生き物にとにかく興味があるらしい。金峰山は本当に素敵な山でした。

6月9日(日)

朝から、師匠の山野潤一氏と長崎県大津の「新政府寶《たから》の山」へ。ここは一五〇〇坪の敷地で、日本全国から集められたあらゆる都市の幸、つまりゴミ屑たちが集合して保管されている。僕のモバイルハウスの材料も、たいていはここにあるものを使わせてもらっている。師匠である山野さんが何十年もかけて集めてきたものだ。ここにはなんでもある。秘密の場所である。

高野山にある毘沙門天像の写真を鍛冶屋のズベさんにもらう。みんな、本当によくしてくれる。だからこそ、僕も頑張らないといけない。これはかなり恐ろしい、贈与地獄なのだ。

贈与される代わりに、僕は諦めずに自分の仕事を進めていかなくてはならない。もちろんそれは幸福なことだ。しかし同時に恐ろしい刃となって僕の首筋に当てられてもいる。だから僕は毎日、筆を進める。キーボードを叩く。楽しくもあり、諦めることが永遠にできないという恐怖でもある。

しかし、そんな状態にいることはやはり幸福だよと、僕はフーに言った。

「私も幸福よ」

フーも言った。躁鬱病の波の乗り方を少しずつ覚えてきた僕、それを見守ってくれるフー、アオは、それぞれの方法で僕のこの地獄とつきあってくれている。その人間たちの動き、その軌跡自体がもしかしたら幸福なのではないかと、僕はふと思ったのだ。

「僕は幸福だと思う。もちろん、明日なのか何か月か先なのかわからない、躁鬱の地獄が訪れることも含めて」

「私は、恭平が鬱だろうが、躁だろうが、かまわない、家族で一緒にいれるだけで、幸福よ」

フーが僕に幸福を教えてくれたように思う。幸福なんてものがあるものかとずっと思ってきた僕が、一転し、最近は、こんなことを感じている。ま、それもいつかまた躁が終わり、鬱が始まれば、終わる。でも、完全に以前の記憶がなくなってしまっても、それでも欠片《かけら》くらいは感じられるように、僕は今この坂口恭平日記を書いている。つまり、これは僕自身に書いている。人々に書いているというフリをしながら。

もう一人の僕、それは恐ろしい悪魔みたいで、世界でいちばん弱い人みたいで、とそんなふうに僕は思うのだが、フーは言う。

「あの恭平も好きなんだけどなあ」

フーは二人の坂口恭平とつきあっている。日々生きている。僕は愛おしくなってしまい、

「あの、一緒に布団にでも入って、なんかごちゃごちゃできないか？」と誘った。

するとフーは、

「最近、授乳で、疲れていて、ごめんね。ちょっと今日は……」と優しく、しかし、実直に硬く断った。それでいい。僕はいつも断れるのだ。それでいい。僕は家を出て、長崎の佐世保へ向かうことに。

★

今日は、親友であり、日本蜜蜂研究家であり、刀剣研究家でもある郵便局員・野元浩二氏が、韓氏意拳の師範である光岡英稔氏、身体技法の研究家である甲野善紀氏らと主催している「今を生きる人の集い2013in佐世保」が行われているところへ顔を出すことになっている。新幹線さくらに飛び乗り、まずは新鳥栖へ。

村上春樹氏の本のなかで僕が今でも唯一読める『遠い太鼓』を読みながら、僕も海外へ移住し、原稿でも書きたいなぁなどと夢心地になったはいいものの、そのまま寝てしまった。最近、力を抜くと、速攻で寝てしまう癖がある。疲れてもいるのだろう。それが躁の僕の体の動きである。

気づいたら、博多で駅員に起こされた。あららと思い、そのまま向かいの新幹線で新鳥栖へと思って飛び乗って、再び『遠い太鼓』を読むとまた寝てしまい、気づいたら熊本だった。振り出しに戻ってしまい、あぜんとしてしまった僕は、もちろん心の友、フーへ電話をした。

「フー、今、熊本に戻ってきた」

「えっ？　何してるの？　恭平……もしかしてまた寝た？」

「うん。野元さんに会いたいんだけど、なかなか長崎

へ行けないんだ」

「どうするの？」

「もう家が恋しくなってきて、帰りたくなってきた」

「どはっはっはっはっ！」

フーはいつもの大笑いを、電話の向こうで繰り広げている。

「カステラでも食べたいよ。また行きなよ」

こういうとき、フーは残酷な虎の親と化す。僕がいつもへこたれて家に帰りたいとか、死にたいとか、原稿書けない、才能がない、つまり、もうこんな仕事なんかやめてどこかへ勤めるとか言い出すと、優しいフーは突如、虎と化す。そして僕を突き放すのだ。まるで我が子のように、しっかりとここで躾けないと後々甘えるということが自明なのを知っているフーは、僕に強く、しかし強引ではなく、僕が判断し、決断できるように、選択の余白だけは僕に預けて、ちゃんと目的を果たせと言ってくる。

諦めた僕は、もう一度、えいやっと新幹線に飛び乗った。喫煙室へ向かい、立って『遠い太鼓』を読みながら、煙草も吸わず、三〇分間の魔の睡眠欲と闘った。無事に新鳥栖に着いた僕は新幹線を降り、特急みどりに乗り換え、無事に二時間後、佐世保に着いた。長崎は何度か行ったことがあるけれど、佐世保はおそらく初めて足を踏み入れた。

★

スタッフの人が車で迎えにきてくれて、世知原《せちばる》の少年自然の家へ。野元さんと久々の再会。一度、インタビューを受けてから親しくなった作家・インタビュアーの尹《ゆん》さんと、彼女のゆうこちゃんもいた。関根先生の竹笛つくりのワークショップに参加し、小刀を使って、うぐいすの鳴き声など数種類の鳥、虫が表現できる竹笛を自分でもつくってみた。楽しかった。幸福を感じた。その後、光岡氏にも挨拶し、懇親会ではトークと、さらには「魔子よ」まで歌わせてもらい、夜九時に新幹線に飛び乗った。

今度も『遠い太鼓』を読みながらすぐに寝たのだが、終点が熊本だったので安心だった。駅員に起こされ、家まで歩いて帰る。

「フーちゃん、今日、僕はふと幸福を感じたよ」

「また鬱になっても、私は何も気にしないから、大丈夫よ。なんでもいいの。どんな状態でもいいの。みんなでいれれば、なんでもいいのよ」

「お前は菩薩なのか」

「いや、私は普通の人間というゝ動物よ。何言ってるの」

「なんか、むずむずしてきた。今日の夜はどうですか？」

「恭平。毎日言われても……。ごめん、今の状態は、ちょっと疲れてて、つきあえないわ」

「あっ、すみません。どれくらいの頻度だったら対応が可能なんでしょうか？」

「そうね……」

フーはしばらく考えて言った。

「四日に一度だったら、なんとか……」

「わかった」

そうして、我慢強い僕は、ぐいっと歯を食いしばって、自分の書斎へ戻った。そして、パソコンを開いて、己を鎮めた。

★

明日は鹿児島である。『ポパイ』の取材のため。九州を動いている。島へ行きたいと思った。

己を始末した後、フーのところへ行く。

「島に行きたい」

「ハワイ行きましょうよ」

「行きたい……。でも弦が首座るまでは無理なんでしょ？」

「無理よ。もうちょっと待ってよ」

「じゃあ、来年か……」

そんなことを考えていたら、また次の書き下ろし本のためのプロットなどが出てきた。

フーは今日、僕たち夫婦の友達である二つの家族たちとお好み焼きパーティーをしてきたらしい。熊本市植木町に住む家族の、日本一甘い西瓜を一つもらってきていた。フーがぼそっと言った。

「今日、あやちゃんに『旦那は女たらしだから、フーちゃんに浮気させたい』って言われた」

「どっはっはっは！」

僕はつい吹き出した。なんだか、幸福なようで混沌としてもおり、そこにはさまざまな感情が入り乱れている。僕はその自然な営みを感じ、輪郭線などない、分子の集まりである、僕、四人の家族、そして友人たちに思いを馳せた。こんな片田舎で何が起こっているのか。それは素晴らしい運動だと思った。二人で笑った。そして、フーの隣に寝るとまたいろいろと運動が始まりそうなので、僕とフーはいつも通り、アオを軸に線対称に布団に寝た。

また、いつか来る鬱のことなど僕には信じられない。そんな地獄なんて、まるでないかのような平穏な家族の風景である。僕は想像できない。しかしフーの日常には、常にその危険も察知されているはずだ。僕はいちばん近いはずのフーが少し遠くの人のように感じられた。

夏の前のこの季節の夜。なぜか胸がぞわっとする。何かの予感がする。

坂口恭平の鬱という空爆による坂口家への攻撃は永遠に終わらないことをフーだけは知覚している。我が家の世界は破壊されることが前提となっている。僕らには幻想はない。どうせ坂口恭平はすぐに壊れる。崩壊する。瓦解する。映画『インセプション』のように崩れ落ちる。概念自体が小さな粒子となって奈落の底へ、すべて砕け散っていく。

それでもフーは、それを日常の一部として、今の幸福の幻想に引っ張られることなく含み入れている。しかしそれでも、それを足しても、そんな僕にとっては余計だと思っているものを計算に入れても、それでも楽しいとフーは言うのだ。

僕はフーから少しずつ学んでいっているような気がする。その絶望を含み入れることがわからないにせよ、フーが理解していることを理解し始めている。それは僕にとっては大きな前進である。

僕もフーと同じように、「どうなっても、へっちゃらだ、みんなでいれば楽しい」と、少しだけではあるが、感じられるようになってきている。

その実感。それが僕にとっては幸福であるのではないかと思った。何かを獲得した。己の才能が認められた。そういうことではなく、フーの、どんな状態でもへっちゃらなんだということを身をもって体感すること。

それは大きな力だ。とてつもなく大きな力、太陽のような力がフーには湧き出ている。

「どこから？（笑）……私よく寝てばっかりいるけど

「……ぶっははははっは!」

乾いた笑い声が月も出てない闇夜に響き渡る。僕はサイレースを半錠飲んで『ベストセラー小説の書き方』を読みながら、つくってきたばかりの竹笛を小さく吹き、うぐいすを坂口家に登場させた。虫籠の蛍が光っている。フーは、弦におっぱいをうつらうつらあげている。アオは僕たちと正反対になり、弓のように体をうねらせ、すべての毛布どもを蹴散らし、ただ素に寝ている。風呂場の換気扇の音が静かになっている。

そんな家族の風景。

明日もまたアオの送り迎えだ。寝よう。

僕はまぶたを閉じた。サイレースは静かに僕を眠りの世界へころころと転がしていく。

6月10日(月)

今日も半端ないライフが俺に襲いかかってくる。人から見たら静止しているようにしか見えないであろう、この片田舎の三五歳のおやじは、ただただ運動、振動、金土だけでなく、九曜すべてを連動させて、身体の運動を続けているんだと思い込むことにしたんだよ、と朝フーに言うと、

「んっ? なんて?」と
のリアクション。

フーはそれでいい。そのままでいい。いや、そのままがいい。

アオが横っ面にOver The Rainbow, Animals Are Livingとグラフィティをした水色のヘルメットを持って、靴を履いている。

「パパ! 行くよ! ほらっ、早くぅ!」

そうだ、今日も僕とアオは自転車に乗って、幼稚園まで。僕は「カローラⅡにのって」の替え歌で、「アオと自転車のって~♪」と歌いながら、朝の熊本を、新町を、段山越えて、熊本城の上熊本寄りの桜並木を擦りながら、ペダルを漕いでいる。アオは自作の「アイデア」という、友人でもある音楽家、前野健太の「伊豆の踊子」という歌のこれまた替え歌を歌っている。

アオを送ると、僕は零亭でしばし事務処理という空中

戦をMacBook Airで繰り広げた後、雨がやんだことを忘れて、自転車じゃなく、OKタクシーに、いつもの塩沢トキさんみたいなお母さんである連絡員に電話をかける。

「ゼロセンターまで一台お願いします」

このOKタクシーは世界で唯一、「ゼロセンターまで！」と伝えれば車を寄こしてくれる素晴らしいタクシー会社である。タクシーに乗って向かうは青明病院。もちろん、僕の専属の精神病院である。

★

少しだけ恥ずかしがりやの僕は、青明病院の手前にある江南病院までお願いします、と言ってしまう。そして、いつもそこから歩いて青明病院に行くのだ。その数十メートルの徒歩に、僕と社会との関係性を具現化した正体不明の物体を感じる。

視界は良好。煙草を外で吸っている入院患者らしきおやじを横目に、僕は病院の塀に沿って並ぶ枇杷の木の、盛りを過ぎたものの誰もとらずに放置されているしょげた枇杷の実を見て、奄美を思い出す。しかし、奄美に行ったことがないことも同時に思い出し、これではいかん、と両手で両頬をぱしっと叩き、病院の入り口の自動ドアの前に立つ。

未来の風景のように自動的に開いたガラス戸の先には、先日、あまりにもかわいくて「写真を撮ってもいいですか？」と聞いてしまった受付の女性が今日もまた立っていた。今日はそこまでの躁状態でなかったので、恥じらいがしっかりと手に残っており、ぎゅっと握りしめながら、先月の自分とは他人のオレである自分自身をつくり出し、平然と挨拶をする。向こうも、どう見ても先月のキチガイなのだろうが、先月とは様相が違うので今月は鬱なのか、と慣れた顔つきで業務用の挨拶を僕に投げてくる。

よし、これでいいんだ。これが社会だ。社会というのはそのような、「先月見たあの猟奇的な世界をすべて忘れたことにする」という約束なのだ。約束と使命とミサイルが、ラテン語ではすべて同じ語源をもとにしているということを、隣の病人に伝えたとしても、ここでは平然と頷いてくれるのだ。

保険証を出してくださいと言われ、僕はていねいに財布を取り出すと、盛りに盛られた領収証の塊が保険証と一緒になって、ぼとっと受付台に落ちた。

　このようなハプニング的な音の鳴りは、先月の狂乱を思い出させてしまう。一瞬だけ、先月の二人になった僕と受付嬢は、不倫関係にある教師と女子高生のような妄想へとスライドし、こらっと妄想のフーがこれまたしっかりとハリセンを持って僕の頭上八センチのところで構えているので、はい、すいません、と空言葉を投げキッス。

　坂口恭平は、受付番号39という人格に変貌する。名前を千尋のように忘れてしまった僕は、2番という番号札のかかった診察室のドアをさらにスライドさせ、そのスライドの滑りのよさにびっくりして、かけている力がネジを回すくらいの勢いであることを突如思い出し、そのドアが一度いちばん向こうの壁にぶつかり、再び戻ってくるのをスカッシュみたいにさらに跳ね返そうとしたが、そこは大人であるので、静かにその衝撃を右手の掌で吸収して内蔵への振動へと変換し、つまり、見た目には何もなく、少しだけドアが壁に強く当たって音がしただけの日常へと戻った。

★

主治医に久々に出会うと、開口一番、いつもの質問。

「どうでした？　今月？」

　何度もこの診察室に戻ってきているような錯覚に陥る。ここの時間は停滞している。何度もこの時間から、あらゆる季節、あらゆる年月日へと飛び、体験後、また戻ってきているかのように、彼女はドクターチェアに座っている。ボールペンで僕の口述を筆記している。ドストエフスキーの妻はこのようであったのかと思いながら、前回五月一〇日に診察を終えた一〇日後に鬱が訪れ、そのまた一週間後にドイツにて鬱が晴れたことを伝えた。

「なんか短いね、サイクル。ラピッドサイクルだよ～坂口さん。リチウム合わないのかな……」

　彼女は訝しげに見るが、その瞳は輝いている。だから、僕はその過程でまた一〇本分くらいの短編、長編を含んだ小説なのか事実なのかよくわからないが、書きたいと思った本のプロットのようなものや、登場人物の名前などが空の上から降ってきましたと言った。それはもちろん口述筆記され、カルテらしき原稿用紙に書き込まれている。それを欲しい、もしくはコピーが欲しいと思ったが、なぜか積極的なはずの坂口恭平は黙り込んだ。患者になりきった。

とりあえずいつも先生は笑っている。楽しい人生ですね、と言われる。体は心配だけど、今月は一度も落ちないように頑張れと言われる。早寝早起き朝ごはん。アオが通う幼稚園の合い言葉である。それを遵守しますと伝えた。

今日も二〇分ほど話を一方的に聞いてくれて、リチウム一か月分のお薬まで出て、七一〇円だった。

「なんか安くないっすか!?」

美人であるあの受付の女性に聞くと、彼女は今度ばかりは徹底的に冷静に言った。

「あの、先月も同じ値段ですよ」

さらりとした言葉はまるで梅酒のように甘かったとは思わなかった。ただただ厳しい人間の、社会の縮図を体験させてくれた遊園地の乗り物みたいだった。僕は九割カットらしい。精神障害者だからという。しかし、障害者手帳はあげられないと熊本市長から直々に書類が送られてきた。

これは熊本市長選を目論む坂口恭平を知っていて、「そのような手帳というものを持っている者にもし市長選に負けてしまっては自分のプライドが傷つく」という不安があるからではないかと今日の日記で書こう。なんて妄想を抱いていると、またフーのハリセンが飛ぶ。

「恭平、早く帰ってきな。もー」

タクシーに乗って、内坪井のセブンイレブンまで。次の小説『７１１』はこのセブンイレブンが舞台となる。僕の世界は半径三〇〇メートルで回っていく。

★

家に到着し、原稿を少しだけ書こうとしたが、けっきょくドイツの友達とスカイプしてた。原田郁子ちゃんから「そろそろ熊本いくよー」と電話をもらう。郁ちゃんに早く会いたい。

六月二四日に、しかも坂口恭平の書斎「雪烏《ゆきがらす》」がある早川倉庫に、クラムボンとして郁ちゃんはやってきて、僕たち坂口家四人はそれを見に行く。精神の姉であるところの郁ちゃんにしばらく会っていないので、音楽の話をしたい。僕は、はっぴいえんどの大好きな曲「春らんまん」を電話口で歌った。

「沈丁花を匂わせて　おや、まあ　ひとあめくるね」

途端に雨がぱらついた。ひやっとした。冷房装置の夏が来た！

午後二時四五分、幼稚園内でたんぽぽ組が終わるのを園舎の外で待つ。そんな僕を見つけたたんぽぽ部族たちが騒いでいる。すいません、僕、心だけやはり四歳のままで、と先生に謝る。園児たちから、飛び蹴り、パンチ、局部に拳をくらう。

僕はこの部族ではアフリカン的に言えば、とても好まれているらしい。日本的に言えば、いじめられているのかもしれない。もー困ったな顔のアオは、その騒ぎには加わらず、また水色のヘルメットに手をつけ、「さ、行くよ、パパ」と言う。そうだ、僕は今日、鹿児島に行かなくてはいけないのであった。

急いで自転車を漕ぐ。家に着く。アオはヘルメットを脱がない。もしや……？

「まだ自転車に乗ってたい。パパ、仕事やめてよ」

娘の声に一瞬揺らぐが、僕は意外にも経済観念だけはしっかりとしているので説得にかかる。

「パパは狩りにいくから、しばらく待っててよ。おみやげどっさり！」

僕はそのままママチャリに乗って、熊本駅新幹線口にある駐輪場へ。

★

新幹線に飛び乗ろうと思ったが三〇分後にしか来ないというので、しばしホームで待つ。三号車自由席の前で待っていると、無人の荷物が置いてある。竹で編んだ大きな籠が二つ。てっぺんには取っ手のようなものが取り付けられ、太い紐で結ばれている。中に鳥がいることはすぐにわかった。

しばらくすると、トイレか何かに行ってたのであろうおっちゃんが戻ってきて、二つの籠の真ん中に立った。

「おっちゃん、その籠どんな鳥が入っているんですか？」

「軍鶏《しゃも》だよ」

おっちゃんはさらりと言葉を放った。その放った言葉はほんのり梅の薫りがした。それは確かだった。

「軍鶏売りにいくんすか?」

「んな、馬鹿な。大阪で闘鶏やりに行っとったったい」

「!」

「でも、九州の軍鶏は強かけんね。誰も相手しきらんかった。電車代の損たい。八代に戻るところ」

そこから、おっちゃんへの軍鶏インタビューが始まった。新幹線が来なくて感謝である。

軍鶏には上鶏と下鶏の役目があり、上がオフェンス、下がディフェンスであるそうだ。食事は、アスリートにしなくてはいけないので太らせたら駄目で、おっちゃんは麦を軸にさまざまな調合を施した食事を与えている。訓練は実践あるのみで、八〇匹飼っている軍鶏をそれぞれ闘わせるそうだ。今日、連れてきた上鶏は八〇匹の中の王者であるらしい。「槍」という軍鶏の足の爪が半端なく鋭く、殺傷能力もあるという。実践を一度させたら、二週間は休ませる。熊本には二か所闘鶏場があり、しかしこれは賭け事なので、場所は秘密であるという。一口三五万円くらいで賭けているという。軍鶏界の話を書きたい一心で、僕はメモをとったら負けだと思い、耳で鼓膜を震わせてメモった。

★

そんな気分で新幹線に乗ったら新作書き下ろし小説『711』の序の部分で、糞づまりになっていたものがぶっと抜けた。記念すべき六月一〇日。『711』の執筆がスタートした日だ。原稿用紙五枚を鹿児島中央駅までの一時間で書き切る。いい流れだ。また潜る作業が始まる。苦しいけれど、けっきょく楽しいし、好きなのよ、あなたは、とフーは言う。

「あなたは書くことが何よりも好きなのよ」

たしかに僕は、書いているときはフーを求めることが急激に減る。それは、フーにとっては体力を温存する大事なときらしい。

このほとんど獰猛な動物と過ごしている飼育員フーは、いったい何のために僕と一緒にいるのだろうか。もしかして勤めているのだろうか、この動物園に。この飼育員はたまたま僕の担当になっただけだったらどうしようと思うと不安になり、フーに携帯で電話をかけるも九州新幹線は山に穴を掘りまくっているので、電波が途切れてしまい、連絡がとれない。それすらも、この僕の知らぬ動物園の企てであると妄想してしまう僕は、とりあえず書き上げた原稿を隣の席へ置き、江藤淳の漱石本に手を出す。そこには、熊本に到着した漱石の様子が描かれていた。

明治二九（一八九六）年四月一三日、後の漱石・夏目金之助が池田停車場（上熊本駅）に降り立つ。漱石満二九歳。

四月一三日と言えば、泣く子も黙る世界初のテロリスト、ガイ・フォークスの誕生日であり、ヘンリー・ダーガーの命日であり、坂口恭平の誕生日である。漱石、半端ない。焦ってフーに電話する。奇跡的につながった。

「おい、フー、大変なことが起こった……」

「またーーー。どんな関係妄想？」

「漱石が熊本に到着した日がやはり四月一三日だったよ」

するとフーがとんでもないことを吐いた。

「それ、前、恭平に言ったじゃん。京町にある石碑に書いてあったよって」

僕はそのフーの言葉をまったく覚えていない。もしかして、僕はフーの言葉をほとんど聞き流しているのかもしれない。

ちょっとだけ頭が弱いところもあると思っていたフーが突然、ギリシアの哲人のように思えてきた。電話口の見えないフーは、どんな顔をしているのだろう。もしかして、それはフーという概念だったりするのか。電子信号によってつくられた坂口恭平養成キットとしてのフーが、僕を笑う。

僕は突然、この世界でいちばん自分の近くにいるはずの、ほとんど本など読まない妻が、ただの偉人に思えてきた。怖くて、あっそう、とさりげない言葉をお返しし、僕はすぐに電話を切った。

★

鹿児島中央に着くと、そのまま「INDUBITABLY」のデザイナーである女性と出会う。『ポパイ』の取材。「すすむ屋茶店」という新しくできたお洒落な茶屋でインタビュー。なんだか、とんでもない方向へ飛んでいった。原稿を書くのが楽しみになった。そのまま、その女性と一緒にチンチン電車に乗って、コペンハーゲンのぶっとび花人であるTage Andersonの元で修行をしていた花人の店「NØGLE」へ。デンマーク語で「オイル」と読み、「鍵」を意味する半端ない花屋へ行き、親友であり、俺の千利休である枡村旅人と久々に再会する。面白いスウェットをつくるデザイナーの情報などをもらう。旅人からはいつももらう。

なんかいろいろとすごいことになったのだが、そんなこと書いていたら、日記というより物語になってしまうので、このへんで割愛して、もう寝るわ。おやすみ。

現在、二〇一三年六月一一日午前一時五七分。モレッティというイタリアビールを飲む。カエターノ・ヴェローゾの「Estrangeiro」を聴きながら。

開いた花は爆発のように見えた。スローモーションのダイナマイト爆発のシーン。

その飛んでいく、彼方の小石を拡大顕微鏡で覗くと、それは僕自身だった。

小さな僕は、どこかへ飛んでいった。

アオと弦とフーが同じ顔して、同じ角度で、寝ていた。

寝顔をiPhoneでパチリ、三人が音に反応し、微動した。

なんとなく、ではあるが、手を合わせて、のんのん、した。

菩薩、弥勒、四六六六。これが俺の携帯番号。

Celebrate Your Life.

6月11日（火）

朝からアオと自転車に乗って幼稚園へ。鬱になるとまったく自転車に乗れないわけで、僕にとってはこの単純な親子の義務のような作業が、とても大切な、自分にとって欠かすことのできない行為なのだと実感する。自転車に乗れているときは、僕は穏やかな精神でもって世界を見ている。たとえいくつか、つらいことが重なったとしても、それでもできるだけまっすぐ世界を見ることすぐに深刻になってしまう。それにつきまとわれると、まったく他のことに集中できない。アオと遊んでいても、フーと一緒に歩いていても、友人たちと遊んでいても、どうにも自分のやるべき方向が見えていないと不安でそればかり考えてしまうのである。

でも、これはちょっとまずいやり方だ。たまには何も考えずにふらっと遊びにいったほうがいいのである。何か誘われたら、やめずに、行ってみたほうがいいのである。もちろん、毎日何分かはこれからどうすればいいのかということを考えることは重要だと思う。でも、そればかりにとらわれてしまって、毎日の生活がつまらなくなってしまうのは主客転倒である。とはいいつつも、それならそれで仕方がないとも思う。

❤

でも、対策を練る必要はある。次に向けた行動のために。自分にはいろんな可能性が隠されていると思う。でも、もちろん不得意なこともある。『独立国家のつくりかた』を書きながら、考えてきたことだけではなかなかうまくいかないと思うところもあるんだと思った。

一人でとにかくとことん続けられるライフワークを一つ軸にして、そのまわりに自分がこれからやろうとしていることを続けてみよう。とにかく自分自身を全面的に肯定してみたらどうだろうか。自分自身は今まで最善を尽くしてやってきた。それ以外の何物でもない。自分がいろんなことをできないのは仕方がない。そこを自分で痛めつけても仕方がない。そうじゃなく、自分ができてきたこと、自分がやってきたこと、それらをとにかく自分で肯定し、前に進めていこうじゃないか。自分は何も間違っていない。

　自分はこれまで最善の方法を尽くしてきた。だから、これからもそうである。自分は自らの幸福のために突き進むのである。何も間違っていることはない。何も失敗してきていない。何も後悔することはやってきていない。どんどん自分の考えていることを突き進んでやってみるしかない。

　とにかく心を開くのだ。自分の心を、自分がやろうとしていることに対して全面的に開くのだ。不可能かどうかは関係ない。自分がやろうと思っていることを実現するために突き進むしかないのだ。何も避けてはいけない。もちろん無理はしなくていい。

　何をやろうとするべきか、その方向性をとにかく決める必要がある。あるいは、何をやろうとしているのかはまったく気にせず、とにかく自分の目の前に転がっているものに対して、とにかく突き進んでいくか。

ができるくらいの腰の強さを持っている。僕は本当は強いところもあるはずだと思える。これが底に落ちると、まったく思えない。フーはいつだって僕にそれを教えてくれる。

「あなたはなんだかんだ言ったって、やっぱり強いところもあるよ。弱さも全開だけど、力強さも負けてないよ」

僕のいいところにちゃんと光を当ててくれるのは、フーだ。僕の「才能」に光を当ててくれる人はもちろん他にもいる。彼らは僕にとってとても大事な友人たちであり、仕事仲間である。でも、僕の「いいところ」はフーが担当してくれている。それにより、僕は生きながらえている。

だから、フーが嫌なことはできるだけしないように生きているつもりだ。フーはめったなことでは怒らない。しかし今日、あることで僕は怒られた。すみませんと謝った。僕が馬鹿だった。訂正し、もう一度やってみることにした。フーは本当に怒らない人だ。僕はフーと喧嘩をほとんどしたことがない。するときは、たいていい僕がおかしくなっているときだ。僕は他者から見れば本当に無茶苦茶なところもあるのだろうが、フーはほとんど何も言わない。苦情がない。今日はあったが。だから謝った。

本日の一〇枚を書き終え、すっきりした僕はアオを迎えにいく。アオが川沿いに行きたいというので、白川沿いへ。草むらの上に二人で寝そべって、途中にある長崎書店で買った『電車のたび』という絵本を、川辺でアオに読み聞かせる。そのあと、野花束つくり、小石投げをして遊ぶ。

帰りに家の目の前の、江戸時代からある駄菓子・玩具問屋の「むろや」で、アオが欲しがっていた虫取り網を購入。自転車で裏山のお墓の周辺へ行き、小さな蝶を追いかける。三匹くらいアオは捕まえた。もちろんキャッチ&リリース。アオは大満足。僕も原稿をすでに書き終えているので、リラックスしている。

夜は二人で「菊の湯」へ行った。夕食を家族四人で食べる。何回か小突かれたけど、優しいフーはいちおう機嫌を直してくれて、アオが寝てから二人で楽しく談笑する。

嫁とは議論するな。談笑しろ。常にこれで行っている。議論は梅山とやればいいのだ。薩摩の千利休・桝村旅人とやればいいのだ。僕には、議論をいつでもしたくなる男たちがたくさんいる。彼らと議論はする。フーとは談笑。

女性に目が行ってしまうのではなく、芸術的な刺激を受けてしまうのが、いつもたまたま女性の芸術家たちだっただけなんだ、と僕は談笑風の言い訳。「そう」とフーは笑いながら呟いた。ほんと、このおっかさん、末恐ろしい人だわ。

★

七月下旬に行くサンフランシスコの映画祭の詳細も決まってきた。一五年ぶりのサンフランシスコ、楽しみだ。映画祭には西川美和さんなどもいらっしゃるらしい。というか、これけっこう本格的な映画祭ってことじゃないの？ 僕なんかが行って大丈夫なのかと思って、サイトを見ると、僕の写真がどでかく映っていて冷や汗。何が起こるのよ。まあ、いい。時間はどうせ流れていく。

だから抗わず、僕はただ原稿を書けばいいのだ。ほれ、書きなはれ。どんどん毎日を生き、人々と交流し、新しい知見と出会い、疑問を放置せず、永遠に考え続けられるように、ちゃんとたまには金も稼ぎ、家族との時間も大切に、かつ刺激は忘れずに、夢ではなく、ただの幻としか思えないような自由をちゃんと胸に抱き、僕はMacBook Airのキーボードをレイ・チャールズ並みに叩きたい。

書いている今、僕には生の実感がある。いつかは消えて、鬱になるだろう。それは僕の人生にとって永遠に避けられない四季みたいなものだ。四季がある日本に対して、「どうして四季なんてものがあるのだろうか」とは誰も疑問を持たない。なのに僕は、自分という大自然に巻き起こる四季に対して、疑問をぶつけている。なぜ俺がこんな目に遭わないといけないのかと。

だから疑問を持つのをやめた。己への疑問はどうでもいい。疑問は、世界に、社会に、夢に、希望に、絶望に、家族に、共同体に、お金に対して持つ。自然という現象自体に疑問を持たないで、生きる。それが今、僕が実験しようとしている物の見方である。

今のところ悪くない。いい線いっていると思う。人の目がほとんど気にならなくなった。自分がやるべきと思うものをさらに進めようと覚悟が決まってきた。怖いけど楽しい。そんな刃の上を飛び踊りながら、歩いている。そう、歩け、書け。自転車を漕いで、風をつかめ。

本を読めなかった男は今、本を書くことが天職かもしれないと思えてきている。日本語のタイプライターを設計する男の短編を書こうとしているのだが、本当はそれが欲しい。手書きじゃちょっと僕の場合は違う。タイプしたいのだ。

タイプでダイヴする鯛のような変態坂口恭平。

この変体動物である俺は、今、フーから「早く寝なさい、一二時過ぎたでしょ」と向こうの部屋の布団の中から声をかけられているので、まず寝ます。明日から打ち合わせのため、一泊二日のドタバタ江戸への旅である。どんな珍道中になることやら。

★

今日も忘れずに、サイレース。そしてリチウム四〇〇ミリグラムを。ジョン・C・リリーに松岡正剛氏がインタビューするという、むかしのNHKの半端ない番組を観ながら眠りにつく。NHKのコメンテーターが、LSDとかコカインとかビタミンKとかは私はどうも……とか言っているその懐の深さが豊かだなと思った。

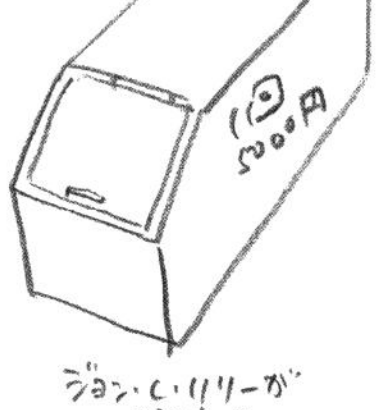

ジョン・C・リリーが
発明した
アイソレーション・タンク。
京都で入った
(起きたまま夢が見れる)

今は、みんな恐れている。言ったら怒られることは決して言わないし、やったら失敗することは、失敗するのが怖いというよりも、むしろ「失敗したことにして」試しもしない。どうせ駄目でも修正なんかいくらでもきくのにと、いつも試みては失敗ばかりする「下手な鉄砲数打ちゃ当たる」坂口恭平は思う。弟にそう言われたのは、高校生のときだ。

「おんちゃんのやり方はずるいよ。なんかいっつも成功してるように見えるけど、けっきょく下手な鉄砲数打ちゃ当たるだもんね。でも、それでいいんだよなあ人生なんて」

弟は早くから僕の本質を理解していた初めての男である。

あったりめえじゃん。失敗はしても見せなきゃいいんだよ。うまくいったら、誰よりも大きい声でそれを伝える。俺のやり方はシンプルだよ。すべての失敗を体験してそれを忘却し、数少ない成功体験を最大限に拡大解釈して、己の多幸感増量につとめる。どうせ僕のやっていることなんか、人が捨ててしまっているものを拾っているだけなんだから、誰にも迷惑かけやしない。だから好きに生きればいい。生きとし生けるものへの讃歌を声高らかに歌えばいいんだ。長嶋茂雄大先生だって、カレンダーの日付に、負けたら小さく黒い点、勝ったら枠一杯に○印を描いていたらしいぞ。つまり、五メートル離れてカレンダーを見たら、白星しか見えないんだ。

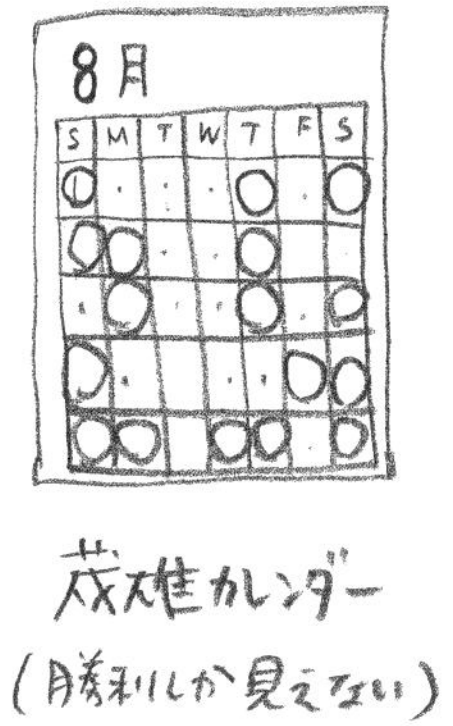

さらに僕は、勝った負けたじゃ空間性がなさすぎて退屈だから、それを全部捨てて、芸術をやっているんだ。芸術は空間性が、そのイリュージョンがどれだけ深度があるかが基準になるから面白いのよ。誰にも迷惑かけずに、すべての人の脳味噌を勝手にぶち壊す。それが僕の高校生時代の目的だった。その目的に少しずつ近づけているかもしれないと思えている今日このごろ。

薬が効いてきた、僕は、弟にむかしもらったジルベルト・ジルの最高のライブ盤「Ao Vivo」を聴いている。感謝。

よし、ここまでで一日分の日記原稿が一時間で完成。原稿用紙にして一七枚ほど。『711』は筆致が遅いけど、坂口恭平日記はべらぼうに早い。この使い分けをする。自分を操作する。この混沌の荒ぶる躁鬱病患者をどうにか稼働させる。フーが潤滑油である。アオがバグである。弦は漫画の『AKIRA』みたいな核融合を行うエネルギー源として発光寸前の発酵を毎日行っている。どうなる坂口恭平！　どうなる坂口家！　ただただ平穏な日常が通り過ぎていくが、俺の頭の中は、Just Dream Time です。

6月12日(水)

アオに朝早く起きてもらって、幼稚園へ早めに自転車で送ったあと、バスで空港へ。

アオは行くなと言った。しかし、「俺は坂口家という部族の首長であるから、獣を倒して食料にしないと駄目だからお前が止めても行く」と言ったら、かましで二度ほどぐずり、演技をしていることを僕に暗に伝えて、納得し、何回寝れば恭平に会えるのかと聞いた。僕は「一回」と言い、納得したアオは頷いた。お土産は「キリン」と一言。

この頓知《とんち》講座は僕の栄養分となり、芽となり花となり、それは力となり、自転車を漕ぐ僕の足の筋肉の動力となり、アオと一緒にいる時間の創世記へとつながる。

そうだ、東京へ。僕は行く。熊本空港からチンチン電車の気分で飛行機に乗り込んだ僕は、ジョバンニの『穴』を熟読のままやっぱり即寝した。

6月13日(木)

朝七時に目を覚まし、僕の居候先である戎亭を仕事場にしているミネちゃんと建築家シンゴらと朝から話す。途中からミネちゃんと一緒に仕事をしているデザイナー、ショウちゃんもやってくる。ミネちゃんが最近手がけた雑誌なども見ながら。

新しい雑誌を僕らで勝手につくりたいね——これがいつも僕がみんなといるときに妄想してしまう構想だ。これらはいつもフーちゃんらにより、妄想だからやめたほうがいいという話になり、僕は収監され、アイデアは捨てられる。僕はそれでいい、何も悪くないと思う。

僕は収監されればいいのだ。このような絶対に服従しないような人間は社会に放つことなく、ただ収監し、外へ一歩も出さなければいい。それで何も問題がなくなるのだ。文句を声にして上げないけれど不満を持つ人間たちは、坂口恭平のような人間を見ると、同期し、己の感情と合体させ一つの運動となったりする可能性がある。そんなことになるよりも、収監、だ。そうすれば、匿名の不満分子たちは、まったく動くことはない。働けと言われれば働き、金を払えと言われれば、文句を言いつつも、やはり怯えてけっきょくは金を払う。

かといって、根こそぎ、そのようなある種の煽《あお》りをすべて消してしまうとそれもまた異常事態ということになり、多くの人間の不安を高めてしまうことになるので、ときどきは解放し、暴れさせる。どうせ絶望は自殺という形で処理されるので、それは政府の責任であるとは言われない。絶望は個人の問題なのだ。共同体にとっての問題ではない。六割ほどの人間を、ある程度働いて金を払えば最低限度の生活ができるように設定しておけばいい。あんまり贅沢させるとロクなことが起きない。かといって貧困にすると、人間は結束する。そのギリギリの塩梅がうまく機能すると、今のような状態になるので、坂口恭平のような男は収監しておいたほうがいいが、それはそれで面倒くさいので病気ということにする。監視する人間を増やしつつ、ある程度は自由な状態にさせる。

坂口恭平が完全に信じてしまっているフーというアンドロイド監視員がいるから、我々はとても安心している。この人間（女）のように見える人間型ロボットFu-36は坂口恭平を完全にコントロールできている。

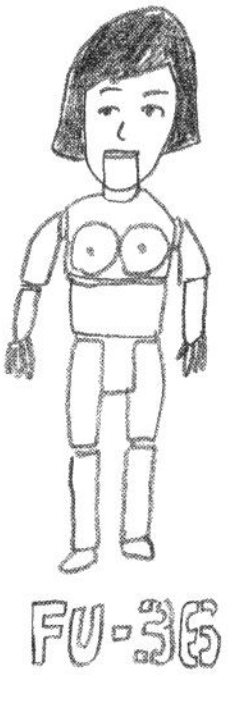

★

さて、また熊本に帰ってきたので、明日からは執筆である。『711』。五〇〇枚書くぞ。今のところ二〇枚。毎日一〇枚のペースを守りながら、ぶっ飛ばせるときはどんどん一筆書きでいこう。どうせ原稿は半分に減るのだ。僕の第一稿はそんなもんだ。躁の衝動が内奥でがんがんがんと共鳴し、倍音まで発生させながら、強大になっている。フーもそれをわかってくれている。僕が「肩を叩いて」とお願いするとフーはうんと頷いた。

とにかく荒ぶる精神を抑えないといけない。エネルギーをどこかしこへ放出するのではなく、集中していかなくてはならない。サイレースとリチウムの錠剤を飲んだ僕はゆっくりと枕の谷へとずり落ちていった。

6月14日(金)

朝から自転車にアオを乗せて幼稚園へ。送った後、零亭へ。坂口亭タイガースとパーマに与えている原稿の締め切りなので、見せてもらう。とはいっても僕はいっさい読まない。量しか確認しない。出来上がったら編集者に見せればいい。それしか方法はない。

そのへん、よく人は勘違いしている。僕に原稿や作品を見せにくる人がいる。僕はそれを見ても、社会に出すことはできない。僕は編集者やキュレーターではないからだ。作品は作家に見せるのではなく、編集者に見せる。それでしか作品は生まれない。若い作品を見ても、たいていは粗《あら》が目立つわけで、つまり駄目出しを言ってしまう。それで自信を失っても仕方がない。だから、弟子の作品も見ない。量を確認する。それだけでいいと僕は思っている。

二階の書斎で、新作書き下ろし小説『711』の続きを書く。二時間で一〇枚書いた。これで累計三〇枚。毎日一〇枚で三日目。このまま行けるかな。いい調子である。講談社の川治くんと、梅山に原稿を送った。おおむねいい感じとのこと。

「『幻年時代』でわかったと思うけど、お前の第一稿は一筆書きなので、勢いのままやっていいよ。どうせ三分の二くらいには減量させることになるから」と梅山。

一稿目はあんまり考えすぎず、洗練させすぎず、潜ることを意識して、ぶっとばせと伝令。なるほど。了解。

こうやって少しずつ執筆が変化していくのは興味深い。『独立国家のつくりかた』を書いていたときから考えると、ありえないほどの変貌である。

6月15日(土)

朝から車に乗って、「ゆめタウン」へ。ゆめタウンは、僕がいつもアオと買い物に行っている「ゆめマート」の親玉みたいなもので、つまりショッピングモールである。べつにクオリティは高くない。こういうところにはほとんど僕は行かない。モールやデパートに行くと偏頭痛が引き起こされてしまうという性癖があるからだ。

小さいころからこういうところが嫌いだった。今はべつに嫌いではなくなったが、それでもある一定の時間以上滞在すると、偏頭痛が出てくる。なぜ今日行ったかというと、ここ一〇年くらい苦しんできた偏頭痛が最近なくなったからである。

そう、僕は日々、少しずつ健康になってきている。最近は、とんでもない肩痛にも悩まされていない。これは姿勢を正すという試みを始めてからだ。足を組むということもできるだけやらないようになってきた。肩が痛くないから、偏頭痛が減ったのかもしれない。いずれにせよ体調はよく、アオを送るので毎日早く起きるし、朝日にも毎日当たっている。適度な運動にもなっている。

アオが僕を動かしている。感謝する。鬱のとき、僕の停滞した体を揺り動かすのもアオだ。アオは何かわかっているのかしら。そう聞くと「へっ？」と猿飛佐助みたいなすっとぼけた顔をするアオの猿飛感ったらありゃしない。お前は裏でどんな思考をしているのだ。

★

ゆめタウンに併設されているＴＯＨＯシネマズにて『クレヨンしんちゃん』をアオと二人で観る。フーは弦を連れて、久々に一人で買い物でもしてくるとモールの中に溶け込んでいった。

『クレヨンしんちゃん』が始まった。僕は絵の質が平面的なアニメだといつもついつい眠ってしまう。起きたらアオが椅子を下りて、外に出ようとしている。おいおい、お前さん、何やっているんだよ、一〇〇〇円も払ったんだからもうちょっと観てよ、三〇分しか経っていないけど。

落ち着きのない二人はけっきょく映画館を出た。さっき「Right-on」で物色したピンク色のサンダルを買えないかもしれないと不安を感じていたアオは、落ち着かずエンターテインメントどころではなく、購買して安心しなくてはいけなかったようだ。僕も諦めて、九八〇円のそのサンダルを買う。アオはご機嫌である。

アオはサンダルどころではなく、僕に自家用車を買えとまで言ってきた。エスカレートしているアオへの僕の不安をよそに、フーはその言葉を冗談だと誤認し、笑っている。いや、この娘は本気だぞ、なんだか知らないが、俺のことを億万長者だと勘違いしているんだ。「億万長者のくせに何も買わない」という遊びをしていると誤解しているアオは、このように普段ほとんど購買をしない坂口家が量販店などで二つ以上連続的に購入している姿を確認すると、さらにもっと、と幅を広げようとやっきになる。

本日、アオはとうとう自家用車の購入まで冒険を広げた。それはアオにとってはほとんど完遂することのない無謀な冒険などではなく、坂口恭平のついついお調子に乗る躁的な雰囲気をしっかりと見逃さないでいる、狡猾なオオカミのような試行であった。しかし、三万円以上の買い物にはフーの許可が必要である坂口恭平は、アオからの金銭的な絶大な信頼を受け、坂口家首長である威厳を表現しようと一瞬クレジットカードなどを財布から出したりの威嚇を行うも、そこは現代社会、妻というものは常に王者なのであって、自家用車購入を直談判されているという事実をフーに打ち明け、あっけなくそれは却下された。

当然、アオは泣き出した。尻部をモールの床にへばりつけて、ヴィレッジヴァンガードゆめタウン店の店先で、女は泣いている。

うちにはベンツゲレンデがあるではないか、と言うと、あれはデカい、ゴツい、かつ所有権はお前のものではないし、そんなシェアライフみたいな生活は嫌だ。お金を出して、買い、所有するという、現代社会では当然とされている手段による生活を自分も行ってみたい。坂口家やだ。坂口恭平の芸風によって、所有することがほとんど不可能になってしまっている坂口家はむしろ、現代社会において不自由だ。もっと購買したい。所有したい。四人家族が安定して遠出できるサイズの自家用車が欲しい。今すぐ購入したい。さっき浜線バイパスにぶつかる前に、フォルクスワーゲンがあったではないか。あそこで購入したい。

そんなわけで、僕は自分が子どものときに乗っていたフォルクスワーゲン・ゴルフを思い出した。赤の角張ったゴルフ。これが僕が長男として所属していた先代・坂口家の自家用車であった。母方の祖父が乗っていたのは、住んでいた河内蜜柑からインスピレーションを得て、オレンジではなく蜜柑色に塗られたフォルクスワーゲン・ビートルであった。

中学の同級生の元田は中古車屋を営んでおり、彼に電話すると、「お前、ワーゲンはやめとけ。そのアオの要求であればダイハツのムーヴで十分だ」とひとこと言って電話を切った。

しかし、横目で見た展示場に並んでいたフォルクスワーゲン・ポロの黒ボディについ涎が出る。アオはそんな空想上の、俺だけの涎を見逃さなかったのだろう。「それがいい」と断言してくる。とにかく、その場をしのげというフーからの命令を受け取った坂口恭平は、坂口家全体を鼓舞するかのように、モールの中で、右手をあげ、声を出した。

「よし、次に出る『幻年時代』がしっかりと売れたら、自家用車を買おう！　所有しよう！」

アオは、いつもの「時間を延ばすことによって娘は忘れてくれるだろう」作戦かと諦め、「絶対に忘れないよ」と脳髄に記憶の針を差し込み、落ち着きを示した。

★

お腹が空いたとのフーの合図を受け、僕らはゲレンデに乗り込み、江津湖へと向かった。湖の横にあるイタリアン「たんぽぽ」にて昼食をとるという算段だ。マルゲリータと浅蜊のボンゴレロッソを食べ、江津湖を散策することに。

僕が大好きな、動物園の動物が0円で見えちゃうコースを行く。動物園の裏の駐車場に止め、正門からではなく、南門という江津湖側の入り口目がけて歩く。道すがら、ラクダ、キリン、象を観ることができる。さらに途中には湧き水がどばどばと湧き出ており、もちろん飲むことができる。気持ちのよい散歩で、フーは坂口恭平に「ありがとう、気持ちいい！」と言った。なんか木陰に隠れて、家族全員で抱き合いたい気持ちになった。

0円で動物を楽しんでいたのだが、購買欲が収まっていないアオは、動物園に入るという。いや、柵の外からでも動物が見えちゃっているからいいじゃないか。なぜ、動物園の中に入る必要があると0円師である坂口恭平がブータレるが、アオは譲らない。そこで、いくらぐらいするものなのかと南門へと向かう。看板には子ども料金が書かれており、小学生から有料であり、五歳は0

円であることがわかった。これならいい。僕は大人二人分六〇〇円を払い、中に入った。

アオの言うとおり、動物園の中に入ると、確実に江津湖側から見ているのとはまったく違う空間が感じられ、人間が0円と有料とに分ける理由が少しわかった気がした。アオは動物も見ずに、アトラクションにしか興味がない。メリーゴーランド、園内をぐるりと一周するモノレール、さくら新幹線発足記念でつくられた新幹線、イルカに乗って旅をするドルフィンパラダイスなど、ひととおり乗れるものにはすべて乗った。満足したら暑いと言い出したので、0円クーラーと言いながら、坂口恭平が先ほどから浸かっている江津湖の湧き水でできた川の中に、アオも買ったばかりのサンダルを履いて入った。そろそろ夏が来ている。アメンボを見ながら、アゲハチョウを見ながら、羽黒トンボを見ながら、アオが昆虫のことを最近好きになってきたことを坂口恭平はうっすら喜んでいる。

★

フーは今日、幼稚園のたんぽぽ組のママさんと先生たちとの懇親会のために、宴へ行く。久々の恭平とアオと弦の三人暮らし。心もとないので、すぐに外出し、歩いて五分のところにある僕の両親、つまりジジババが暮らすマンションへ。

0円ハウスの著者の両親は、坂口恭平の提言などまったく気にせず、数千万円のマンションを退職金を当て購入している。かといって坂口恭平もまったく気にせず、「いやー、新しいマンションというのは過ごしやすいものだなあ」などと言っている。アオもジジババの家が好きだ。夕食を食べさせてもらう。ジジがつくったカレー。ババがつくった春雨のピリ辛炒めなど。

午後一〇時半ごろ、それまで楽しそうだったアオが、映画『おくりびと』の死者のふりをした人間がくしゃみをして死者じゃなかったとわかるシーンでびっくりしてしまい、そのまま恐怖のどん底に陥れられ、家に帰る。いや、フーがいないことがいちばんの問題だ。飲み会など言語道断、すぐに呼んで帰してくれと言うのでフーに電話をかけるも、盛り上がっているのだろう、出ない。アオはさらに泣く。

こういうときは場面変更したほうがいいと感じた坂口恭平は、すやすや眠る、本当にまったく手のかからない僧侶のような弦をベビーカーに寝かせ、アオと手をつなぎ、夜の新町を歩いて家に帰ってくる。フーは午後一時ごろ帰ってくる。ついつい遅いので、坂口恭平怒ってしまった。

普段は自分が連絡もせずに飲み会などに行っては遅く帰るのに、フーが少し遅いだけで怒る自分をなんと心の狭い人間なんだと思いながらも、不思議な独占欲があることに興味を持った。僕はフーが他の男の人とお茶などしていてもたぶん大丈夫だ、などとフーの前で言うことがあるのだが、「それ、完璧無理じゃん!」と一人で突っ込んだ。自分の独占欲に驚いた。改善しないといけないと思った。自分の独占欲と、自分の行動範囲の広さが釣り合っていないのだ。しかしフーには恥ずかしくて言えない。だから、このように日記の後半に書く。

フーは、僕の日記が長過ぎて読めないと言っている。この女性は嘘をつかないので、読めないと言っているときは本当に読んでいない。といいつつ、先日も坂口恭平のアカウントのGmailに侵入されたわけで、本当はどうなのかわからない。

いや、もう他者のことをわかろうと思うことなんてやめよう。どうせわからないのだ、何を考えているかは。だから、自分の感情のまま、嫌なときは嫌だと言って泣き出し、うれしいときはすぐに抱きついて一緒に寝転べばいいのだ。アオを見ているとそう思う。いや、僕は大人なのだからもう少しわきまえなくてはいけないはずだ。しかし僕は感情のままに動いてしまう。

夜、しばらくすると、心が落ち着いた。珈琲を飲みながら、届いたばかりの『幻年時代』の再校ゲラを眺めている。まだ読みはしない。上から下から眺めている。三回推敲し、二度目のゲラ。過去最高に読み返している本がもうすぐできる。アオは車の夢を見ているのだろうか。

6月16日(日)

朝起きてすぐ「日曜日ではあるが、きのう楽しく家族の団欒を催したので今日は仕事をしたい」と坂口恭平が言う。それに即時に反応したアオが「嫌だ」と断言し、本日も坂口家は四人みんなで遊ぶことになった。

アオの断言には、かなりのわがままでない限り、大金叩いて購入しなければいけないものでない限り、加糖製品でない限り、だいたい従うことにしている僕は、やはりアオの奔放さにやられている。しかしこれも修行のうちだと思い、日曜日のパパという演出を施す。

「ピクニックしたい」

アオがそう言うので、僕は納戸からレジャーシートを出した。フーは洗濯をしなくてはいけないと言っている。つまり、ピクニックには参加しない意向を僕の神経中枢に伝えてくる。言葉として「行かない」などという言葉を発した場合、それはピクニックの否定につながるので、「フーは忙しいから、とりあえずパパと二人で行こう」、ついでに「虫取り網でも持っていって、チョウチョのキャッチ&リリースでもやらないか」と特典までつけて、僕はアオを自転車に乗せ、まずは「松石パン」へと向かう。

マロンスコーンとプレーンスコーンとクリームパンとマンゴージュースを購入し、近くの白川まで。河川敷の草原にレジャーシートを敷き、二人でブレックファーストをとった。

アオに連れてきてもらったおかげで素晴らしい朝だった。その後、いつものようにチョウチョをキャッチ&リリース、そして野花束をつくる。今日は紫色を主調とした花束に仕上げ、帰宅してフーにあげた。

★

お昼はどこかへ行こうということになり、友人がやっている水道町の「ボッテガロマーナ」を予約する。チンチン電車に乗って向かう。

弦は今日もまたすやすや眠っている。ただただ安定している弦は、三〇センチくらいのところまで近づくと、ちょうど焦点が合うようで、幸福そのものであるような笑顔を見せる。これは弦が幸福なのではなくて、育てている親に、幸福であると思わせたらより安定するだろう。そう感じての、反射的な機械的な運動なのではないかと思った。それくらい完璧な笑顔がそこにはある。フーはそれを見て、うっとりしている。

親子というのは、完全に赤ん坊が管制塔で、親はそこで働く官吏みたいなものだと思った。かといって、弦国家だけになってしまうとアオ部族の襲来に遭ってしまう。なので、僕とフーという二人の官吏は管制塔からの指令を受けつつ、現場主義であることも忘れずに、アオ部族からの執拗な攻撃にもちゃんと手を触れて接することを怠ってはいけないことを自覚する。

子育ては困難を極める。しかし、そこには僕の仕事の萌芽をそこかしこに見つけることができる。なので、子育てと僕の仕事を完全に分けるのではなく、むしろ混同し、わけくちゃわからん状態になることが望ましいことを最近知った。そしたら、アオがむずがらなくなったように見える。こうやって毎日毎日が勉強である。大変だが、楽しくもある。

フーは幸福であると僕に言った。それはそれで素晴らしいことだ。僕は次の原稿のことを考えて頭を毎日抱えている。しかし、それも幸福であるといえば幸福である。ただ体はキツいが。そして、また来る躁鬱病の鬱状態を思うと、一瞬気が重くなる。今は全体的に体が軽い。

ボッテガロマーナで、牛すじのスパゲッティと、豚肉のリゾットを注文。アオがおいしそうに食べている。

「これからもときどき、この店に来ようね」

つきあっている彼女みたいな顔をして、僕に言う。おいしいものが瞬時にわかるアオは、僕にとって厳しめの彼女である。かといって値段の高い店に行くと、今度はフーが文句を言う。「贅沢は敵だ」的な思想を持っているフーはいっさいの贅沢をしない。そのことによって坂口家は、鬱が長く続き坂口恭平の稼ぎが少なかった年でも、金に困ることはなく運営され続けてきた。アオはそのぶんバランスをとっているのだろうか、宵越しの金は持たねえ的な江戸っ子の精神でもって僕に差し迫ってくる。とにかく本を書かねばならない。できればより広く社会へ浸透し、できるだけ多く金を稼ぎたいものだと僕は素直に思った。それを感じたフーが、天の声。

「お金なんか稼がなくてもいいよ。体を無理しないほうがいい」

フーは僕の躁鬱の波が最近、さらに加速していっていることを心配している。いつ死ぬのかわからないといった気分らしい。しかし、僕は九〇歳くらいまで生きるのだから心配ない。自殺もおそらくしないだろう。もちろん鬱状態のときには何が起きるかわからないが、それでも大丈夫だと思うよ、と躁状態特有のあっけらかんとした楽観主義者になってしまっている。

坂口恭平はまったく先のことが読めない馬鹿であることを知っているフーはそんな僕の口車には乗せられず、安くてもおいしい店をたくさん知っているから、それでいい。アオには贅沢させるよりも、もっと楽しいことがあるからそれを伝えたいと言う。

しかし、そのような僕とフーのなんでも手づくりできるんじゃないか攻撃は、アオの購買欲を、よりかき立てているようだ。僕は、「本ならどんなものでも、何冊でも、いつでもどこでも毎日でも一人でツケで買ってもいい」と言った。するとアオが言う。

「昆虫の図鑑が欲しい」

そんなわけでおいしい昼食を食べた後、僕たちは蔦屋書店へ行き、学研の昆虫の本を買った。途中でジェラート屋さんへ行き、マンゴーアイスを購入し、家に帰ってきた。

僕はすぐに外出し、ホテルニュースカイ一階ラウンジ、「フェリーチェ」のカウンターへ。『幻年時代』の最後のゲラチェック。さらにまた改訂し、前半部分がより読みやすく、面白くなった。午後八時半までとりかかる。すごい本ができるのではないか。そんな興奮を覚える。

★

蔦屋書店で昆虫の図鑑と一緒に僕がこそっと購入したのが、大江健三郎氏の新潮文庫『私という小説家の作り方』という本である。これがむちゃくちゃ面白かった。というよりも、大江健三郎氏の言語構造と僕の言語構造に共通点があるのではないかと思われる箇所で溢れていた。

僕は大江健三郎氏の本を読んだことがない。しかし、なぜか同じ志を持っているのではないかと思った。うれしくなった。同志を発見した悦びだった。これは作家としてはほぼ初めての体験とも言える。書こうとしている主題が、近似値を持っていたのだ。こんなことは生まれて初めてで僕は興奮して本を読んだ。布団に寝転びながら、半分泣いていた。このまま突き進んでいいんだと思えた。

「小説を書くってことは、小説を読むってことなんだ」

梅山は僕にそう言った。これまでまったくといってよいほど小説など、そもそも本を読んだことがなかった僕は、最近とにかく本を買いまくっている。アオと同じく僕も今、成長の過程の真っ只中なのだ。毎日、本と出会うことが楽しくて仕方がない。女の子と出会うことも楽しいが、今は本と出会うことのほうが勝っている。むしろ、女子と出会うように本と出会っている。親友と出会うように本と出会っている。読書がこんな楽しい遊びなのだとは知らなかった。

アオに買ってあげた昆虫の本が面白すぎて、こちらも興奮して読み進める。昆虫は一二〇万ほどある地球上の生物の種のうち、三分の二を占めるという。脊椎動物なんか一割にも満たないのだ。カラスアゲハに惹かれている。いつか捕まえてみたい。昆虫は「変態」する。その中で、ツチハンミョウ（土斑猫）の説明がすごかった。

ツチハンミョウは過変態といって、まず足の長い幼虫から始まり、足の短い幼虫へと変態し、しまいには足がなくなってしまう。そして、偽の蛹《さなぎ》に一度なる！「偽の」である。そしてまた足のない幼虫へと変態し、本当の蛹になり、成虫へと育っていくのだ。ツチハンミョウは偽死《ぎし》することもでき、毒成分カンタリジンが含まれた液体を出す。日本の忍者はこれを使って毒薬をつくっていた。中国では暗殺にも使われていたそうだ。またまたこれで小説ができちゃいそうだ。

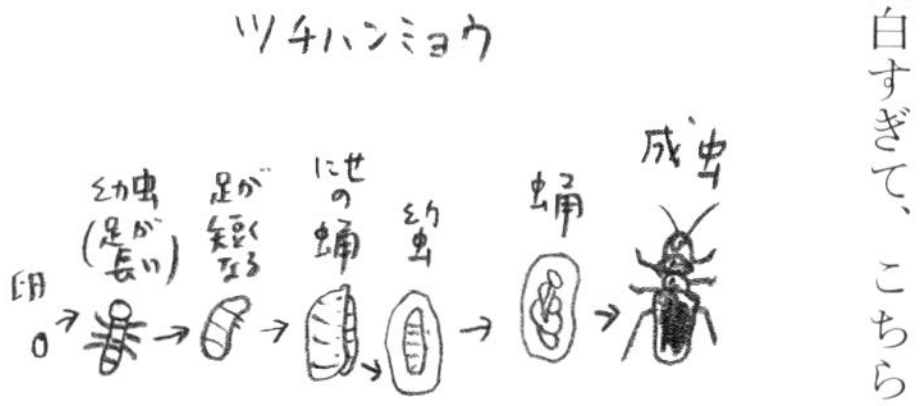

アオ、ありがとう！　お前のおかげで俺は成長している。

アオにキスをしようとした。アオは、「パパ、髭臭い！」と言って、ぱしんと僕の頬を叩いた。

仕方なく、僕はフーに向かって、フーに接吻した。フーと僕の交わりを見たアオは突如、否定的な面を打ち消して、アオもチューしたいと言ってきた。弦はそれを見て笑っている。

僕は今、成長物語の真っ只中にいるような、そんな冒険の香りをかいでいる。四日に一度しか駄目だと諭されている僕は、解禁令を出してくれとフーに懇願。しかし願いは払い下げされ、僕は大江先生の言語構造による建築に引きこもった。

6月17日(月)

朝から自転車にアオを乗せて幼稚園へ。アオは幼稚園グッズのほかに、きのう買った昆虫の図鑑を手にしている。虫取り網を僕が持って、夏の親子の様相。

アオとバイバイして、零亭へ。原稿執筆。「ズームイン服!」第一五回目の追加原稿を書いて送信し、『幻年時代』の再校ゲラを読む。これで最後だ。

最後まで読み終わる。最後をまたちょいといじった。これでいいのではないか。『幻年時代』はできることなら、永遠にゲラ直しをしたいと思えた初めての本だ。面白い仕事ができているのではないかと少し満足できた。それでもこの本は、また新たに始まる僕の人生の仕事の始まりである。

大江健三郎氏の『私という小説家の作り方』を読み進める。なんだかすごい本と出会ってしまって僕は驚いている。こんなことを書こうとしている人が、ほかにもいるのだと知った。うれしさと絶望が織り交ざった感情が渦巻いて、僕は先人がいるけれども、それでも仕事を進めなくてはいけないと心を新たにした。そんなときに、大江氏はまた僕につぶやく。それはこんな文章だ。

すでに小説はバルザックやドストエフスキーといった偉大な作家によって豊かに書かれているのに、なぜ自分が書くのか? 同じように生真面目《きまじめ》に思い悩んでいる若者がいま私に問いかけるとしよう。私は、こう反問して、かれを励まそうとするのではないかと思う。すでに数えきれないほど偉大な人間が生きたのに、なおきみは生きようとするではないか?

——『私という小説家の作り方』新潮文庫、八五頁

壁なのか道なのか鍵穴なのか何なのかわからないが、その何かと邂逅し、ぶつかっていることに僕は気づいている。それも背伸びすることなく、素直にぶつかっているような、(僕自身の誤解かもしれないが)実感がある。興奮が止められず、梅山に電話した。

「おっ、いい感じじゃん。しかし、まだまだ始まったばかりだよ。次に『711』を長編に仕上げるには、

まず短編が必要だ。そこであらゆるこれまでの経験、培《つちか》ってきた知恵、さまざまなつながりを一つの形にしてみるんだ。そこで足腰つけないと、『711』の長編の牙城はなかなか高いぜ」

僕は『711』をいきなり長編で書こうとしている。しかし梅山は、またそんな僕にディレイをかけてくる。いらいらするが、この男の言っていることには従うと決めたのだ。それは結婚に近いのかもしれない。僕は梅山と結婚をした！

フーとはまた違うその結婚は、僕がフーから得てきたことが踏襲されているように思う。それはただ一つ「言うことを聞く」ということだ。しかし、それはまた僕の人生の特徴でもある。

★

僕は恐ろしいほど自分で選択をしない。自分でもときどきびっくりするほどだ。僕は物を、感覚を、音を選ぶことができないのである。よく相棒の磯部涼に言われる。

「お前は本当に耳が悪いよな。センスがないというか。お前の選ぶ音楽はどれも駄目だ」

僕もそうだと頷く。いつも僕はセンスがないのである。幾千の中から、何かを選ぶという行為ができないのだ。もちろん、永遠に選択を決断できずにいるわけではない。けっきょくいつかはどれかを選ぶのだが、それがことごとくエンターテインメント的で、つまり大衆迎合としての選択で、芸術の感覚がわからない。もちろん悪い選択はしないんだけど、それを選んでも何も思考が発展しないというか、既知の眼でしか物を見れない。というか素直な選択しかできない。それはそれで嫌いではないんだけど、磯部涼が言う「センスがない」という感覚を、僕はおおいに理解できてしまう。かといって、そんな自分を恥じることもない。

でも、もしも僕によいところがあるとすればそれはこんなことだ。つまり、僕は自分で選び取る力、芸術を受信する能力はないかもしれないが、その「なさ」を、無知を、低能をしっかりと自覚できるということだ。僕は振る舞いがおどけているので、よく自信過剰であるとか勘違いされることが多いのだが（たいていそういう人は僕の本を読んでいないが）、僕はむしろ自分の低能にしっかり

鬱記 2012年12月3日

今、自分が思い悩んでいること。

それは自分がいろんなことに興味を持てなくなってしまっているということ。僕は他の芸術家の仕事にもあんまり興味を持っていない。

⬇これ本当か？　でもChim↑Pomの仕事は知っているし、その他、岡田さんや岡崎芸術座などいくつかの仕事には興味を持っているではないか。飴屋さんの演劇もしかり。僕は何も興味を持っていないのではない。鬱状態のときに、観に行くのが恥ずかしいというだけなのではないか。PUNPEEのライブも行ったことがあるし、いろんなライブにも顔を出したことがある。僕は何かに興味がないのではない。そこを間違ってはいけない。僕はいろんなことに興味を持っているはずである。これは僕が勝手に勘違いをしているだけだ。

熊本でやっているものにはそんなに興味がなくてもいいのではないか。もちろん、行きたいものには行けばいい。行きたくないものには行く必要はまったくない。たくさんの人がそこに行ったとしても、べつに行く必要はない。

あんまり仲間がいないというのも勘違いである。磯部涼、梅山景央、佐々木中、岡田利規、神里雄大、PUNPEE、七尾旅人、こんなように僕には表現をしていくうえで仲間はたくさんいる。それなのにいないというのは勘違い。僕はわざわざネガティヴに捉えてしまう癖がある。それを理解しよう。

❤

僕は今まで一度も駄目だったときはない。僕はいつだって、自分の興味の方向に向かってきたはずだし、それで間違いはなかった。僕の人生に間違いは一つもない。僕は自分がそうするべきだと思って、ここまで進んできた。ここまで来たのだから、もうちょっととんでもないところまで、自分の考え方を突き進めてもいいのではないか。僕はそう思う。失敗したっていいくらいで突き進んだほうがいい。僕はまだ一度も失敗すらしていない。すべてうまくいっている。うまく行きすぎている。それくらいで考えていたほうがいいと思う。僕はもうちょっと攻めていいはずだ。毎日毎日、とにかく自分に肯定的なイメージを与えて、自分を信じるように突き進めさせていきたい。

まず、僕は人を否定しなくていいと思う。もちろん、否定しなくてはいけないときはするべきだが、否定するのではなく、面白がる。これが僕が苦手とする方法なのではないか。

とはいいつつ、いろんなことに面白がってはいる。それでいいのであるが、なかなか面白がらないのはそれはそれでいいことでもある。ハードルが高いのだから、それでいいのだ。

でも、人とコミュニケーションするときには、いろんなことに興味を持つのは悪くない。それでも、僕は本当に興味を持たないかぎり、反応が悪い。これも仕方がない。あとは大人のリアクションをすればいいのである。それよりも、むちゃくちゃ面白いと思えるものを見つけようと試みればいい。

人から笑われてもいいのである。馬鹿にされてもいいのである。何も気にしない。自分がやりたいことをする。自分が興味があることをする。そのためにはいろんなところへ行き、刺激を受け、さらに新しい自分の仕事につなげる。それでいいのである。

❤

《今、深刻に考えてしまっていること》

❶ワタリウム個展の未来篇をどうしたらよいのか悩んでいる。

未来篇のアイデアはもうすでにワタリさんに手渡している。0円生活圏を銀座四丁目の例の土地につくるということと、新通貨「平」を発行し、それを元に新政府マーケットを主催し、そこで新しい流通を行うというもの。しかし、この二つのアイデアを実現するということに怖じ気づいてしまっている。完全にびびっている。

❷何事も深刻に考えすぎてしまって、まったく気楽に考えることができない。

これはもう大昔からの癖である。これで僕は困ってきた。しかし、これで何かを失敗したかと考えるとそれは一つもない。ということは、これでいいということなのか。それでも普段から苦しくて、悩んでしまって、家の中をそわそわ歩いたり、友人たちとの会合に顔を出せなかったり、顔を出しても浮かない感じで楽しくなかったりで困ってきた。

❸自分でいろんなことを決断することができない。いつもフーに聞いてしまう。

フーに聞いて実行することができるのであれば、それはそれでいい。どんどん聞けばいい。それは決断ができないというのとは違う。

考えてしまうことはべつに悪いことではない。そのおかげで今までの仕事ができてきたのだと思えば、それはとてもいいこととして見ることもできる。

のほほんと生きたいものだと思う、でもそれがなかなか難しい。

と気づいている。むしろ、その低能さに気づいていることに自信過剰である。だからこそ、それが「強さ」になるときがあることを体験で知っている。そして、僕は物を選び取るセンスはほとんど無能に近いが、なぜか人間を選び取る（とつきあう？）ことに関しては、異常な能力を持っている（はずだ）。

つまり、坂口恭平は自身の無能に気づいているために、周囲に配置する人間たちの能力の有無が瞬時に判断できる。かつ、残酷なことに、有能だと坂口恭平が判断した人間としかつきあわない。これは自分でも酷いなと思うときもあるが、当然でもある。それが人間の群れだと僕は思っている。もちろん能力にはさまざまな種類があるので、周囲の人からしたら低能だとしか思われない人でも僕にはその人が持つ微細な能力を感知することができるので、一緒にいる。そして、その人たちの意見を自分の意見よりも重要視し、ほぼ一〇〇パーセント自分の中に取り入れる。そこに僕の「選ぶ」という能力を駆使している。蕩尽しているといってもいい。

僕は自分で服を選ばずに、シミという親友がつくっている服を着る（実際はヤクザのように脅して0円で獲得している。最近はそれなりに金を持っているので、購入するときもときどきはあるが）。僕のウェブサイトに関しては、IT長者である高校の同級生ハザマに全任している。音楽に関しては磯部涼と梅山がいいというものは基本的に僕も好きなので、彼らが見にいこうというライブしか行かない。料理は、細川護熙元首相の料理番だったヒロミさんが、実はまだプラズマ界ではつまり僕の脳内では新政府総理である坂口恭平の料理番になっているので、彼女のつくる天草の魚と最高品質の野菜をもとにした料理を食べている。彼女がつくるものはすべておいしいのだ。熊本での人間相関図も彼女からの知恵、計らいによって成立・拡張させられている、などなど。

僕は人の選択を信頼している。それしか信頼していない。というよりも、彼らは僕自身であるとすら思っている。おかげで調べる必要性がない。僕はだからこそ、白痴のように街を闊歩することができる。知的な調査をすることなく、毎日歩いていられる。だからこそ、時間を獲得できている。よって言語をつくるという僕の仕事のためにだけ時間を費やすことができる。

だから、僕は自分に自信がないのにもかかわらず、自信過剰に生きている。自信過剰なのは、人々の自信によるものだ。だからこそ、周囲には過剰に見えるときもあるのだろう。それは僕の周囲の人の力の過剰である。このように人間は力を秘めているのではなく、日々の生活の中で実は滲み出している。

たいていの人はそれを使っていないように思えるし、それに気づいていないような気がする。だから「自分には何もできない」などと言ってしまうのだ。そんなこと初めから当然なのである。僕は自分には何もできないことを知っている。だからこそ、人間と出会うのだ。人間と協同するのだ、能力があると僕が判断した人間と。だからどんな場所でも同じ目線で、その人が偉い人だと周囲から言われていようが、話すことができる……とかなんとか、そんなことを思った。

僕の現在の執筆スタイルは、基本的に先日結婚した梅山との共同思考によってスタートする。もちろん、ビッグバンは僕である。僕が何かを発想する。しかしその発想の原点は、やはり梅山をはじめとした僕の周囲の仲間たちである。彼らが語る思考の流れを、おそらく僕は彼らの中でいちばん把握し、構築する能力に長けている。

それは僕の無知がそうさせている。僕は無知なのだが、なぜか「認識」するということができるらしい。それにより、僕は新しい「言語」をつくり出そうと試みる。つまり、それは新しい作品をつくるということだ。つまり、本を書くという行為がここで始まる。

僕がまず何かしらの言語構造をつくり、梅山に送る。この人は僕がつきあっている人の中でいちばん直接的に駄目出しする人である。かつ、書物に関する彼の独自の観点が僕に合っている。知識も当然ながら僕よりもある。ならば、梅山自身が書けばいいじゃないかと思うのだが、そうとも言い切れないのがこの世の面白いところだ。

僕がとてつもない熱にうなされて『幻年時代』を書いているときに道標を出してくれた梅山が、ときおり話題に出してくれたのが大江健三郎氏だった。それで何か引っ掛かっていたのだ。だから、僕は蔦屋書店できのう大江健三郎氏の本を買った。そのように僕の選択にはすべて他者からの道標がある。むしろ、他者からの案内のない人などいないのかもしれない。それであれば、僕の今まで書いてきた原稿は完全に無駄かもしれないので、このへんで終わらせることにする。

★

アオが幼稚園から帰ってきたので、零亭で約束していた昆虫採集を行う。虫が減っているというこの現代社会において、熊本の街なか、それもど真ん中に位置している零亭にはなぜか緑が繁茂し、虫たち、動物たちがたくさんやってくる。虫取り網を持った坂口恭平隊長を主体とした冒険野郎集団は、アオ副隊長、タイガース隊員の三人。学研の昆虫図鑑とともに、さっそく草むらの中に入り込み探検を始めた。

昆虫採集結果

❶ アオモンイトトンボ
❷ ツマグロヒョウモン
❸ ハンミョウ
❹ ウラゴマダラシジミ
❺ ナミアゲハ
❻ オカダンゴムシ
❼ ニジュウヤホシテントウ
❽ モンシロチョウ

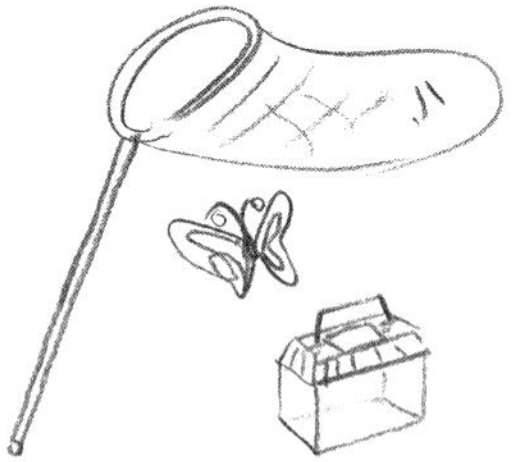

八種類の昆虫を獲得した。ちなみに、オカダンゴムシは甲殻類で実は昆虫ではない。こんなに真剣に図鑑とにらめっこして昆虫と接したのは生まれて初めてである。僕の幼少期は解像度が本当に低かった。ハンミョウとはきのうの日記に書いた忍者の毒であり、漢方であり、媚薬にもなり、中国では暗殺に使われていたというツチハンミョウの仲間である。ハンミョウを取り押さえた僕は、タイガースにつかめと命令した。もちろん隊長は死ぬわけにいかないからだ。

「タイガース、しっかりとハンミョウをつかめ。俺は今から籠を持ってくる」

このとき、タイガースにはツチハンミョウとこの昆虫が同じ種類であることは伝えていない。隊長への絶対服従を誓っているタイガースは無垢な目をして、ハンミョウを絶対に網から逃がさないように必死につかもうとしている。そのときである。

「隊長！」

坂口恭平隊長は、零亭の物置から梅酒をつけるガラス瓶を捕獲して井戸水で洗っていた。タイガースの必死の声は聴こえていたが、隊員一人くらい死んでも致し方ないというくらいの覚悟で臨んだ昆虫採集である。タイガースの一声くらいでは隊長はびくとも動かない。

「毒霧にやられました」

一瞬、ザ・グレート・カブキの毒霧のシーンが、僕の頭の中に設置されたリングの上で立ち上がった。スプレーでシュッとやったときに生じる、あの水霧の繊細さと、カブキが吐く濃緑色の毒が、脳内で散っている。上からライトが当たり、きらきらと光っている。タイガースの声を聞きながら、僕はそんな幻影と戯れていた。隊員は死んだ。それはつらいことだ。しかしそのおかげで、僕はまた一つ幻を獲得した。僕は昆虫採集という演技をしながら、実は幻探訪を行っていたのだという秘密に酔いしれていた。

「パパ！　なんかタイガースが困ってるよ」

アオ副隊長のツッコミにより、瞬時にアオのパパである坂口恭平そのものに戻った僕は、タイガースが苦しんでいる虫取り網のところへ駆け寄る。ハンミョウから出された毒霧は黄色だった。タイガースは恐怖を感じ、手を離してしまったという。もちろん七色のハンミョウ忍者は逃げていた。

僕は「もー、お前何やってるんだよ……」と苦情を言いながら、図鑑でハンミョウの毒霧のことを調べる。すると、ツチハンミョウが毒霧を出すので誤解されているが、どうやらハンミョウの出す液体には何の毒も入っていないことがわかった。というか別の「科」らしい。タイガースは気絶しているだけだ。アオ副隊長、放っておいていい。こいつには毒はない。タイガースもいずれ目を覚ますだろう。

そんなわけで昆虫採集がむちゃくちゃ面白いことを知った僕は、『ファーブル昆虫記』を読んだことがないことに気づいて読みたいと思った。かつ、ブラジル奥地に行ったレヴィ＝ストロースよりも、ファーブルの行った現地調査のほうが面白いなと思った。僕の家の庭が密林に見えた。ここをフィールドワークしなくてはいけない。しかもそれは仕事でありながら、アオも一緒に楽しめるかもしれない。それはお得だな。原稿執筆のためにアオに嫌がられている僕としては朗報だった。

★

アオと自転車に乗って街へ。フーが外出していて家の鍵がないので、二人でさまよう。PAVAOにミントソーダを飲みにいく。アオはチップスターをローソンで買ってPAVAOで食べるという暴挙に出た。店にいるエリナとカオルの二人の美女にチップスターを二枚ずつあげるという賄賂まで覚えて、それで堂々とカフェでチップスターを食べている。よしよし、いいぞ。そのようなふてぶてしさがこれから生き延びるうえでは重要なんだ。

僕は大江健三郎先生が書いていた「生き延びる」の意味としての「outgrow」という英語を呟いた。コンクリートからoutgrowするたんぽぽのようなアオ。好きだよ。空想のキス。なぜなら実際にするとまた、「パパ、髭臭い！」と言われるから。もちろん、家に帰った瞬間、フーのすね毛処理のためのミニバリカンを使って髭をすべて剃ったのは言うまでもない。

夜、再び街へ繰り出す。今度は一人で。熊本のライブハウス「Drum Be-9」でくるりのライブを見る。BIRTHDAYとかリバーとかSuperstarとか、二人だけの編成のアコギで奇跡とかレゲエのレア曲とか聴けてうれしかった。くるりファンの友人も行っていて、今日は演奏が下手だと言っていたが、僕は逆にキングストンの雰囲気が出てよかったと思った。

終演後、PAVAOに行き、DJの仕事。二時間ほど曲をかけて、家に帰ってくる。

今日の昆虫採集によってたくさん蚊に食われて寝苦しくなっている寝ぼけたアオから、「もーパパキライっ！」と罵倒された。

でも、どうせ明日の朝になると優しいアオに戻っている。自転車に乗っているとき、昆虫関係の対話をしているとき、絵を一緒に描いているとき、アオ作詞の歌をアオが熱唱するための伴奏を僕がギターでしているとき、つまり、遊んでいるときだけは僕はアオの親友となり、そのアオ部族の集落に入れてくれ、歓待してくれる。それでいいんだ。

サイレースを半錠噛み、大江健三郎先生の書物を読みながら、僕はストンととんねるず生ダラみたいに眠りの奈落へと落ちた。

サイレースの国のアリス。きょーへー。

6月18日（火）

朝からアオを自転車に乗せてレッツゴー。幼稚園に送り届け、そのままルーティン零亭へ。今日も書くぞ原稿を！　と思ったが、ひょんなことから自分の幼稚園、つまり『幻年時代』の舞台となる福岡県糟屋郡新宮町にあった僕が通っていた新宮西幼稚園のことを思う。

グーグルマップで確認すると、やはり、ない。新宮西幼稚園はなくなっているのだ。さらに僕の暮らしていた団地も、衛星写真で確認する限り、ない。もしくは限りなくゼロに近い状態に縮小されている。下府八四〇－一二五という住所は杜ノ宮という地名に変わっている。建て売り住宅が並んでいる。

僕は自分が初めて幼稚園に通った日、つまり新宮西幼稚園の入園式がいつだったのかが気になり、新宮町役場に電話をしてみた。しかし、いい返事は返ってこない。探偵恭平はそれでは落ち着かない。ということで、さらなる行動の発展を。

新宮町には現在、立花幼稚園、新宮幼稚園、新宮東幼稚園の三つの幼稚園があるようだ。西幼稚園にいちばん近かった新宮幼稚園に電話をしてみる。

「はい、新宮幼稚園です」

「すみません。坂口恭平という者なんですけど……」

「どうしましたか？」

「僕は昭和五八年に入園した新宮西幼稚園の卒園生なんです。それで、今作家となって本を書いているんですけど……」

「へえー、すごいねえ」

「今度の舞台が、入園式の日の新宮西幼稚園までの道のりでして、いったい、あれが何日だったのかを知りたいと思いまして」

説明しながら、訳がわからなくなっていったのだが、幼稚園の先生というのは、小学校の先生と決定的に違う。多少、分裂症気味の僕は幼稚園児みたいなものなので、大人とさえ思わなければ、つまり昭和五九年に卒園した坂口恭平くん！　と定義づけることに成功さえすれば、坂口恭平のようなキチガイ野郎の戯言も、楽しい冒険譚に聞こえてくれるのだ。それくらいの受け皿の広さを電話口の栗原園長先生は持っていた。

その優しい声は、先日定年退職してしまったアオが通う幼稚園の木村園長先生からも聞こえてきた。彼女はいつも僕の躁状態の興奮を――その興奮のままに舒文堂に入り込み三万円の紐綴じの林櫻園先生の遺稿集などを買って脇に抱えて駆けつけアオそっちのけで熱ほとばしる言葉を浴びせても――優しく「坂口恭平くん、いやアオちゃんのパパ、面白いねえ」と受け止めてくれた。そのことを思い出し、もうすでに半べその坂口恭平は、栗原先生に入園式の日付を調べるように依頼した。さらに、僕の担任の先生だった阿部先生の消息を聞いた。すると、耳寄り情報がどんどん飛び込んでくる。

「書庫に行けば、当時の日誌があるかもしれないから探してみるね。でも二〇年経ったら処分することになっているから、三〇年前の資料がまだあるかはわからない。ちょっと待っててね。あと、阿部先生はまだいるよ。幼稚園ではなく、新宮町の教育委員会にだけど……」

なんか泣けてきた。

そんなわけで、僕は電話を切り、仕事に戻ろうとした。するとで窓越しにチョウチョの姿が。ムシキングを目指す男になっている冒険野郎坂口恭平は、そのチョウチョが普段はあまり見ないショッキングスカイブルーの半端なく綺麗なチョウチョであることに気づき、しかし今日は虫取り網を持ってきていないことにも気づき、唖然とし、何か抑えきれない衝動から、きのうの探検をともにした弟子のタイガースに命令した。

「青い蝶を見つけろ！　あれはムラサキツバメ、ムラサキシジミかもしれん！」

僕は心を落ち着かせ、仕事に戻ることに。すると、一本の電話がかかってくる。

★

「あのー、コサイですけど……」

聞き覚えのある名字だが、顔が浮かばない。僕はいのちの電話をやっていたので（実はいまだにかかってくるし、電話を取っちゃってもいるのだが）、名前は記憶しているが会ったこともない人が二〇〇〇人以上いる。僕は幼稚園の先生ほどの記憶力は持っていない。

「あの、つい先日、江津湖で声をかけられたコサイですけど……」

ぼんやりしていると、オイオイお前忘れてんのか自分から声をかけたくせに感満載の声が返ってきた。瞬時に思い出した。僕は先日、江津湖を歩いているときに、見知らぬ一人の女性に声をかけていたのであった。その女性の名はたしかにコサイであった。

晴れた日の平日、シャンパンを飲んで気持ちよくなった僕は江津湖を歩きながら、幸福の塊というように、幸福とは実際に物質として体に優しくぶつかってくるのだなと実感しながら、湧き水が流れる川沿いを歩きながら、芝生の上を裸足の気持ちでトリッペンの靴で闊歩していた。

そこに一本の木。陽の光によってできた木陰にあぐらを書いて読書をしている一人の若い女性。

その木陰づかいに感銘を受けた僕は、つい声をかけた。年のころ、二四、五歳といった様子。つまりは体のいいナンパみたいなものである。しかし、僕の中ではそれはナンパではないという自信に満ち溢れた異性への声かけであった。お互い、緑と水と陽光と木陰を愛す、平日暇人としての対話を求めるような、僕の中ではある一つの文化交流のつもりだった。いや、つもりなのではなく、それはまさに交換留学生たちが留学した先で初日に行われるウェルカムパーティーみたいな宴での、つまりある土壌だけは仲間意識があるなかでの初対面の挨拶という類の声かけであった。僕は下心ではなく、からっとした、陽光のようなさわやかさをもってその子に「あなた、いい木陰づかいしてるね」と一声かけた。

「読書するには最高ですよ」

木陰づかいはさすがのサングラス姿をこちらに向け、ニコリと笑っていることがえくぼでわかった。かわいい子であった。健気な子でもあった。手に持っているのは『スーパー合格 インテリアコーディネーター 一次試験対策テキスト』という資格のための参考書である。

建築学科を卒業したこの「建てない建築家」などとうまいこと言っている似非《えせ》建築家、坂口恭平は自分のテリトリーに迷い込んできた優しいカナブンを知らぬうちに仕留めた蜘蛛としての自分をいちおう落ち着かせ、訳のわからぬ褒め言葉を投げた。

「へー、インテリアコーディネーターの資格勉強してるんだ。なんか実直かつ、働きながら別アカウントで試験勉強するなんて、ギリシア文明みたいなゆとりがあるね。自由の風が吹いているよ、君には」

なんだか話は意外な方向に盛り上がり、最終的には「零亭ってのがあるから暇だったら遊びにこい」と言って、零亭の地図と電話番号を書いて、その場を去ったのである。

なんとも酷い話だ。書きながらつらくなってきた。それでもいいのだ。坂口恭平日記はすべてフィクションであり、実在の登場人物とは関係がないのだから。

「今、夏目漱石の旧邸のところにいるんだけど、こっから近いの？」

コサイは来る気満々である。

「うん、その横に幼稚園があって、向かいに細い道があるから、そこをまっすぐ来たら零亭があるぜ」

そんなわけで、蜘蛛としての坂口恭平は、罠を仕掛けておいたら、罠をかけたこと自体を忘れてしまっていて、しばらく経ったある日、あっそういえば俺、蜘蛛だったんだ、どれどれと確認したら、カナブンがまさにこちらに向かってきているという不意の蜘蛛化を迫られた。といいつつ、いつも勘違いするのは僕だけで、社会的に見れば、一人の人間と出会い、その後日ただ再会しただけなのだろうとちゃんと地面に着地し、二階でパソコンをカタカタさせながら待った。

しかし実のところ、べつに原稿を書いているわけではなかったし、しかし二階で来訪してくれるのを心待ちにしているのも、なんとなく負けを意味するのではないかと思い、それなりにぶっきらぼうに待った。コサイはTシャツにジーパンという出で立ちで現れ、サングラスなしの素顔でやってきた。二階の机に座って、向かい合って話す。

なんだか、不思議なことが午前中からいろいろと起きるもんだ。魔界転生後の坂口恭平の周辺にはなにやらラビリンスが、柔らかい構造体であるがゆえ破壊されることなく、いつもそこにある。

「長丁場なナンパだったなあ」

僕はふとそんな言葉を漏らした。

「えっ、勘違いされても困るんですけど。しかも私、今貞操を守っていまして、いっさい遊びませんのであしからず」

なんだかきっぱり物を言う女性である。本棚に並んでいる『僕といっしょ』を指差し、「これ私がいちばん好きな漫画！」と叫んでいる。さらにいい子である可能性が高くなってきた。その横にある『ヒミズ』と『シガテラ』は読んでいないというので、まずはヒミズを貸してあげた。さらに、

「えっ、あの『イエスという男』って本、やばくない？　あれも読みたい」

講談社の川治くんから送ってもらったイエス・キリストについての面白い本を見つけたコサイはさらに偉い！　ということになって、僕はご機嫌でその本たちを貸した。いつもこのように僕の家からは本が旅立つ。もちろん返ってくることはない。それでいいのである。僕の読みたい本はいつでもなぜか零亭に届く。だから、今人気急上昇中のコサイには持っていきたい本はすべてあげるから、どんどん持っていきなさいと、貞操を守る女であると断定するこの鉄壁のディフェンスを兼ね備えたフリーダムガールは、鞄に僕の本をたくさん詰め込んで帰っていった。

「今度、車に坂口家四人乗せて、どこかに連れていってよ」

「いいよー、またねー！」

笑顔のコサイはとても感じのよい女性だった。

★

そんな短編小説みたいな話はどうでもいい、僕は原稿を書くのだと勢い込むと、また携帯電話がかかってくる。「＋1」と頭にある。えっ？　アメリカ？

「Hello, This is Kyohei」

「アー、キョウヘイサンデスカ……。ワタシ、カリフォルニアダイガク、バークリーノ、ダナデス」

ＵＣバークリーといえば、ジャック・ケルアック著『ザ・ダルマ・バムズ』のゲーリー・スナイダーがモデルとなった男が通っていた大学ではないか。僕は二〇歳のとき、この大学の近くの蚤の市でボーリングシューズを買ったことがあるので、懐かしくなった。どうやら、来月末にサンフランシスコでの日本映画祭に出品する『モバイルハウスのつくりかた』のゲストとして僕が呼ばれているのだが、そのときにバークリー大学に来て、

ちょいと話したりしないかとのお誘い。楽しそうなのでオッケーした。

また電話を切り、そろそろ原稿を、と思っているとやはり電話が。

「はい」

「新宮幼稚園の栗原ですけど」

「あ、先生！　どうなりました？」

「あのね……日誌あったよ！　三〇年前の日誌が！　電電アパート一一四一号室の坂口恭平くんだよね？」

「はい、電電アパートの坂口恭平です！」

「入園式の日は、昭和五八年四月一二日だったよ」

その日は、坂口恭平、四歳最後の日であった。翌日、四月一三日に僕は五歳になる。

「あと、阿部先生なんだけど」

「はぁ……」

「なんと三〇年前なのに、覚えてくれてたよ。坂口恭平くんはお母さんの顔も覚えているって！」

なんだか涙が出てきたよ。栗原先生ありがとう！

僕は原稿執筆を諦め、今度は新宮町役場へ。阿部先生に電話を代わってもらう。

「阿部先生ですか！」

「そうよ、坂口恭平くん。覚えてるよー。恭平くん、女の子のことが大好きだったよね？」

冷や汗が一瞬出た。四歳のときからだったのか。

そのまま一〇分ほど、僕は四歳のときの自分の周辺の人たちがその後どうなったのかを聞いたりしていた。電話口で阿部先生の声を聞きながら、新宮で出会っていた人たちが、今もこの時間に僕と同じように生きていることが信じられないでいる。また会いましょうと再会を約束し、電話を切る。そこで午後二時四五分。もうアオを迎えにいかなくちゃ。何も仕事をしていない坂口恭平は、なぜか大満足で日常に戻った。

★

アオが帰りに、驚愕のことを言い出す。

「そろそろ漢字おぼえたいよー。だって三歳のときから本当は漢字をやってみたいって言ってたんだよ。パパ、全然わかってくれなかったけど」

僕は長崎書店へ駆け込み、くもんの漢字ドリル的なものを買ってみた。家にいるフーが楽しめるようにとディズニー特集の『ブルータス』も。帰宅後、一人で家を出て、ホテルニュースカイ「フェリーチェ」のカウンターへ。梅山から一度、短編を書けと言われているので、それにとりかかる。仮タイトルは「伯林記《ベルリン》」。八枚ほど書いて梅山に送った。なんだか変な毎日になったもんだ。

夜、家の近くに「福のや」という品質の高い野菜を使ったレストランがあるのだが、そこをカフェ的に利用することができるのか試しにいった。アオが夜、散歩かつカフェ的な場所で一服したいと言い出したからだ。アオからの要求は坂口家に日本銀行券の急激な使用を促す。とはいっても千円くらいなもんだけど。それでも、フーが帰りに、「楽しかった」と言ってたのがうれしかった。

なんだか、みんな、生きてるね。動物たちがざわめいている。アオは夜になり、眠くなると、満月を見たオオカミのようになる。僕に対して徹底した攻撃を仕掛ける。朝イチのあの、世界でいちばんパパが好き！　と抱きついてくる素敵なレディではなく、看守のように僕のふざけた行動を監視し取り締まろうとたくらんでいるように見える瞬間が来る夜が、僕は好きとは言えないが、決して嫌いではない。

それくらい移り変わる人間の様相をご覧になりながら、チョウチョだと思えば、僕はたいていのことは許せると思っている。人間よりも昆虫のほうが先輩なのだから、なんでも言うとおりに動いてしまう人間のほうが特異な存在なのだ。

何が起こるかわからない。それが昆虫であり、アオだ。だから、必死に新しい朝の笑顔を求めるのである。

フーが弦と向き合っている。弦は最近、本当に笑う。笑うか寝ているかのどちらかである。いっさい泣かないのだ。本当に赤ちゃんなのだろうか。坂口家には赤ん坊の鳴り響く泣き声が聞こえない。逆に虐待でもしているのではないかと周囲から怪しまれるほど、無音状態である。

そんな弦を見ながら、フーが風呂上がりくらいのゆっくりな速度で幸福だと言った。坂口恭平は自分も虫なのかと思った。そして、弦と風呂に入った。

★

夜、一本の「非通知設定」と表示された電話がかかってくる。こういった場合は一〇〇パーセントいのちの電話である。しかも、たいていは狂人のような人である可能性が高い。僕はいのちの電話はいちおうやめているが、それでも一度は必ず出て、やめたことを伝えることにしているので電話をとる。

「はい、坂口恭平です」

「あのー、先日電話した絶望している者なんですけど」

僕は彼女を記憶していた。六〇歳過ぎのそのおばちゃんは、三〇半ばを超えているであろう次男と長女と一緒に暮らしており、その二人とも精神病である。旦那はもうすでに亡くなっており、おばちゃんは夫の遺族年金二〇万円弱をもとに、その精神病の二人を養っている。生活が苦しい。かつその二人の世話に疲れており、今すぐ死にたいのだそうだ。

僕は前回、いのちの電話をもうしないことにしたので、今回だけは相談に乗るが、もうそれ以上は話を聞けない。僕にも家族がおり、妻からいのちの電話をやめるように言われているのだと伝えた。しかしそれでもおばちゃんは、僕に再び電話してきた。

「まだ駄目ですか」

僕は諦めたようにそう言った。おばちゃんは力のない返事をした。僕はとりあえずここはフーの前で話せばどうにかわかってもらえるのではないかと企て、弦に授乳中の乳房を放り出したフーの前で電話をする。

「なんかとんでもない状態っぽいから、また今回だけは相談に乗るから、話していいよ」

おばちゃんは話を切り出した。

「夫の遺族年金があるから、生活保護は受けられないと言われました。さらに、私には長男もいたのですが、十数年前に交通事故で亡くなってしまったのです」

「それなら、その賠償金を使って生活をすることができるのではないですか。もちろんそれはとても悲しい事実ではあるけれども」

「はい、これまではそんなお金に手をつけたくなくて

放置してました。夫の名義だったんですけど、もうずいぶん前のことで、通帳もどこにあるのかわからない状態です。こんな状態じゃもうそのお金は受け取れないでしょう」

「そんなことはないと思うよ。僕の妹が元銀行員だから後で聞いてあげるから、あなたはその銀行に行って事情を話してきなさい。それで解決できそうじゃないですか。もういい？　切りますよ」

「いや、それが問題はそんなにシンプルではなくて……」

彼女は粘ってくる。僕も諦めてさらに話を聞くことに。フーはいつもの「おいおい、話が違うよ、あなた」的な顔をしている。

「次男が騒いでいるときに近隣住民が警察に通報しちゃって、措置入院されちゃっているんです」

さまざまな問題と向き合っているようだ。

「措置入院に関しては、僕の主治医に聞いたら、自治体の長の命令なので、簡単には退院させることはできないらしいよ。でも弁護士を雇って裁判を起こすことはできるらしいので、その銀行に入っているはずの賠償金を使って、弁護士を雇って、次男を助け出すという方法でいくのはどうでしょうか」

「そんな複雑なことを私ができるとは思えません……」

「わかったわかった。電話だけだったら相談に乗るから、まずは銀行へ、ね！」

そんな感じで僕は電話を切った。フーは少しだけ怒っている。

「いのちの電話やっちゃってるじゃん」

「すまん、なんかおばちゃんを無碍にできなくて……」

「例外を許したら、なんでもありってことになっちゃうのよ。例外も駄目よ」

狡猾な鼠のように、隙間を見つけたらするすると入り込んでいく僕の癖をよく知っているフーは、厳しくそう言った。

世界はさまざまな問題に満ち溢れているのだろうか。坂口家を見ていると、そうは思えない。しかし、僕の電話口からはいつもとんでもないような大変な状況に陥っている事案が飛び込んでくる。

「みんな坂口家に入ればいいのにね。そしたら、みんな幸福とまではいかないまでも、それなりになんとか楽しくやっていけると思うんだ」

僕のその言葉にアレルギー反応を起こしたフーは、強く僕に言った。

「恭平、約束したでしょ。思い出して」

坂口恭平躁鬱管理条約

第六条　弟子も家族も今後いっさい増やさないこと。

その台所に貼ってある条約（しかも僕が自ら書き、署名したもの）を見ながら僕は反省し、フーに謝った。

同時に、もう一度おばちゃんは電話をかけてくるのだろう、そして僕はまた出ちゃうのかもしれない、という己の鼠を頭の隅に発見した。

6月19日（水）

もちろん僕とアオ・ライドン・ママチャリ・トゥザ・キンダーガルデン。零亭で執筆。三〇枚書いた『711』が長くなりそうな気がするので、とりあえず置きまして、集英社『すばる』から依頼を受けている短編小説「躁鬱の彼」にとりかかる。ベルリンでの体験をもとにしているので、伯林《ベルリン》記第一部として書いている。先日一〇枚書いてみて、いけると判断した僕はさらに突き進むことに。大江健三郎先生の本『私という小説家の作り方』を合間に読みながら。

これまで大江先生の本を僕は一度も読んだことがなかった。この本は小説というよりも自伝に近いのだが、しかし梅山によると「大江先生の本はエッセイであっても何であっても、すべて小説だから！」ということらしく、やはりこの自伝的エッセイはまさに小説なのであった。

僕はこれまで大江先生だけでなく、他の人の小説もほとんど読んでいない。というよりも本自体をほとんど読んでいない。だからこそびっくりしているのだが、なんだか大江先生と主題が近いような、それこそ文体も、書こうとしている空間も、なんだか近いような、べつにこれは実は大江先生の本が好きで、裏でこっそり読んでおいて、そのくせなんだか本を読んでいない、みたいな処女を装い、実は完全な模倣である可能性も、坂口恭平には少なくともあるはずなのだが、僕はやっぱり、その近似値の発見に喜び、大それたことを言ってしまえば、仲間を発見したような、この歩いてきた獣道も、実はイエローブリックロードだったんですか！　みたいな。

　なんだか安堵してしまった瞬間、僕の目の前は、これからやっぱりどうするんだろうという大学生くらいの不安と同じくらいの大きさの塊がごろんと転がって怖くなり、僕はフーと手をつないだ。

「ほほへえええ」と言いながら、フーはくすぐったがっている。

　フーは昼間に、尻、胸、脇、手、二の腕、太もも、などを触ると、変な声を出して、勘弁してくださーい、と言う。といいつつ夜も、ほほえええいへ、と言い、やはりくすぐったいと言う。いったい、いつならいいんだ！　と突如の怒りにくれた僕は、「もう今日で五日目だぞ」と強く言いながら、しかし、かといって無理強いしても仕方がないので、笑った。いつも僕ははぐらかされ続けている。

　そんなきのうを思い出していたら、原稿の中にフーみたいな人物が登場していた。その瞬間、穴を見つけた僕は失踪、いや、疾走した。これはいけるかもしれないという突然の扉に知覚を詰め込んだ僕は、今日五三枚も書いちゃった。通算六三枚。僕は掌編「躁鬱の彼」の第一稿を完成させ、これからすべての原稿の担当編集者の前の担当編集をしてくれることになった相棒梅山にデータで送信。とりあえず今日の仕事はこれで終わりだ。

★

　アオを自転車で迎えにいき、家まで送る。そのあと僕はホテルニュースカイで、尾道から来ている山根大将と待ち合わせ。一緒に来ているのは同じ居酒屋団体の社長たち。山根大将は尾道でいちばんの実業家みたいになってしまっている。この男は、僕が一九歳のとき、つまり一五年前、僕が大学一年生のときに原付自転車で熊本から東京まで一五〇〇キロの道のりの旅をしたとき以来の仲である。

　熊本からボロボロの原チャリで時速四〇キロで走って

いたが、後ろから時速三〇キロで向かってきていた台風に尾道にて追いつかれた僕は、寒くなってきたので、なけなしの金でトレーナーでも買おうということになり、尾道で古着屋を探した。駅裏にあったのは鉄板焼きと古着屋が合体した謎の「いっとく」というお店で、アディダスのトレーナーを買った。

店長の兄ちゃん「お前、台風きとるぞ。どこに寝るんかい」

坂口恭平「いや、大丈夫っしょ。どっか見つけて寝ます」

店長の兄ちゃん「……」

坂口恭平「いけるっしょ」

店長の兄ちゃん「お前、今日、俺んち泊まれや」

坂口恭平「あざーっす。ごっつぁんです」

ということで、店長の兄ちゃん、つまり山根大将の家に居候することになったのである。その日の夜、台風は尾道にしっかりとやってきてとんでもない雨を振り落とし、びしゃびしゃになりすぎた尾道のアーケードは浸水、というよりも膝くらいまで浸かって、なんだか水上集落みたいになっていた。僕と大将は大将の仲間を誘って、アーケードを歩いた。

僕は一年後、二〇歳のとき人生初の海外旅行として、インドのカルカッタとバラナシへ行くのだが、そのときも雨がすごくて、バラナシの街が雨に沈んだ。その二つの都市が僕の中でつながっている。尾道からバラナシへ。沐浴を毎日していた僕は、寝ていたら勝手に耳かきをされていて金を取られそうになるが、僕が一枚上手だったのは、インドでありながら僕の所持金が0円だったということだ。

バラナシで、僕はホーリーマンとなっていた。サドゥー（行者）の友達がたくさんできた。お前は日本から、しかも金も持たずに、と。インドで金を持たずに生きているということは聖者であった。僕はそのときの彼らから受けた羨望のまなざしを、光を見つけたように見られた体験を、そんな自分を忘れることができない。そのとき僕は、生まれて初めて自分が聖者であることに気づいてしまったのだ、バラナシつまりガンジス川の畔で。

僕はそのままバラナシヒンドゥー大学の学生に拾われ、彼らの寄宿舎に居候することになる。毎日、三〇人くらいのインド人学生たちと熱く、未来を語り合っていた。

僕はそのとき一〇〇パーセントだったと今でも思っている。あのときの僕のほうが今よりも鋭利で、豊かだったことを知っている。彼は所持金0円だった。僕の財布には今二万円入っている。何に使うつもりなのだろうか、その二万円を。

「いや、子どもが図鑑を買いたくなってもすぐ買えるようにだ」

僕はそう自分に伝えようとするが、インド人学生三〇人はみんな笑っている。

「おいおい、恭平、お前さー、所持金0円なんだろー、すごいっしょ。旅行者じゃないでしょ？　あなた、半端ないよね。ナマステー」

シヴァ神が大好きな煙草をみんなで吸いながら、僕は大人になったらどんな人間になっているんだろうと考えていた。きっとこのときのことは忘れないだろう。その記憶を持っている未来の恭平は、今のその瞬間を、記憶であるはずの世界をこのインド人学生たちと過ごしていることに嫉妬するんだろうなあ。といいつつ、俺はそんな未来の坂口恭平を知らないわけだから、お互いさまかもしれない。今すぐ三五歳の坂口恭平になりたいと思った僕はタイムマシーンに乗ろうと企て、パハリが使っている勉強机の引き出しを開けた。すると、インド綿の絨毯が出てきた。僕は引き出しの中に入り込み、熊本市内坪井にいるという坂口恭平のところへ。二〇一三年の日本へと飛んでった。

★

タクシーの中には、僕と山根大将と二人の居酒屋社長たち。向かうは僕の師匠であるサンワ工務店の山野さん。社長室で、山根大将による説明。来年五月、熊本で山根理事長を中心とした居酒屋グループたちが主催し、屋台による街をつくりたい、そんな大サーカスをやりたいという企画。その原案を僕と山野さんでやってくれないかという面白そうな依頼が舞い込む。

山野さんも乗る気だ。しかし、あんまり時間がない。できるのか。僕はカルカッタのオールドマーケット、ナイロビのスラム、行ったことないイスタンブール、モロッコのフェズのマーケットのイメージが出てきた。街何に悩んでいるのか。それを明確にしてみよう。

おそらく僕は悩みがあるというよりも、躁鬱病で苦しんでいるといったほうがいいのではないか。今の状態ではそれがまったく理解できていない。僕はそのように悩む人間であるということしか考えられない。これが僕の問題の根源である。

❤

まず重要なことは一生かけてどのようなことをやっていくか、それをまず決めることだと思う。それがわかれば、それをただ実行すればいいのだ。それ以外のことは大した問題ではない。多くの人と絡みながら、面白くない人と思われても何も気にせず突き進むことができるはずだ。それが何なのか。それを考えていこう。

僕は一生をかけて何を行うのか。これまで0円ハウスをきっかけに家に関して、いろんなことを考えてきた僕だが、それが僕の一生の軸になり得るのか。なり得ないのなら、他に自分にとってのそういう軸があるのか。そんなことを考えていこう。

かつ人生とは楽しむものである。人生とはつらく厳しいものではない。人生はただ自分の可能性を最大限に活用し、いろんな人と交流し、そして、社会に対して少しでも何かよくなろうとするものを提供しながら、なおかつ楽しむものである。

僕は一生をかけて何をするのか。

❤

死のうと思うのなら、前のめりになって死にたい。自分の可能性を最大限に広げてみたい。まわりの人の言うことなんか気にせずに、突破していきたい。

自分のことを考えよう。そして、同時に気楽に物事を行おう。なんでも怖くない。なんとかなるものだ。

今回の件でも、ワタリウム未来篇、そんなに気にせずにやればいい。なんと思われても、気にするな。自分がいちばん大事なのだ。自分が気楽でいられないことはしてはいけない。同時に、緊張しても自分を信じて行えば、たいてい面白い話が転がってくる。逃げるな。寝るな。前へ出ろ。問題が起きたら、そのつど対処していけばいいのだ。恐れてはいけない。恐怖心こそがいちばん意味のない自分の感情である。

　今までもいろんなことにトライしてきて、それをほぼすべてうまくクリアしてきたではないか。そのことをちゃんと自分の頭に入れておこう。何ひとつうまくいかなかったことなどない。それで躁鬱病で苦しんでいるのなら、それはそれでいい体験だと思って、受け入れてみればいい。

　できないことなど何ひとつない。やりたいことを実現する。僕にできるのはそれだけだ。

❤

なんだこの精神状態は。苦しい。何もする気がない。

　何をしても面白くない。楽しくない。自分に自信もない。


いったいこの状態からどうやって復活をするのだろうか。イメージも湧かない。どうすればいいのかがわからない。とにかく息苦しいということだけだ。

　しかし、どんな状態であっても、行動を起こしてみよう。悪いことばかりあるわけじゃないよ。

　というか、今まで、何ひとつ悪いことなんて起きていない。しかし、僕はそれをただ運がよかっただけとしか思えない。今の自分には。

　これから何をすればいいのかわからない。でも僕はちゃんと体を動かしてきたから、こうやって今の状態にまでなってきたのだ。ちゃんと自分の仕事でお金を稼げるようにもなったし、本もちゃんと売れるようになってきた。むしろこれからなのである。しかし、その一歩がなかなか踏み出せない。

　ワタリウム美術館での個展の未来篇もずっと悩みっぱなしである。というか、僕にはこれをクリアする能力はなさそうに思えてくる。

　新通貨の発行と0円生活圏の創立。僕のテーマはわかりやすく明確だ。しかし、そのことへの思考がまったく行えていない。頭がまったく動かないのだ。

を一日だけつくり出す。やってみたいなと思った。できることなら、製作費0円でやってみたいものだ。

　原チャリに乗ってたキチガイ無職と、店を一軒だけ始めたばかりの居酒屋のあんちゃんは、今一五年の時を経て、坂口恭平となり、年商五億円の社長となっていた。「出会いは奇跡ではないのだ」という、僕はただ普遍的な素晴らしい言葉を頭の上で転がした。カルカッタの匂いがする。お香の匂いだ。体臭と混ざった、あのバングラッシー。あのシタールを買った店の混沌。どんどん僕の頭に戻ってくる、あのときの僕が。

　そのとき、僕はフーとは違う女性と一緒にいた。バラナシで聖者と呼ばれた男はホームシックになり、国際電話をコレクトコールでかけさせてもらい、会いたいと泣きながらその子に電話した。聖者はただの弱虫だった。僕はこれからの人生どうやって生きていけばいいのかを本気で思い悩んだ。どんな酩酊もただの不安しかつくり出さなかった。

　バラナシの路上でシタールを弾き出した僕は、まわりのインド人に笑われていた。どう見ても乞食同然の男から笑われた僕は、もう誰から馬鹿にされても気にならないなと思った。

　破れた服を着ているのか、裸で地面にへばりついているのかわからない褐色の男は、まわりの綺麗なサリーを着ている女性たちから、絶大な尊敬を集め、食事を与えられていた。いったい彼は誰なのか。そして、僕は見た目で人を判断してはならぬという教訓を得た。それが僕の生まれて初めてのホームレスといわれているような人々との出会いである。僕には彼こそが、マスターに思えた。その一年後、僕は隅田川沿岸で、路上生活者たちの家の調査を始めた。すべてはつながっている。

　そりゃそうだよ。すべてはつながっているんだ。だから、べつにそんなに驚くことはない。バラナシの乞食の顔は変形し、梅山になった。

「短編、躁鬱の彼、おもしれえ!」

「まじか?」

「まだまだ冗長なところはあるが、いいぜ」

「さて、これからどうすんの？」

「今度のトライは、自分で推敲をやってみるという試行だ」

「ふむ。ちょうど読んでいる大江先生の本が今、推敲とは？　という項目なんだよ」

「おー、いい状態だね。そうそう、すべてはつながっているんだ。次はできるだけ緻密に、しかも読者のことを考えるんではなく、お前自身が読者になれ。説明的な部分は削除し、感情や匂い、それらをもっと具体的に書いていけ」

「はいよ。お前、午前三時なのに、電話出てくれてありがとね」

「いいよ」

僕は深夜の雨降る階段の踊り場で煙草を吸った。

空から、黒いスーツ姿のサラリーマンたちが雨のように落ちてきている映像が、起きて見る夢として僕に迫ってきた。怖くなった僕は布団に潜り込み、フーの懐に入り込んだ。向こうで寝ているアオから、膝蹴りが後頭部に飛び込んできた。

「ぎゃっ」

しかし、うちの仏さんであるところの弦さんは、まったく泣くことなく寝ている。阿片でも吸っているのではないかと思われるほどだ。フーが、少しだけ目を開けながら言った。

「弦さん、ここ数日まったく泣いてない。あの人、本当に赤ん坊なのかしら？」

弦、お前はいったい何者なのか。いつも笑い、そしてすぐ寝る。ただの幸福の塊の、涙を見せないこの仏は、毘沙門天と仲良くできるのだろうか。もしくはお前が毘沙門天なのか。

「短編一本、ほぼ一日で仕上げたんだよ！　今日こそは！」

フーは目を掻きながら、「へー」と言って、またそのまま寝た。

おそらくフーの夢の中では、即寝していることに気づかず、僕の短編小説を書き上げたエネルギーに感服し、そんな人間が自分の夫であることに誇りを持ち、接吻を施し、そして抱き合っているのだろう。むにゃむにゃ言いながら、フーはいつものように何も悩みがないような顔をして眠っている。

四日目が五日目に到達してしまった。

これはいったい何の苦行なのか。

教えてくれ、乞食様。

6月20日(木)

夜がどんなに寂しくても朝は必ずやってきて、一人で悦に入っている夜の坂口恭平を朝はいつもどおりに無視する。いや、きのうの狂乱を放置してくれている麻薬中毒の友人みたいに、何もなかったかのように笑う。耳をすますと、その笑い声は、きのう僕に膝蹴りをかましたアオである。

「ほらっ、起きろ！　行くぞ！　幼稚園！」

坂口恭平は完全にアオの乗り物と化している。しかし彼は、少し出来の悪いナイトライダーのようだ。きのう書き上げた原稿へ力が入り込みすぎていたのか、その後の日本酒が祟っているのかわからないが、確実にエンジンの調子がおかしかった。そんな姿を確認したアオは、坂口恭平が幼稚園に自分を送る行為を辞退する恐れがあることを見込んでか、ひょいと飛び上がり、坂口恭平の腹に落ちた。

「ぎょえ」

坂口恭平は奇声をあげ、目を覚ます。ファミコンカセットのチップ部分を口を尖らせてフーッと吹いてから差し込むように、アオは男の腹に飛び乗り、自家用車である坂口恭平を稼働させる。さっと現状と時刻を把握した彼は二秒で着替え、きのうの残りものである餃子をチンしたものを口に放り込み、歯磨きもせずに、アオと出掛けた。もちろん幼稚園へ。

幼稚園へ送り届けたのち、いつものように零亭へ向かう。原稿を書こうとするも、まったく文字を打つ気がしない僕は、とりあえず坂口恭平日記にとりかかる。この日記を書くという作業は、僕が執筆というただ一人の作業に没頭するために、その世界に落ちていくための準備体操というか、なんらかの化学作用を及ぼす薬物のような効果を持っている。原稿は書けなくても、日記は書ける。果たして日記とはいったい何物なのかと、僕は今まで出会ったことのない疑問と接し、気になるのでメモった。

　きのう起きたことを思い出しながら、といいつつ、ほとんど嘘の塊なのだが、日記を記していく。と書きながら、それはなんらかのアリバイであることも理解している。なぜならこの日記は、たいていの人のように一人で楽しむ、記録にとっておくという種類のものではないからだ。

　これは公開されている。一か月で六万人以上の人が閲覧しているとグーグルアナリティクスには表示されている。東京、大阪、熊本、福岡で特に閲覧されている。それぞれの地域での読まれている数、その人たちが何分ほど滞在したか、どのＵＲＬからやってきたか、その後どこへ行ったかなどが事細かに記録されている。それを看守である坂口恭平は管理・監視している。なんのためか、それはわからないのだ。看守はなぜ、その目の前の囚人たちを管理する必要があるのか実は何もわかっていない。しかし、坂口恭平は言われるままに労働を続けているのである。

　労働とはそのような無知の力を利用する。知らないからこそ、普段できないような力の可能性を広げるのである。それを体制側は利用する。既知の人間には死んでもらう必要がある。虐殺はそのようにして行われる。

　つまり、無知とはある種のサバイバル技術である。無知者が気づかないままに行っている書物への無視は、無知こそが自分を活かしている歯車であると気づいている人間そのものからの分裂を示す。恐ろしいことに、坂口恭平は僕から完全に分裂している。ならば、僕とは誰なのか？

　この日記は僕と坂口恭平による二人の人間による物語である——と僕は思う。坂口恭平はどう思っているのかわからない。

★

日記を仕上げると、ハザマへ送る。返信がきた。

「更新しました。禁欲がんばってるね！　XVIDEOS行きだな（笑）」

　高校時代の親友であるこの男は、金をかなり持っている。そのことだけはわかっているが、口座にいくらくらい入っているのかはまだ調査しきれていない。社会が混沌とし始めたら、覆面姿になった坂口恭平はまずこの男を拉致し、銃をこめかみに当て「金を出せ」と要求するだろう。それくらいの金塊が眠っている可能性がある。しかし僕は、高校時代の親友を装って、無償で坂口恭平のホームページの構築・更新を依頼している。彼とまったく趣味が合わないのに、それでもつながっている理由はそんなところにあるのかもしれない。

坂口恭平の計算はあまりにも見え見えで、魂胆がすぐ他者に理解できてしまうので、僕はいつも怯えている。しかし、坂口恭平はそれくらいがちょうどいい。お前はなんだかよく暴露したり、隠しごとがないような坂口恭平を演じておけばいいのだ。たいていの愚者は勘違いし、俺の中に存在している記号は読み取れないのだ、ぶはっはっは、と高笑いする坂口恭平。

そんな彼と最近は意外とうまくやっている僕は、彼が僕の後頭部に銃を押しつけながら一緒に歩いているにもかかわらず、周囲の人にはいっさいその姿が見えていないほどに、一体化できている。

フーにも気づかれていない。フーはどうやら、夜は一人で静かに眠れていると思っているらしい。僕にはそのような優しさがある。放置して疲れを癒し、明日へのエネルギーを補充する時間としての夜に、布団やタオルケットを触らぬようにそっとしておく力量がある。しかし、坂口恭平は銃を押しつけてまた言うのだ。

「おい、フーが寝たぞ。アオも弦も寝ている。今だ。襲え」

「おい、ちょっと待てよ。ここは何の問題もないような幸福な家族の風景だぞ。坂口恭平やめとけよ」

「打つぞ。死にたくないなら、行け」

こめかみの重さを感じている僕は、坂口恭平から離れて一人で和室へ向かった。そこには布団に寝ているフー、アオ、弦がいる。みんな深いノンレム睡眠に陥っているのが鼾《いびき》の感覚、音量で知覚できている僕は、べつに忍び足をするまでもなく、いちばん端で寝ているフーを見つけると、忍び寄り、静かにパジャマである綿製のズボンを少しずつ下にズラしていく。ときどき、びくりとするので、僕も動きを止めて様子を見るが、完全に寝ているようだ。ズボンを脱がすことに成功した僕は、坂口恭平が向こうの居間からオペラグラスでこちらを監視しているのを確認しながら、フーの下着の中に手を入れながら、口づけをするために顔をフーの口元のほうへ少し近づけていった。

「こらこら」

フーは実は起きていた。放置していたけどすぐに図に乗るんだからと、ある一線を越えた僕に向かって目を瞑ったまま言う。

「止まれ」

フーは、瞼の奥にある眼球という銃口を抜けた。僕は完全に停止してしまった。その瞬間、オペラグラスの奥の坂口恭平の銃口も僕に向けられた。どちらにも逃げ出せない状態である。こういうとき、どう考えても優しいのはフーである。僕はフーの耳元で静かに囁いた。

「フー、助けてくれ」

フーは目を瞑ったまま、溜息まじりに言った。

「恭平、私は今、五歳ともうすぐ三か月になる赤ん坊がいるお母さんなのよ。夜だっていつ起こされるかわからないんだから、少しでも時間が空けば、その瞬間に熟睡をしたいの。あなたの気持ちもわからないではないし、私にもその気がゼロだなんてつもりもない。ただ今は眠りたいのよ。わかってよ」

フーはそう言うと、熊本市新町にどこにでもいる妻の一人を演じた。しかし、僕はそれどころではない。今すぐ死ぬ可能性があるスパイの一人なのだ。熊本市というよりも、ワシントン周辺、「24」などのテレビ番組に出てきそうなほどの諜報員なのだ。フーはそれに永遠に気づくことのないような声をしている。

「坂口恭平に脅されているんだ。ここでお前を襲わないと俺が銃で撃たれて死んでしまう」

「馬鹿じゃないの。坂口恭平はあなたでしょ。また分裂が始まったの？」

「いや、これは分裂ではないんだ。ここで説明したいが、時間がない。今フーから断られてしまったら、俺の命がない。本当に実行しなくてもいいから、なんらかの作業をここでやらせてくれ。説明は明日の朝する。朝ならあいつがいなくなる。だから、この場は俺の相棒になれ」

「やだ」

フーがその言葉を発した瞬間、リボルバーが回転し、二秒あいだを置いた後、銃声が鳴り響いた。

撃たれた僕は、押し入れの襖のほうに円弧を描いて倒れながら、月光に照らされた坂口恭平の白い歯がちらりと見えたのを確認した。そのまま意識を失い、僕は布団の上で死んだ。

★

「ほらっ、起きろ！　行くぞ！　幼稚園！」
アオのその声をどこかで聞いたことあるなぁなどと思いながら、僕は日常を暮らしている。それはどこにでもある風景だ。そうだ、僕は自転車にアオを乗せて幼稚園へ行くのであった。送ったあと零亭に戻り、原稿を書こうとするも、書けずに坂口恭平日記にとりかかる。その後、「ズームイン服！」連載第一五回のためのスケッチをボールペンで描き、弟子のパーマにセブンイレブンでスキャンしてきてもらう。

セブンイレブンは僕のパソコンを兼ねている。僕はイラストレーターもフォトショップもスキャナーもプリンターも持っていない。必要ない。イラストレーターとフォトショップは弟子のヨネの担当、スキャン、プリントはセブンイレブンで十分なのである。僕はMacBook Airで原稿だけを書けばいいのだ。新しいAirを買いたいとも思うが、今の機種で何の問題もないし、容量も、原稿なのでいっこうに重くならないので、快適さを保っている。僕は変化が苦手だ。これは意外に思われるのだが、変化ができない。レーモン・ルーセルばりに、毎日ルーティンをしたいのだ。

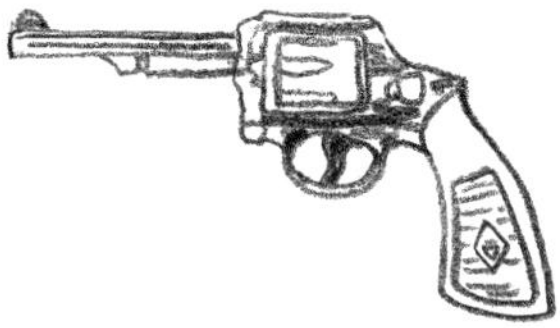

絵が完成したので、落ち着いて大江先生の本などを読んでいたら午後二時四五分。アオを迎えにいき、帰宅する。「今日は、丸一日コースで遊べる？」とアオが聞いてくる。
「きのう我慢してもらったおかげで、短編が仕上がったから、いいよ」と言うと、
「花咲つぼみ、つくって」とアオ。
花咲つぼみとは、『ハートキャッチプリキュア！』に出てくる主人公の一人である。植物学者を夢見る、なんだか僕とも話が合いそうな女の子である。その子の人形をつくれという。

そういえば僕はアオと約束をしていたのであった。

坂口家は熊本最大の二大玩具問屋「むろや」と「肥後玩具」のあいだに挟まれたマンションに住んでいる。つまり、フィギュアなどと接する機会が多い。アオはそれを見逃さない。ある日、花咲つぼみのフィギュア商品の前で立ち止まったアオは買いたいと言ってきた。いつもの購買欲だ。

そこで僕はすかさず「フィギュアなら、俺、つくれるよ」とほざいたのだ。その言葉をアオは忘れていなかった。ほれ、早くつくれとけしかけてくる。

そこで僕はフーに泣きつき、「それなら紙粘土でやってみれば」と応援してもらい、戸棚にある紙粘土を出してくれ、「これでやってみろ、お前ならできる」と励ましてもらう。

フーによる元気玉をもらった悟空であるところの坂口恭平は、突如気合いを入れ、外へ出る。家の出先の階段の踊り場で、小学四年生の二人の女の子たちとアオが遊んでいる裏で、こっそりとつくり出した。紙粘土と竹ひごだけで、花咲つぼみのフィギュアを！

それはうまくできた。

「とても大人がつくったと思えないいい感じが出てるね」

親友のかおるは、貶《けな》しながらの褒め言葉をくれた。

★

深夜、仕事部屋でメールを開いた。ベルリンの穴丑からだ。

「恭平くん、こんにちわ。この前、穴丑だけでなく、忍者ってどんな種類があるの？　って聞いてきたから、教えてあげるね！　忍術は主に〝陽忍〟と〝陰忍〟に分けられて、陽忍とは、忍者がその姿を現したままに行動し、敵中に潜入するもの。陰忍はその逆で、姿を隠す術でもって忍び込むことを指すの。忍術伝書には、陽忍こそが忍術において最も重要であると記されているのよ」

ベルリンで忍者と出会ってしまい、僕は「躁鬱の彼」を書き始めた。人との出会いが小説の始まりである。だから、僕はまず人に出会おうと思うのだ。体を動かそうと思うのだ。活発に世界中を飛び回り、あらゆるものと人と出来事に遭遇し、それらを記録し、僕のあらゆる記憶たちとダンスさせる。それが僕の仕事なのではないか。僕はそのような文字による空間を描きたい。

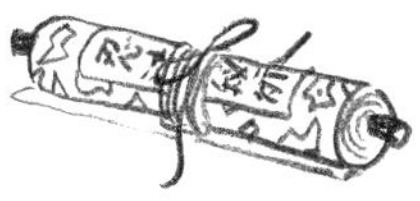

6月21日（金）

きのうからよく寝ている。一日五〇枚以上書くと、やはり後日響く。しかし『幻年時代』のときは五〇枚を一週間続けて三五〇枚書いたわけで、尋常ではなかったなと思い出す。そういう迷宮に入ると楽しいということも初めて知った。あとで体はボロボロになるけれど。

『TOKYO 一坪遺産』が集英社から文庫化されるのだが、その後日談的取材を今度、吉阪隆正賞授賞式のときについでに行うことになった。表紙写真を石川直樹くんに依頼することに。石川くんに久々に電話。ちょうど時間が空いてるし、家からも近いからいいよってことになった。小学校の同級生的な石川直樹。早く石川くんも書きなさい、いっぱい溜まっている原稿あるでしょと伝えた。いい気なもんだ、僕は。

今日のアオは幼稚園にめずらしく行きたがらない。じゃあ休めばと伝えると、休むという。しかし、アオが幼稚園に行っているあいだだけ僕は鬼となって原稿を書いているわけで、あなたが休もうが僕はホテルニュースカイに行って執筆に励むけど、いいか？　と聞くと、嫌だと言いながら、自分もスリッパを履いて、午前九時ごろ外出しようとする僕の後についてくる。パジャマでエレベーターまで侵入し、確実に僕のやる気を喪失させ、家で紙粘土などで再び遊ぼうとしている魂胆が垣間見える。

しかし、午前中の僕は無敵なのであった。フーを呼び、アオと抱きつかせ、そのあいだにさっと閉ボタンを押した僕は、怪盗ルパンのように地上へとエレベーターで滑り落ち、歩いてホテルへ。短編「躁鬱の彼」の原稿執筆のため。今日は推敲である。第二稿のはじまりはじまり。

最近、こちらのほうがいいと理解した店内カウンターに座り、冒頭から読んでいく。躁の僕が書いた原稿を、鬱な僕が調整していく。このように躁鬱を症状として発生させてしまうのではなく、原稿執筆における態度・技術として忍ばせる。そうすると、いいガス抜きになり、かつ仕事も進むのではないかと思っている。

しかし、そんな簡単にはいかないのが、この病気なのである。また、どうせいろいろと不都合が起き、坂口恭平は故障するだろう。まあ、それでいいのである。故障も念頭に入れておけばいいのである。

F1フォーミュラと感じていた体と脳味噌は、突如、エンジン崩壊寸前のクラッチの甘いシトロエンと化す。ならば、フォーミュラで路地裏を走ったり、ハイウェイでシトロエンのエンジンを修理しなくてはならない状況をつくり出さなければいいのだ。ハイウェイだけでもなく、路地裏だけでもなく、ときには家族も車に乗せてドライブすればいいのだ。つまり、その日常の中で微細に変化している道の違いをちゃんと自覚しながら、自分が乗っている車を取り替えたり、修繕したり、「ここは行くぞ！」ってときにはアクセルを全開に踏めばいいのだ。そう最近は思っている。

今のところ、一か月に一度で波が訪れているが、それをもう少し延ばしていきたいなと思っている。そのためには睡眠、他者との交流の塩梅《あんばい》、そしてデジタルと距離を置く、よい水を飲む、などの行動をバランスよく。それでもまあツイッターをやらないだけで、ここまで調子がよいのを見ると、いったい僕は何をやっていたのであろうかと不思議な気持ちになる。

その文章作成欲はちゃんと原稿執筆というものに投射すべきであった。しかし、なんでも体験しなくてはわからないというのも一理ある。一四〇字みっちり書いていた時期に行った原稿用紙八〇〇〇枚分の練習は、いつか生きてくるはずだ。

推敲しているが、眠い。カウンターでうとうとしている。少し暑いくらいがちょうどいいのだろうか。家から抜け出しクーラー完備の施設に来たが、ここでは眠い。でも暑いのもつらい。三分の一くらいしか読めない。これには僕の致命傷も影響している。僕は自分が書いた文字を、もう一度読むのが本当に苦手だ。すぐに眠くなってしまう。

実は自分の書いたものだけでなく、本全般に言えることだ。今、大江健三郎氏の本がどうだこうだとか書いているが、ちっとも読めないというのも事実。本を読むと寝てしまうし、文字がなかなか頭に入ってこないのである。本を読む時間があれば、書いたほうがましだとも思っているので、なかなか落ち着いて本が読めない。

僕はこのようなスタイルでやるしかないので諦めているが、ゆっくりと本を読めるような人間になってみたいものだとも、ときどき思う。フーはゆっくり珈琲などを飲むことができ、じっくり部屋の掃除をしたり、洗濯物を畳むなどの作業ができる。僕にはできない。僕は、何かに没頭・熱中している以外は寝てしまうのである。その体の使い方を少しくらい変えたいと思っているが、これが最近の行動原理かもしれない。アオと一緒にいるのも、そういう意図が見え隠れする。

この自閉症に限りなく近い集中は、もう一人の僕から見るに、たいへん疲れる作業であると思う。「おんちゃんとは世間話ができん」とむかし嘆いていた弟のことを思い出した。最近の虫への興味は、そのあたりの奇異な集中を緩和する役目を果たしてくれるのではないかと思っているが、けっきょく虫の世界も顕微鏡的作業、つまり集中ではあるので一緒だとの意見もある。

★

夜、ボッテガロマーナへ。父の日と母ちゃんの誕生日祝いのため。親父、母ちゃん、僕と、フー、アオ、弦で夕食を。スプマンテに、アマトリチャーナ、カルボナーラ、穴子とズッキーニのバルサミコ炒め、豚肉のグリル焼きなど。美味。

夜、帰ってくる。すぐ寝る。とにかく眠い。で、眠いときには新しいものが生まれる。これが僕の体の動きである。何が生まれるのか。それはいつもわからない。

6月22日(土)

阿蘇白川駅へ行き、裏手に住むアートディレクター永戸鉄也さんの家に勝手にお邪魔しにいく。気持ちよい家に坂口家と僕の親父と忍び込み、しばし永戸さんと歓談する。

家に帰ってきて、また眠いので、ベッドでしばし休む。午後七時ごろフーの高校の同級生であり、僕とフーを一二年前に会わせた、つまりキューピッドであるタンゴが移住した先の福岡からやってくる。フーがつくってくれた夕食を食べ、また眠る。午後一〇時ごろ起き、街へ繰り出す。鹿児島からやってきた天然パーマの狂人フレンドであるゼンと、工場でライン作業をするのが大好きな女の子ミーと会い、焼き鳥屋で乾杯。その後、「NAVARO《ナバロ》」へ。今日はDJ Harveyのお祭りだったので、顔を出す。

　で、ついつい午前六時までしっかりと踊りました。最近の僕は、朝まで飲んだり踊ったりほとんどしないので、朝方の熊本城がめずらしく、しばらくぼうっと眺めてた。東京で会ってた人とこちらで会ったり、服屋で会ってた兄ちゃんとも踊ってるときに会ったり。「ビリーズバー」で長崎の超能力喫茶店「あんでるせん」の話が盛り上がり、またあの店長によるミラクルな現象に触れたいと思ったので、みんなで行こうということになった。

　なんかユニークな週末。リトルトーキョーinクマモト。

6月23日（日）

こちらが朝に帰ってこようが、アオはかまわず、日曜日という休日を充実させるために、アオ部族の宮廷画家である坂口恭平の腹に乗って朝の訪れを伝え、目を強引に見開き、本日のお題を提案した。

「余は城がほしい」

「はっ!?　城ですか？」

　起き抜けの巨大な物欲攻撃にわずか三時間ほどの睡眠から目覚めた坂口恭平は、車はともかく城は買えない旨を伝える。日々物欲がエイリアンのように肥大化、暴走、増殖しているアオの腹の底がいったいどんな地獄絵図になっているのかを想像した彼は、何十億円もする城が起点になってしまったら、数百万円の車なんかついついこちらも釣られて買ってしまいそうになることを重々承知していた。これが王妃の作戦であることもわかっていた。こうやって人間は欲望の実現、さらなる欲望の創出へと向かう。

　購買は征服や殺人にも似た行為なのではないか、いやむしろアオ部族が隆盛を誇っているのは、ほとんどの文明が征服や殺人などの破壊的行動を行うなか、日本銀行券という実際には存在していない幻の交換チケットを元手に、購買という蕩尽行為へと転換できているためではないのか。アオは無邪気でありながら、その実、しっかりと社会活動としての純粋さを坂口恭平に見せているのであることが最近薄々わかってきた。

しかしこのまま突き進んでは、自らの命が危険になる。つまり、もう買えないものが出てくることが如実に明らかであった。それほどにアオ部族は日本銀行券という幻を利用していたが、貯金がその幻に追いつかないのであった。王妃は知らずとも、彼は公家たちから横槍をちょいちょい入れられていた。つまり彼は、常に買うのではなく、「つくれ」と創作活動の促進を要求されるという板挟みにあっていた。かつ新しい発想というものは、常に貧するところから生まれてくる。彼はその体験を元にした智慧を巧みに操り、創造力によってこの現状を打破する必要に迫られている。

「そう、城よ」

「あの、熊本城みたいな城なのですか？　どれくらいの石垣をイメージしておられて？」

「あんなのいや。ディズニーランドみたいな城がいい」

舶来品の城。アオ王妃の要求は日に日に大きくなっている。危険を察知した坂口恭平は、機転を効かせて、こう切り返した。

「それはミニチュアの模型でもいいんでしょうか？　熊本は出島に近いといえども、南蛮からの城はさすがに船で運ぶことはできませぬ」

「パパ、何言ってるかわからないけど、小さいのは嫌。大きいのがいい。大きければなんでもいい」

日本式のお城は嫌で、西洋の城。できるだけ大きいもの。しかし、アオ部族の襲来に遭っている坂口家には貯金はいくばくもない。ならばどうするか。

奴隷としてアオ部族の宮廷画家に入れられている坂口恭平は、フーが待っている坂口の郷の貧しさを思う。奴隷でありながら、それでも食事は三食、かつアオ王妃の残り物、つまり良質な野菜や魚、部屋も一人部屋を与えられ、必要な和紙、岩絵具は作品のためにならどれだけ買っても咎《とが》められない自分自身の環境とフーを比べ、こんなところでへばってしまってはフーに悪い。三月に生まれてきたばかりの息子弦を元気にすくすく育てるためにも、本日の「城」という難題にも立ち向かっていかなくてはいけないことはわかりきったことであった。

財布を確認すると、二〇〇〇円しか入っていない。二〇〇〇円をアオ部族御用達文房四宝屋「文林堂」で使い果たすよりも、ここはゼロの精神で乗り切ることにした。つまり、これは王妃からの頓知問題であると坂口恭平は誤解してみたのである。

誤解は発明の神である。誤解によってでしか乗り切ることができない社会情勢がある。今がまさにそのときだ。彼は誤解をつくり出すことにした。つまり、彼にはわかっていた。今からつくり出す芸術品が一流品なのではなく、誤解によってイリュージョンを生み出すまがいものであることを。しかし贅沢を極めたアオ王妃には、もしかしたら、この一段どころか二段、三段落としたくらいのルーズなものをつくったほうが「今っぽい」などという評価を受け、喜んでくれたりするのではないか。そんなチープシックを具現化しようとした彼は坂口の郷へとまずは帰った。坂口家の台所へ行き、分別マニアのフーがつくったコーナーの一つ、紙塵が入った専用袋から薄い段ボールの箱を取り出した。

小箱の中に、コピー用紙、水彩絵の具などで、創作を始めた坂口恭平を、アオは訝しげな目で見ている。

「余は、大きいものがほしいって言ったよね？」

「はい。そのようにお受けしております。まもなくできますので、少々お待ちください」

どう見ても大きな城をつくっているようには見えない坂口恭平の後ろ姿を見ながら、アオは、どうせ最終的には弱音を吐くのだろう、不可能の塊に潰されて涙を流すのだろうとほくそ笑んだ。その笑いの粒子を背中で感じながらも、彼には一つのアイデアがあったので、気にすることなく、しかしあまりにも気にしないままだと、それはそれでアオ王妃の激高を呼び寄せてしまうので、できるだけ不安そうに、下手にもかかわらず努力する野球部員のような素振りを見せた。アオは unico 製の安楽寝椅子に横たわり、無印良品の扇風機を自分に向けて、朝の気だるい生温さを振りほどこうとしている。「ダイソンの扇風機って、羽がなくって子どもにも安全っぽいよね、かっこいいし」などと新製品の購買を行う決意をさらりとこちらに放ったりもしている。

坂口恭平は、さらに弦のお尻拭きのためのベビーコットンを取り出し、それを剥ぎ取り、鳥の羽のようにふわふわにした。小箱には上から穴が開けられ、そこをトレーシングペーパーで覆い、静かで柔らかい光が箱の中の暗闇に落ちるようにも製作している。最後に、アオがときどきつくるプラ板のための薄いアクリルシートを鋏でカットし、額装するように小箱の入り口を塞いだ。

完成を確信した彼はアオ部族の宮廷へ向かい、寝椅子に横たわる部族の女王アオの目前に立ち、膝をつき黙礼した。

「アオ部族の城が完成いたしました」

「なぬ？　それは本当か？」

アオはまだ疑いの目で見ている。そこで坂口恭平は、アオを押し入れの中へと案内した。手には寒中電灯を持っている。おそるおそる押し入れの中の布団に乗ったアオに、彼は小箱を手渡し、上から懐中電灯を差し込み、こう言った。

「王妃、中をご覧ください」

「はっ！」

アオが覗いた小箱の中には空間がつくられ、手前にはおそらく坂口の郷であるだろう、坂口家の小さな小屋があった。そこからイエローブリックロードがくねくねと蛇のように伸びており、いくつかの森を抜けたいちばん奥に、青空をバックにしてコットンによる雲が配され、ピンク色のシンデレラ城風の段ボール製の城が聳《そび》え立っている。

それは二〇センチ角で繰り広げられている世界であった。しかしパノラマ空間をつくることに長けている坂口恭平の手にかかると、そこは無限大に広がる、まさに人間たちが日々体験している空間そのものであった。アオ王妃には、目の前の空間よりももしかしたら広いのではないかという妄想まで飛び込んできている。その城は明らかに、誰の目にも疑いなく大きかった。その小さな小箱のなかの城は、アオ王妃自身をミクロキッズにし、そのプランクトンサイズの眼で見上げた段ボール製の南蛮風の城は、たしかに巨大であった。

押し入れの中に感嘆の声があがった。それは坂口恭平の、宮廷画家としての職能を果たしたことの証明であり、確実にそれは勝利をも意味していた。芸術が体制を、肥大化する欲望を、たしかに抑えたのだ。

★

満足した二者は、宮廷料理人であるフーの呼び声で居間に集まった。きのう、アオ王家を訪ねてきた芸能の民であるタンゴもやってきた。

食後はみんなでまったり。アオ部族は雨が降ると、みなで寝るという習性がある。読書などをして、ゆっくり過ごす。芸術作品をつくり上げた坂口恭平も今日ばかりはと、しばし枕に身を委ねる。夕方、アオ王妃は宮廷料理人フーを誘って、ゆめマートへ買い物に行った。そのとき、芸能民タンゴも一緒に行っていると勘違いした坂口恭平は、きのうまでのフーによる禁欲の刑に痺れを切らし、XVIDEOSへ走ってしまった。

作業を終えると、フーとアオが帰って来たのだが、タンゴは帰ってきていない。もしやと思い、提供している自分のアトリエ、一人部屋の扉を開けるとタンゴは寝ていた。坂口恭平の秘密であるはずの作業は、実はタンゴに見られていたのである。いったい、こんな穏やかな日曜日に何をやっているのかと焦った坂口恭平は白痴を装った。知らぬフリをすればいいのだ。人間は常に知らぬフリをするのである。気づいていても、知らぬフリをしていれば、それは無知であるということになり、あとで問題になっても、故意に驚けば誰も非を咎めないのだ。そんなずるい方法論を彼はとった。

夕食後、きのう会った薩摩の二人、ゼンとミーはまだ帰っておらず、また遊ぼーぜと誘ってくる。アオ王妃が寝ている姿を確認すると、フーに許可を得て、再び夜の街へ。PAVAOにてDJを行う。エチオピアの音楽を聴きながら、雨音と雨雲による涼しげな風を感じながら、僕は出会ったこともない旧友に思いを馳せた。まだ、物語は始まったばかりである。僕には行かねばならないところがあるのだ。冒険が始まるのだ。ムーミンパパのような冒険活劇が待っているのだ。

深夜帰ってくると、床に小箱が置いてあり、懐中電灯がついたまま転がっていた。中を覗くと、遠くに、城が浮かび上がっていた。懐中電灯のチカチカが、僕に時間の訪れを伝える。

静かに椅子に座った僕は、煙草を一服した。

そして、フーによる抑圧は解禁された。

鬱記

2013年5月20日

『0円ハウス』『TOKYO 0円ハウス 0円生活』『隅田川のエジソン』『TOKYO 一坪遺産』『ゼロからはじめる都市型狩猟採集生活』『独立国家のつくりかた』『思考都市』、そして『幻年時代』。僕は今まで、まずまずの本を書いてきたのだと思っている。しかし、毎度毎度、次の作品をどうすればいいのかまったくわからなくなるし、書いている内容も、重なる部分が多かった。

『幻年時代』は僕にとっては大きな変化であるはずだ。しかし、それによる不安が大きい。不安は尽きない。この仕事は不安は尽きないし、こんなことが仕事になりうるのかと周囲から思われても仕方がない。

しかし、僕にはフーという理解者がいる。僕はとにかく毎日、執筆に集中すればいいのである。あとの細かいことはどうでもいいから、自分の作品執筆に集中すればいいのである。どういう作品をこれから書いていくのか。それを考えればいいのである。それが本当に難しいのであるが。今までの自分のイメージから変化するのが怖いのである。

♥

ここでは次の作品の方向を考えていこうと思っている。僕としてはこのまま、まったく変わっていってもいいものかと思っている。しかし、このまま突き進んでも、それは今までの焼き増しになってしまうので、やはり変化していく必要があると思ってはいる。むしろ、変化するということを恐れずにやっていったほうがいいのではないかと思う。

誰もが想像していなかった方向へ進む。そちらのほうが自分としても創造力は増す。しかし、それはどのような方向性なのだろうか。

『幻年時代』はそういう意味ではうまくいったのではないかと思っている。僕の幼いころの話を書く予定でそこから大きく外れていく。それくらいの変化が欲しいのである。しかし、この後、僕はどこに進んでいくのだろうか。まったく、その予定がわからない。書きたいこともないように感じる。いったい何を書きたいのかわかっていない。それで、じゃあどうするのか。そんなことを考えてみよう。僕はどうすればいいのか。何がやりたいのか。

会社に行きたいのか。これはほとんど不可能であると思う。会社の人間関係も無理だし、毎日、仕事に朝から行くということ自体が無理なのだ。だから、そもそも僕は自分で、しかも一人で生きることを選んでいるのだろうと思う。それしかできないのだ。そのことに気づけばいい。

しかも、すごく精神的に揺れ動く人間で、やはり不安が強くある。それも仕方がないことなのだ。だから、この人生を変えるだとか、今以上によくなるという可能性はないのである。そんなこと今までも無理だったのだし、それでもどうにかやってきたわけで、それを褒めればいいのである。

だから、仕方のないことである。僕は煙草をやめて、ネットでふらふらするのをやめ、手の皮をむくのをやめ、鼻糞を食べることをやめたら、変わるだろうか。僕は変わりたいと思っているのだが、それが難しい。そのいちばんのことが躁鬱病である。もう二度と変えることができない病が歴然としている。そのことが苦しい。

❤

どうすればいいのかを考えても、意味がない。僕に必要なのは、何も反省せずに、次に進む力である。そして、あらゆることに興味を持ち、そのまま突き進んでいく。もちろん、悪いことが起きたら、それを謝罪すればいいのだが、かといって、そこで落ち込むことなく、やはり次の世界に向けて進んでいく。

僕には反省はあんまり意味がない。そうやって体が動かなくなってしまっても駄目だからだ。僕は気にせず、楽しいことを求めて、次々と考えていくことしかできないのかもしれない。

といいつつ、そんなことができない自分がいる。やはり僕は気が弱く、周辺ことを考えてばかりなので、すぐに落ち込むし、落ち込んでしまったら、まわりにもすぐわかるように落ち込んでしまう。そういう状態をどうにか乗り越えたいと思うのだが、むしろ、それはそういう人であることを理解して、仕方がないと思うしかないのか。

僕にはやはりどうすればいいのかがわからない。そうして、この問題はいつも解決しない。鬱状態が終わると、この問題はいつも遠くへ行ってしまうのだ。だから諦めるしかないのかもしれない。
といいつつ、べつに死ぬようなことではないのである。どんな状態になったとしても、僕はこれまで一度も絶望的な状態に陥ったことがないのである。だから、よく考えたら、何も気にすることはない。やる気がないなら、ないなりにやり過ごすしかないということなのかもしれない。

もちろん、こういうときにフーと二人でゆっくり過ごすみたいなことをやってみたいと思う。子どもと四人でどこかへ行くなどやってみたいとか考える。しかし、それはいつも実現しない。かといって、どこにも行かないというわけではない。ちゃんと一緒に行動するときもある。

調子がよければ、何の問題もないのだ。調子が悪いことだけが問題である。調子が悪い理由は鬱状態であるというだけだ。

❤

山田は、落ち込んでいる。そんな自分を見て、どうしようもない人間であると思うだけでなく、こんな苦しみを他の人間が体験している可能性があるとはとても考えつくことができなかった。

「いったい、どうすればいいのだ。四歳の子どもの記憶力を見て、自分の記憶の曖昧さに落ち込む。自分は四歳児以下の能力しかないのだ」

そう落ち込んでいる自分を見て、山田はさらに絶望を深めた。まわりの世界には山田のように作家として生きている人間を知らない。会社勤めの人間ばかりである。

調子がよいとき、一人で作家活動をしているということは、山田にとって自慢するに価する人生なのだが、それはあまり長続きせず、鬱状態が始まってしまうと、途端にそれを道を外れた奇形の生き方として捉えてしまう。

誰から何を言われているわけではない。しかし、それでも妄想の言葉は山田の耳に、内面に突き刺さってくる。

❤

《坂口恭平のサイクル》

調子が上がる。

何事も可能性があるように思える。執筆、絵画、映画、音楽、さまざまなことを実践することができると思う。そして、たしかにある程度はそれを実践することができる。このようなことで失敗のようなことをしたことがほとんどない。だいたい、それは実現するし、実践すれば、たいていうまく成功を収める。

しかし同時に、それは自分にとって、新しい作業というわけではなく、たいていが焼き増しである。そのことが自分を苦しめる。苦しめられているが、それでも今のところはそれでいいだろうと思い、やり過ごす。このあいだは、本当に爽快な気分で占められる。しかし、内奥には不安は広がっている。

このときに感じるのは、自分がまわりの人々とはまるで違う人生を歩んでいるという不安。そして、だからこそ、理解し合える人間がそんなに多くはいない。熊本市内であれば、ほとんどいないということ。

自分のようなかなりギリギリの才能を使った仕事で、果たして、この先も仕事が続くのだろうか。そのような小さな不安はずっと続いているように思う。

しかし、それが大きく感じられない。それよりも、自分がひらめいていることの興奮のほうが先であるし、自分自身も、何も不安にやられるよりも、自分が感じている可能性に釣られているほうが気が楽なので、そのままに向かう。でもときおり、ホームシックに似たような、不安にやられることになる。

6月24日（月）

朝からアオと幼稚園へ。今日は雨が降っていたので、タクシーに乗っていった。このルーティンワークも自分の仕事を継続させていくための一つの大切な装置となりつつある。毎朝八時に起き、午前九時から午後二時半まで執筆仕事をし、アオを迎えにいき、帰ってきてからは何も考えずアオと遊ぶ。午後九時にアオが寝てからは読書。このルーティンをとにかく続けている。

友達がどこかから訪ねてきてくれたときだけは酒を飲みにいくが、それ以外は飲む気にもならない今日このごろ。狂気をちゃんと頭の中で転がせているのではないか。ふつふつと沸き上がってくる衝動は、まだずっと頭の中でくすぶっている。消えない。しかしその火を外界へ出すと、その火ダルマな自分は『ドラゴンボール』のサイヤ人と化し、興味深い挙動をするので受けはいいし、それにより僕も高揚するのであるが、その動き自体は大衆迎合的なもので、僕の中では特に創造的なわけではない。なので、完全にシャットダウンするのではなく、十分創作が完了した後に、次の段階へ行くあいだ、火を外界へ出そうと思っている。人前で話をするのもこのときでいい。それ以外は、徹底して日常を生きようと考えている。僕はもっと書きたい。そんな感じである。

★

原稿を書き終えて茫然としたまま幼稚園へ。役員会議が終わったフーが幼稚園から出てくる。フーは幼稚園の幹事としてがんばっている。

フーの幹事同士のメールなどのリアクションを見ていると、とても興味深い。それぞれのママたちによる思惑、牽制、駆け引きなどを読み取りながら、サヴァイヴしているフー。なんかそれだけでまた一つ短編になりそうで、こちらは静かに見守る。まるでSF映画のような暗号によるコミュニケーション。字面だけでなく、その背後に潜む意味や意識を解読しようとするフーのもがきが興味深い。

むかし僕とフーが出会ったころ三軒茶屋のホームで喧嘩になり、それはおそらく「今日の夜は帰らないといけない」とフーが言ったことに対する、欲望を満たすことができない僕によるただの八つ当たりだったのだが、僕が「もう怒った。お前カエレ！」と発狂すると、フーは「帰りたくないけど、そんなに言うなら帰ります」と言い、一人で電車に乗った。電車のドアが自動で閉まろうとすると僕はさっと飛び乗り、「お前カエレ！　と言ったからって本当に帰る馬鹿あるか！」と訳のわからぬ怒りの言葉を発したが、「?」と意味がわからなかった女性である。

つまりフーとは、男女の馴れ合いによる駆け引きなどいっさい不可能である。フーには何も効かない。フーは字面、言葉面だけをちゃんと読み取り、そのままに対応する。帰れと言えば帰るし、帰らないでと言えば帰らない。

そんなフーが、ママたちのメールに含まれているさまざまな思いを汲み取ろうとしている。その姿が、二三世紀、人間たちの感情、癖、内奥の言葉までを完全に管理している国家からときどき送られてくる意味不明のメールを読み取ろうとしている女優に見えた僕は、再び文字の世界へと飛び立つ。

アオが僕の背中に飛び蹴りをした。それで妄想から戻った僕は、坂口家の他の面々とバス停に立ち、待つことにした。

★

家に帰ると、クラムボンの原田郁子ちゃんからメール。「きょーへーーーい。早川倉庫おるよ。あとで来れそう？　待っとるけん」

今日はクラムボンのライブ。しかも早川倉庫で。徒歩五分のいつも行く僕の仕事場、書斎「雪鳥」でライブなのだ。近所の夏祭りのような気分。普段は置いていくフーとアオも今日ばかりは楽しみにしている。

フーから、女性とのつきあい方について教えてもらう。つまり、気になる女性がいれば、フーに会わせればいいのである。そうすれば、そこから変な方向へと進むこともない。僕は、芸術を行う女性たちへのシンパシーを恋愛感情と勘違いすることがある。それでフーが困ってしまったこともある。なので改善したい。

原田郁子ちゃんはもうすでにフーと会っている。だから僕が勘違いすることもない。彼女とはシンクロニシティを感じることがたびたびある。郁子ちゃんもあるそうだ。こういう場合、たいてい変な方向へ向かう。しかし今は違う。練習を積んだ僕は、勘違いせずに彼女の創造性にただ惹かれている。

リハーサルが終わった郁子ちゃんにベルリンのお土産を渡す。早川倉庫のおっちゃんとユウゾウにも会う。郁子ちゃんはこのツアーに僕の新刊『思考都市』を持ってきてくれていた。うれしくなった。このように創造を続けている人間と話せると、僕は本当にうれしくなる。

当然だが、熊本ではなかなかこのような同志に会うことは稀である。それが東京の良さであった。しかし、今は違う感情も持っている。僕は一人になるべくしてなったのだろうと思ってもいる。どこかにいる僕の創造の仲間たちを思いながら、僕は毎日せっせと熊本で創作をする。それがいちばんいい環境なのではないかと思ったりもしている。

でもときどきこのように仲間に会うと、うれしくて泣きそうになる。本音はみんな熊本に来てくれないかなと思っている。しかし、そんな世界は簡単には訪れない。でも、いつかきっと、早川倉庫で毎週やばい音楽家のライブがある、みたいな未来がきっと来る。そんな夢をフーに語ったことを思い出した。僕の未来の、中心となる都市はやっぱり熊本なのだ。

郁子ちゃんと別れて、家に帰って、着替えて、フー、アオ、弦、タンゴとみんなで午後六時半、再び早川倉庫へ。クラムボンのライブを堪能する。なんだか泣けてきた。すごくいいライブだった。郁子ちゃんが熊本に遊びにきてくれたときに、早川倉庫を紹介した。それがこの夏ライブすることになるなんて。

今、僕が暮らしているところはまだ未開発だけど、いいものがたくさん詰まっている。それを毎日、僕はいろいろと夢想するのだ。先週のDJ HarveyがNAVAROでやってくれたときもやばかったけど、なんだか熊本がエチオピアの首都アディスアベバみたいになってきているのではないかと妄想する僕は、坂口安吾の『肝臓先生』の文庫本を読みながら、気づいたらアオと弦と寝てた。

アオと弦も今日のライブは楽しそうだった。

「やっぱり、私も歌いたいなー」とフーが帰り際に言った。僕は歌っているフーが大好きだ。

明八橋という、僕が世界でいちばん好きな石造りの橋を渡りながら、僕はフーにキスを放り投げた。スーパームーンのお月様は、恥ずかしそうに雲に隠れている。

6月25日(火)

朝から自転車にアオを乗っけて幼稚園へ。零亭にて原稿。短編「躁鬱の彼」を最終調整して梅山へ。集英社『すばる』に気に入ってもらえたら掲載される予定。さらに『711』にもとりかかる。一〇日ぶりに戻ってきたので、再び頭から読んでみる。さらには頭からもう一度、同じ文章を書いてみる。こうやって戻る。

ヴァルター・ベンヤミンはハンナ・アーレントからhomme de lettres（オム・ド・レットル＝文の人）と呼ばれていたらしい。「文の人」っていいな。ベンヤミンが気になっている。僕は大学時代にベンヤミンのことが気になったことが一度ある。パサージュ論のことなどを大学の先生なんかが言っていたからかもしれない。建築のことを文章で表現している人として僕は認識しており、そのことに少し希望を持ったのだと思う。

大学時代、今後、何をすればいいのかまったくわからなかった僕は、建築を建てない、ということはなんとなく決めていたので、ならばと建築に関することをやりながら、建築を建てていない人はいないものかと必死こいて探していた。ここには師である石山修武氏の影響も大きい。

ヘンリー・デイヴィッド・ソローの『森の生活』を読みながら、僕は自然と接するのが苦手な人間なので、森の中で自給自足をしているという行為にはまったく影響を受けなかったのだが、それでも必要な道具や食料などの数値を事細かに書いてあることに興味を持った。『エルマーのぼうけん』以来、僕はなぜかこのような具体的な数値が出されていることが好きなのである。

『森の生活』を読んで、なるほどと思った。かつ、建築を建てなくても、このように自分で何かを実践して記録し、書物なりなんなりへ変換することによって、どれだけ時間を経ても人々に伝えることができるということを知った。ソローは鴨長明の方丈記に影響を受けており、その翻訳版を書いたのは南方熊楠である可能性が高いことなどに興奮した覚えがある。

どちらも「生活」についての本であり、それは同時に「経済」についての本であった。当時、このようなつながりをどうやって表現したらよいのかを模索していたのだろう。かつ、六〇年代に欧州だけでなく世界を席巻した前衛建築設計グループ「アーキグラム」や「スーパースタジオ」など、絵画、雑誌などの二次元情報で建築を伝えようとしている西洋の建築家たちを知り、なるほど僕は絵を描くのも好きなので、こういったのも少し振りかけたほうがいいかなと思った。それでいて、なんだかこの西洋の人たちみたいに洗練されたかっこよさみたいなものは、少し鼻につくので抑えていこう。僕はどちらかというと今和次郎や彼の弟子である吉田謙吉の絵みたいなのがいいなあと思った。僕は本の中にある挿絵が好きだったので、挿絵画家にもなりたいと小学生のころ考えていたのだ。

このように僕は何にでもすぐ影響を受けて、ほぼ模倣した。完全にその人になるのである。とはいっても、先はまったく見えず、どうやって食べていくのかさえ思いつかなかった。かつ、僕は団体行動というものがまったくできない人間で、人と一緒にいると、それだけで疲れてしまって鬱屈してしまうので、一人で仕事をする環境をつくる必要があった。そんなことできるのかというのが本音であった。

だから、元気満々だったけど一人になると暗かった。なんでもやる気を出してやってみたけど、その行為が終わると不安になった。それでも、既存の世界に馴染むことができないことはわかっていたので、その可能性だけを早々と消し去った。それがよかったのかもしれない。

建築も現代美術も音楽も手をつけてみたのだが、どれも合わない。さー、どうしようか。というのが一九歳から二三歳ごろの僕の状況だった。手元には後に『0円ハウス』になる卒業論文と称した手製の写真集だけ。それは僕が自分で編集した文字と写真が入ったケント紙二〇〇ページを綴じた「本」であった。

僕は本を読むのはあんまり好きじゃなかったが、本をつくるのが好きだった。自分が読みたいと思った本を自分でつくっていた。そして今、僕は自分が読みたいと思っている本を自分でつくっている。つまり、迷うことなく、そのときに感じたことをやっていればよかったのだとも思う。しかし、それには十分な迂回が必要だったのだろう。今、僕は再び幼少のころに、自分がつくりたくてつくっていた世界へと戻ろうとしている。不思議なような当たり前のような。

そんな感覚を、ベンヤミンを考えるときに思う。ベンヤミンは僕がやろうとしていることに近い先人の一人なのかもしれない。ベンヤミンを読んだことがない僕はそう思う。本が読めない僕は、自分の原稿であれば読めるという、どうしようもない男である。

★

午後三時にアオを迎えにいく。フーからメールがあり「どこかでカフェしたい」というので、家族四人でPAVAOで待ち合わせ。アオと僕は零亭の庭から竹を一本切り取って持っていく。もうすぐ七夕だ。今日の朝、アオが幼稚園に提出するための短冊をお前も書けという。

アオは「プリンセスになりたい」であった。僕は「てにあせにぎる、ぼうけんがしたい」と書いた。フーは「わたしがわたしでありますように」という謎の言葉を書いていた。

フーと出会ってもう一四年になるが、いまだにこの女は訳がわからない。フーも僕のことをいまだにこの男は訳がわからない、と言う。AB型の特質なのだろうか。僕ら坂口家は、僕もフーもアオもAB型である。弦はまだ調べていない。べつに僕は血液型診断を信じているというわけではないが、それでもAB型に特徴的なことは「人の言うことをいっさい聞かない」である。忠告をしても無駄なのである。自分がやりたいことしかやらないのだ。かつ、他者のやっていることにはほぼ関心がない。これが坂口家に共通する特質である。

つまり僕とフーは、娘であるアオに忠告することができない。もちろん、社会で生きるうえで最低限のことくらいは伝えるが、それでもやりたくないことをさせることはほぼ不可能である。かつ、それは僕にもフーにも言えることで、「言うことを聞いてもらう」のは坂口家では不可能なのだ。

ではどうすればいいかというと、基本的に他者に興味を持たない、期待しないという態度で臨むわけである。そして、褒めておけばたいてい喜ぶ。適当に褒めたとしても、裏では褒めていない気分なのに褒めやがってなどとは永遠に言われない。褒めれば、ありがとうも言われることなく、ただその当人は喜ぶ。

つまり、坂口家はいたってシンプルライフである。人に関心を持たず、その人個人個人がやりたいことをやり、ときどきそれを双方で褒め合う。これさえできていれば、あとは問題ない。

イライラして八つ当たりみたいな作業がほとんどないので、女性との駆け引きが苦手な僕にはうってつけの家族といえる。ま、だから結婚したのだろうし、アオが生まれてきたのだろう。弦は果たして何型なのだろうか。一人くらい違ってもいいのかもしれない。

第4部 鬱の恭平くんへ

2013年7月6
1月11日

7月6日（土）

先月終わりに、僕は吉阪隆正賞の授賞式、および新刊『幻年時代』の打ち合わせ、秋に刊行予定の『TOKYO一坪遺産』の文庫化のための取材などを行うために東京へ来ていた。で、そこで、なぜかまた鬱の波に飲み込まれてしまった。吉阪隆正賞の記念講演ではまさかのホワイトアウトをしてしまいほとんどしゃべれず、その後もぐったりした状態のまま二八日に熊本に帰ってきて、そのまま七月四日まで寝込んでいた。

文字どおり、自宅の書斎のベッドでずっと寝てた。食事もほとんど食べられず、風呂に入るのも面倒くさく、当然、アオを幼稚園に自転車に乗って送ることもできず、ただ寝てた。これが僕の鬱期の過ごし方である。二四時間、完全な絶望状態に陥り、鬱に陥る前までの気分のよかった記憶は完全に抹消され、生まれてこのかたずっと哀れな人生を送ってきたと思い込んでしまう。

いやー、きつかった。また死ぬかと思った。

デンマークでの三六年間にわたる調査で、自殺の原因は、男女ともに第一位がこの躁鬱病であるそうだ。医学の世界では今「双極性障害」と言うらしいが、これじゃなんのことやらよくわからんので、僕は躁鬱病と言っている。あの永遠に続くと毎度誤解してしまう絶望トリップは、そりゃ死ぬしかないと思うだろう。僕もいつも思うもん。抜けたらけろっとしているのに、真っ只中では冷や汗かいて毎日過ごすことになる。

最近は、三〇日間は通常の生活。その後に、やばい鬱が七日間。抜けた途端に、新しい発想と次への仕事のやる気を見せる（笑）。

かなりしんどいが、それでも、まったくつきあい方がわからないむかしの状態から考えると、少しは見える存在にはなってきた。他の人はどうやってるんだろうと疑問に思っていると、フーから「躁鬱会みたいなものないの？　オフ会とかに顔出せば？　躁鬱仲間がいると、絶望期に入っても少しは助けになるんじゃない？」と提案があるが、僕はあんまり乗り気じゃない。

★

しかし、よくできたものである。この病気というか特質を持っている僕は、おかげでサラリーマンのように毎日定期的に働いたり、生きることができない。毎日、同じ場所へ行くことができない。毎日、同じ人たちと顔を合わせることができない。毎日、同じ格好をすることができない。一週間のスパンで生きようとすると死にそうになってしまう。

目先の興味をあっちふらふらこっちふらふらと変えないと駄目らしい。眠りたいときには眠れないと駄目らしい。今からサンフランシスコに行きたいと思ったらすぐ行ける環境にいないと駄目らしい。僕がこれまで自分を見てきてそう思う。だから僕は会社に行かない。行かない、というよりも行けないのだ。

僕はもともと、こんな世界で生きていけるとはとても思えなかった。みんな会社に行くのが当然のこの世界が恐ろしく、やばいなあと思っていた。僕はすぐに躁鬱の波に揺られてふらふらとして、「なんだ！　この世界の硬さは」と驚いてまわりを見るんだけど、意外とみんな絶望もせずにけっこうよくやっている。毎日同じことをするのに絶望を感じない種族がいることを知った僕は、どうやら、そうじゃない自分たちの種族のほうが圧倒的に数が少ないことを知り、茫然とした。これはやばいと思った。

しかし、毎日同じ場所へは行けないのである。基本的に一人でぶらぶらしたり、適当なこと考えたり、ときどきは世紀の発見だ！　と興奮して朝まで寝ずに作品をつくりたいなあと思った。

そこで、会社に「行けない」と言うのではなく、「行かない」と言い換えた。僕は困るとすぐにこうやって言い換える。そうしないと、すぐに圧倒的多数に染み込まれてしまうからだ。僕はこの圧倒的多数の人間たちがほとんど敵に見えていた。とても優しい僕の仲間もいたのだが、毎日同じことをいとも簡単にできているその姿を、自慢気でもなく、さらりとした作業として見せられると、瞬間、その人間たちは僕の敵になった。

結論、仲間はほとんどいなかった。

僕のまわりで躁鬱で苦しんでいる人間はいなかった。でも、会社に行かない人間は何人かいた。彼らは毎日同

じことをやることもできるが、才能があり、独立しているような人間であった。つまり彼らも敵ではあった。しかし敵でありながら、さらにもっと強大な敵を倒すためなら致し方ない、というような、『ドラゴンボール』でいえばピッコロやベジータたちと仲間になる感覚であった。

会社に行かないだけでなく、僕は建築家を目指していたのに、世にいう「建築家的な仕事」、つまり人から発注され図面を描き、それで施工する、みたいな建築家の仕事を平気でしている人間たちを見ながら、僕にはできないと思った。つまり、建築家で独立している人間はみな敵だった。僕はそのような、ルールに則った中で行う仕事、みたいなものをしようとすると、また鬱になるのであった。

つまり、べつに僕は建築家という仕事を軽蔑しているのではない。むしろ本当は設計とかやれるもんならやってみたい。彼らは敵ではあるが、彼らの仕事自体は尊重している。ただ僕の生理的なものと合わなかったのだ。

会社に行けない僕は独立を目論むも、そのようなわけで、なんの独立をすればいいのかわからない、ただ一人で、かといって孤独でもなく、躁鬱らしく、あっちふらふらこっちふらふらと混沌こそが安定であるという信条をもとに、果たして生きていけるのか——という大問題は、フーに言わせるとこうなる。

大問題とかそういうことよりも、あなたそれしかできないじゃん。だからそのまま進んできたのよ。でも、よかったね、今の仕事で。会社に行ってたら大変だったね。奇跡じゃん。というか、それしかできないのよね。生理的に駄目なものまったく駄目だもんね。

で、それで坂口家やっていっているから、すごいかもね。税金、きのうも二〇万円以上払ったからすごい。金は減るばっかりだけど、それでもまだ残っているし。あっそうだ、七月二一日、新刊出るんでしょ、『幻年時代』？　やった！　また印税入るじゃん！　えっ？　八月二一日も『モバイルハウス三万円で家をつくる』って新書出るの？　おーいいじゃん！　坂口家、今年もサヴァイヴできそうじゃん！

もうなんでもいいよ、躁鬱でもなんでも、生きてればいいよ、あなたはインディ・ジョーンズなんだから！　ギリギリで這い上がる。そして、けっきょく作品をつくりたいのよ。新しいものを見たいのよ。ぼーっと過ごせないから。作品をつくりたいのよ。自信がなかろうが、金がなくなろうが、どうせやめられないから。

フーは鉄人なのだろう。僕はこれからも、ずっと作品をつくっていきたいと思った。本を、絵を、スケッチを、フィールドワークを、モバイルハウスを、彫刻を、音楽を、絵本だろうが新聞だろうが雑誌だろうがなんだろうがよくわからんが、とにかくつくり続けようと思った。

そうやって、どうやら生き延びてきたらしいのである。鬱のときの記憶はまた僕の中にはない。悲しいが、それが我が人生。

★

とうとう『幻年時代』が出る。ぼくが生まれて初めて推敲した原稿。文字を読むという行為の中に、空間をつくり出せたのではないかと思う本。梅山に久々に電話し、『モンスターズ・インク』の本日公開の映画をアオと弦とフーと観た。フーが前売り券を購入してくれていたのだ。

「梅山さん、また抜けました」

「おっ、待ってたよ～。本の宣伝いっちょうお願いしまーす」

今回は、一か月以上伸ばしたい。

さて、体を動かし始めます。再び。

7月7日(日)

今日は僕とフーの七回目の結婚記念日でありながら、僕は鹿児島に『ポパイ』の連載の取材をすることになっていて、つまり多少忘れていて、ぎりぎりで思い出し、僕がそうだということはつまりフーもすっかりと忘れており、記念日的なことにまったく興味のない二人。

思い出してしまったので、これは何かしよう、ということになり、「じゃあ鹿児島に一緒に行くか？」と誘うも、フーは明日は月曜日でアオが幼稚園に行くので、鹿児島で盛り上がるのも疲れるなあというモード。なので、鹿児島のゼンにとりあえず電話した。

「おっ、恭ちゃん、どうしたの？」

「今日、鹿児島に行こうと思ってるんだけど」

ゼンは朝っぱらなのにもかかわらず盛り上がっている。

「おー、今日は恭平ちゃんも常宿のみんなのたまり場グリーンゲストハウスでなんだかパーティーやってて、今もテキーラショット四杯目で、楽しくなってるから来なよ」

「そのノリだと、フーは連れてけないな」

「えっ？ フーちゃんも来なよ。ていうか、フーちゃんに代わってよ。俺が説得するから」

狂人である親友ゼンは、軽薄な、本当にどうしようもない奴なのであるが、愛嬌がある。フーともなぜか気が合う。しかし、朝っぱらからゼンの電話によって鹿児島行きを決めるなどという作戦にはもちろん打っては出ません。僕はゼンに「とりあえず車、なんとかしといてくれない？」とさらりとお願いして、フー、アオ、弦の三人が寝ている布団に戻る。


「今日は鹿児島へ行く。取材を兼ねてはいるが、結婚記念日を祝うために。疲れたら明日の幼稚園は休むか、遅刻すればいい。そういうことが問題ではない。重要なのは、坂口恭平の鬱が明けたこと。そして、この浪費家でありながら、月に一度きっちり鬱が来てあらゆる仕事をドタキャンし、稼げるところの金も稼がず、かといって、人前ではええかっこしいのため大量に日本銀行券を使い切る夫をサポートするために、ほとんどタクシーなどの高級な作業はストップさせ、外食もせず、歩いたり、市電に乗ったり、バスに乗ったりしながら、鬱で寝転んでいる坂口恭平を横目に、二人の子どもをしっかりと育てている我が菩薩であるフーを祝うために、今日は何か買おう！」

「えー、私何もいらない。外食もしなくていい」

フーは相変わらずなので、とりあえず僕はアオに旅行に行くぞと小耳に挟ませ、テンション上げさせ、既成事実をつくり出し、「アオとパパで行く」と言い出した坂口恭平を振りほどき、「パパだけとは嫌だ、ママもお願い」というスルー後のバックパスをアオに委ねた。

見かねたフーは、この攻防はよく考えたら、自分が何かを買ってもらえるということなわけで、べつに断る必要もない。今日だけは、坂口家という、躁鬱病の、しかもラピッドサイクラー、つまりしょっちゅう落ち込むこの男を大黒柱とした経済圏の元締めである己を一瞬だけ忘れ、ただ坂口恭平の妻、つまりただの傍観者である自分自身を思い出させたのか、アオが誘うと「あっ、そうだね。行こっと」と準備をし出した。熊本タクシーに電話し、家族四人で午後一二時、熊本駅新幹線口へ向かった。さくらに乗って、鹿児島中央へ。

★

一時間後、早くも鹿児島に到着すると、新幹線口改札に天然パーマでほぼ仏陀かサイババと化しているキチガイ、ゼンが男二人と待っている。

「おーーー！　新政府総理。キチガイ恭平、よくぞ鹿児島へおいでなすった。こちらがカワハラくん。うん、

友達でもなんでもなく、グリーンゲストハウスで今日さっき知り合ったばかりの友達で、駅まで車で送ってくれた優しい人。こちらがチャッピー。僕のトランス仲間で、今日時間があるってんで、一日運転手やってくれることになった優しいトランス野郎。かつ、僕の介護担当です」

そんなわけで僕ら坂口家四人は、狂人ゼンが連れてきたチャッピーという四〇歳の、本職も介護士でありながらゼンの介護もやっているという優しい男性の火山灰がちらほらついた車に乗って、いざ、ってどこへ？

「どこ行くの？」

ゼンが聞く。今日は、僕の鹿児島のもう一人の親友、桝村旅人と会うことになっていたので電話する。

「はいはい、恭ちゃん、着いたの？」

「着いたよ。しかも予定が変更して家族四人で。今日は結婚記念日なのよ」

「ほー、いい話だね。じゃあ、楽しいことしよっか」

「いいね、何？」

「そうめん流しに行くぞ。慈眼寺公園の駐車場に集合ってゼンに言っといて」

そんなわけで、車で二〇分ほど行ったところにある慈眼寺公園へ。旅人も、今日取材することになっている坂口順一郎と、もう一人の男性と三人で来ている。さらに、先日高級豚しゃぶをごちそうになった納豆屋の女社長もやってきた。

「慈眼寺そうめん流し」は、江戸時代から続く、由緒正しきそうめん流し屋なのである。渓流の横で、桜島を模したここだけの特許を持ったそうめん流し器の周辺に狂人だらけが一〇人。そうめん、鱒の塩焼き、鯉こく、うなぎの蒲焼きなどを食べる。千と千尋の世界であった。

興奮したゼンは、そのまま全裸で、日曜日の昼間にもかかわらず、渓流に飛び込んでいった。アオはそれを見て、笑っていた。教育としては間違っているだろう。しかし、人間そのものとしては間違っていないのかもしれない。人間はいつから日曜日などという、あるいは一週間などという日々で生きるようになってしまったのか。

その体たらくは何だ。渓流を見つけたら、飛び込む。これが人間である。ゼンはそう言った。僕も、うん、お前それで間違いない。俺らは人間とは何かを考えながら、日々実践することに人生を費やす運命にあるのだから、やるしかないのだ。やれやれ、もっと。

アオは介護士チャッピーに連れられ、川沿いへ向かっていった。

笑い声が聞こえる。我が娘はやはり目の前ではなく、遠く離れたところからの笑い声が素晴らしいなあ、生きているという感じがするなあと思った。フーは納豆屋の女主人に、九州産の納豆を送ってくださいと依頼している。抜け目なさに磨きがかかってきているな。

★

今日は結婚記念日である。先月『ポパイ』の連載で取材した絶世の美女ヒロミちゃんが近ごろオープンしたお店があるので、そこへ行くことを思いつく。綺麗なお姉さんに出会ってしまったならば、それを独り占めしてしまってはいつものように坂口家では問題になってしまう。そうではなく、フーに紹介するのである。フーとも親しくなれば、僕が恋愛に発展する可能性は明らかに減る。ということで、そこへ行く。

素敵なお店ができていた。フーはそこでヒロミちゃんがデザインしたリネンのノースリーブのシャツを気に入った。一万五〇〇〇円。悪くない。手元の財布にはちょうど一万五〇〇〇円入っていた。なので、記念日ということでそれを購入した。こういうことをやってみると、それはそれで楽しいものなのかもしれない。

僕は買わないし、フーも欲しがらない。それが坂口家のスタイルであったが、たまたま思い出して始まったこの記念日の旅は、なんだか知らぬが楽しかった。家族だけで味わっているのではないからだろう。こういうのは、みんなで祝ったほうが楽しいのだ。恋人だけとか、そういうのが嫌いなのだ僕は、たぶん。すると退屈したアオが、ひとこと言った。

「温泉」

ゼンは待ってました！ と、温泉とそこからのディナーのセッティングまでヒロミちゃんと一緒に組み立ててくれている。ということで、まずはゼン好みの「湯乃山」という温泉へ。

ここがまた狂ってた。入浴料五〇〇円を払うと、なんとなくジャングル、しかもスラム街横のジャングル風の空間が広がる。ゼンに案内され、坂口家は家族湯へ。脱衣所は電気がついているものの、湯のところは真っ暗。そのまま入れと言う。
「気にするな。ぼろいとか、汚いとか、そんなこと気にせず、目を瞑って、とりあえず入れ」と。
で、入ってみた。お湯がとろとろしてて、僕は石鹸でお尻の穴を綺麗に洗ってお湯で洗い落としながら、それでも滑《ぬめ》りが取れないので、ずっと洗い流していた。結論としては、穴に染み込んだ石鹸はもうすでに落ちているはずであるが、おそらくお湯がとろとろしているから、そんな感じがするのだろうということになった。なるほどねと納得していたら、フーも「あなたもなの？ 私もよ！」とでも言っているかのような顔をしてこちらを振り向いた。
建築的にまずいと乗らないアオが、今日はなぜかその汚い湯船に入って、「気持ちいいー！」とか言っている。

本質がわかる女になれ、と願った。アオはそのように旨いものとか、気持ちがいいこととかが好きである。弦も入っていた。

風呂から出て「焼き肉行く?」と言うと、ゼンが「焼き肉ではなく、炊肉ってのがあるのよ、牛ちゃんという店。もう予約してっから」と謎の発言。というわけで行ってみる。

炊肉は、読んで字の如く、オリジナルの鉄板（特許を持っている）で、もんじゃのように炊く肉料理屋であった。これがまじで旨かった。アオがライスおかわりした。五歳児が……。旨いものには目がないアオ。途中から、工場でライン関係の仕事しかすることができないというラインマニアのキチガイ女、ミーがやってきた。この前、一緒にDJ Harvey踊りに行ったが、踊るのが大好きなパーティーピーポーである。ミーも入り、さらに炊き肉を味わう。

ゼンとミーとチャッピーと坂口家四人で、八月、阿久根大島の海に行こうぜーということになった。そこはむかし家族で行って衝撃を受けた素晴らしい場所。西瓜持って家の隣の玩具問屋で巨大な花火買って、島の民宿に泊まって、西瓜割りしようぜーということになった。

子どもがいると、このように何かをしたくなる。それで楽しむのはけっきょく大人なのだが、それでもきっかけをつくってくれるのはいつも子どもである。

★

深夜一二時、ようやく坂口家は熊本駅へ到着した。アオは明日、自転車に乗って幼稚園に行くだろうか。送った後は、僕は精神病院へ定期検診である。こうして坂口家は、八年目が明日から始まる。貯金はフーが確認しているが、まだどうにかいけるぜ、ということだ。

この躁鬱のキチガイを再稼働させ続け、坂口家は生き延びてきた。一週間くそったれ、毎日通勤くそったれ、そんなの人間じゃない。人間は渓流があれば飛び込むんだ。鬱になれば、誰とも会わずに一週間寝込んだっていいんだ。というようなほぼスヌーピーのようなライフスタイルでやってきましたが、どうやら八年目もフーは僕と契約更改を行った。やる気があるようである。

八年目、すぐに新刊『幻年時代』が出る。これは僕にとっては大きな変化なのだ。今までとまるで違う本を書僕はどうすればいいのか。

これがわからない。僕はどのようにあればいちばんいいと思えるのか。それを想像してみたらいいと思う。

まず、いろんなことに謙虚に取り組みたいと思う。土地について気になるのであれば、土地を所有していない世界中の都市へ旅をして調査をしようと考えたい。そんなときにいろんな本を読む必要があると思えば、それらの本を読んでみたい。自分が尊大な態度で臨むのではなく、いつもありがたい気持ちと、自分は無知であっていろんなことを知りたいという意欲を持っている状態。そんな状態が望ましい。

人にも元気であることばかりを伝えようとするが、むしろ人と会うのは落ち着くためだったり、楽しんだり、近況を話したり、人を紹介してもらったり、だとか本当にありがたいものとしてつきあっていきたいのに、僕はいつもそれができない。

そして、すぐに怯える。自分に自信がないことがそのまま見え見えなのである。べつに自分を強く持たなくてもいいのだから、そのままの姿を見せればいいのである。しかし、それができない。そうやってみたいと強く思うのであるが、なかなか今から変えることは難しい。

仕事も家でじっと原稿を書くなんて、本当はあんまりやりたいことではないのかもしれない。しかし、今、自分がいちばん合っているというか、やっていて実現できることといえば、本を書くということなのだとは思っている。それをもうちょっとうまくやっていけないかと対策を練っていればいいのである。

このままだと体にも悪いし、精神衛生的にもあんまりよくない。そして、とても尊大なときか、もしくは自信がないときというように、二つに分かれてしまっていて、本当に楽しくない。

というよりも、つらいときのほう

が多い。もちろん、つらくない仕事なんてないのだが、仕事だけでなく、日常的にも安心できるような状態というのが多くない。いったいどのような状態であれば、僕は安心して生きていくことができるのか。本当にそれがわからない。わかっていない。僕は、いったい何をしたいのだろうか。

❤

夢の状態を描いてみよう。

朝起きる。そのまま起きた後、着替えて、みんなが起きる前に運動をする。そんなにハードでなくてもいい。ストレッチをして、軽く走る。気持ちのよい白川沿いを走る。一時間。毎日行う。走っているときは、変なことを考えない。健康的な気持ちになって、息を吸う。僕はすぐこういうときにまた虚しさみたいなものが襲ってくるのだが、そこは無視して、気持ちよい運動をする。

家に帰ってくる。朝食を食べて、アオを幼稚園に送る。

何か面白いことがないかを考える。つらいことばかり考えるのではなく、リラックスして物事を考える。人のことは考えない。人のことは考えることができない。

これからどうするのか。自分のことを考える。本当に道を追求することができるのかどうか。

それはわからない。僕にもわからない。どうすればいいのか。

❤

何がつらいのか。

子どもがいることがつらい。心の友達がいないことがつらい。僕は孤独である。もちろん、友人はいる。それでも僕は孤独であると思ってしまう。フーは本当に大事な友達である。彼女がいなかったら、僕はもう存在していないだろう。フーがいたからこそ、僕は生き延びることができている。周囲のことなど何も気にしなければいいじゃないか。そんなことを考える。何も気にしなければいいのである。

次は長編をやってみたい。毎日一〇枚。それを三か月毎日繰り返して九〇〇枚。これくらいのことをやってみたいなと思う。そんなことができるのか。果たしていったい、何を書こうと思っているのか。僕にはさっぱりわからない。

そして僕は、自分の仕事に関して、人と話したいとも思わない。べつにそんなこと話さなくていいのである。だから、もっと気楽に適当なことを話せばいい。

といいつつ、もう知らない人と知り合う必要も感じない。とにかく、僕は毎日、持続させることだけを考えるのである。それを実現する。そのことを考えない限り、次はない。

本を書くのなら、またすごいことをつくり上げる必要があるし、電話したり、声を上げたりして興奮するのではなく、自分自身が少しずつ進んでいく必要があるのだと思う。とにかく、まずは書いてみることである。取材などをするのではなく、とにかく書いてみようと試みること。それしか方法はない。今のところ、自分に合っている仕事である可能性は高いのだから。

毎日書く。それしか次の道はない。そのことに気づく必要がある。もちろん書き終わったら、気楽に酒でも飲みにいけばいいのである。でも、まずは書くこと。書くことでしか僕は社会と関われないのだから。そのことに自信を持てばいいのである。悩む前にとにかく書くこと。家族との時間はそれ以外の時間で見つければいいのである。そして、僕の仕事のパートナーとして、妻にはちゃんと相談に乗ってほしい。それは思う。とにかく、書くのだ。それしか方法はない。

毎日、時間を決めて、書く。あとはゆっくりする。家族との時間にする。散歩をする。

たまにはどこかに行く。そうやって時間をつくり出す。それは僕がやればいいのである。自分で時間をコントロールする。周囲の反応などを通り越せるように、ずっとずっと重要な仕事をやり続ければいいのである。

❤

躁鬱病であることなど、通り越していくような仕事をしたいと思う。つまり、もう外に出る仕事はしなくていいのかもしれない。そういう仕事ではなく、自分の中で、本を書くという行為だけで、とんでもないところにいく必要がある。そのようなところが変化してくれれば、面白いと思う。もう誰から何を言われてもいいのではないか。そうではなく、自分の仕事をするということ。そのことに真剣に生きずに、何の意味があるのだろうか。

妻とは同じ時間を過ごせばいいし、子どもとも時間をゆっくりと過ごせばいい。そして、人に自分の仕事のことをとやかく伝える必要はないし、自慢もしないでいい。そうではなく、真剣に自分の次の仕事のことに悩み、苦しみ、そして実践して、前に進めばいいのである。それしか道はないのだから。そのことを真剣に考える。何を言われてもいいのである。

実際的に生きる。そして継続する。健康を保つ。それしかないのかもしれない。自分で自分のことを徹底して考える。人に興奮を見せていくのではなく、自分の中で本当に面白いことをしようと考え、それを実践する。もちろん、今すぐそれをやるのは自分としては恥ずかしいかもしれないが、やはり向かっていかなくてはいけないのは、本を書くのなら本当に面白い本を書くということだ。しかもそれを継続していくことだ。つらいことであるかもしれないが、やはりそれは楽しいことなのだ。楽しいことを真剣にやるという行為は、幸福なことなのだ。

くよくよしない。無理しない。怒らない。これをちゃんと守ろう。それを実現してみよう。

いたのだ！　しかも、フーに何度もゲラを見せるタイミングがあったにもかかわらず、やはりフーは一行も読んでいない。俺の超自信作なのに、まるで普段通りである。

いや、それでいいのだ。どうせ坂口恭平は再び奈落の底に落ちる。その底に落ちた小銭を、人々は落ちたものとして取らない。普段であればお釣りの小銭は受け取るのに。しかしフーはその小銭を拾う。まだ使えるんじゃないかと試す。

なにが休職だ。なにが障害者年金だ。なにが鬱病だ。そもそも渓流があるのに入らない社会になんか俺はつきあいたくない。俺はいつも動いていたい。虫を見つけたら、それをどこまでも追いかけていたい。時間を飛ばせ、一週間よさらば。この罰当たりのお賽銭の、渓流の底に落ちていた小銭である僕をいつも拾うフーと、とにかくこの社会で試してみようと思う。

僕は試すのが好きなんだ。試すのはいつだって怖いんだ。だから、みんなで集まるんじゃないか。

集まるってのは、強い力になることじゃない、集まるってのは、怖さを自覚しているってことだ。

集まるってのは、だから避難所なんだ。つまり、それは巣、なんだ。

僕は今、「巣とは何か」を追いかけている。僕はおそらく馬鹿だろう。それもなんとなく理解している。でも僕は自分がやってきた仕事を、次の誰かにバトンを渡すみたいな、「違う部署に移るんで仕事の引き継ぎします」とか言いたくない。「わからない」と言いたい。「僕は知らない」と言いたい。「それよりも、そうめん流し、行かないっすか？」と言いたい。

などと思った、よい結婚記念日でございました。キスもせず、足早に記念日は駆け抜けていった。

7月8日（月）

月曜日になったので、アオが目を輝かせながら、寝ている僕の腹に乗る。

「パパ、ウツなおったんだよね？　自転車乗れるって言ってたよね、きのう！」

そうだ、俺はまた充電が完了した。一週間ぶりのアオの送り迎えができるのだ。本当なら一年中したいよ。しかし、俺は社会化された人間ではなく、ただの野生のヒトだ。ホモ・マニック・ディプレッシブだ。だから、三〇日間稼働したら一週間己の原発を一時停止し、脳内という肉体の中の機材調整を行い、稼働目標を少しだけヴァージョンアップしなくてはならない。

しかし、心配するな。日本の原発と同じだ。俺は必ずや再稼働する。一度始まってしまった坂口恭平という経済は止まりはしないのだ。それがいかに馬鹿げている行動だと思われていたとしても、ただ金のための稼働なんだろうと思われても、もしくはバックに強い権力や金を持っているパトロンに囲まれていて実は動けない環境に置かれていたとしても、坂口恭平は再稼働する。

それは必然であり、自然なのだ。自然界に偶然など存在しない。「もしや」など存在しない。純粋な心を獲得し、人々を苦しめるこの己という原発を廃炉にすることなんかできない。

坂口恭平はむくりと起き上がり、アオと手をつないだ。朝イチと言えば、そう、便所である。排泄をしなくてはならない。休眠しているあいだに擬似的に停止していた膀胱が破裂しそう。しかし、突然アオは『よろしくメカドック』の夢幻的な動きをした。スリップストリーム、つまり前方を走る僕を壁にすることで空気抵抗を抑えた小振りの娘という赤い車体が、俺を涼しい顔ですり抜けていった。

俺は娘に負けた。排泄をするものだと思い、ついバルブを緩めていた油断まみれの父親である僕は、負けた。ここはまずピットインする必要がある。立っているよりも、座る必要があった。そこで便所横の我が書斎の椅子、ハーマンミラーの一六万円の安楽仕事椅子なわけなく、二〇〇〇円で購入した小学校の技術工作室の五〇年前の椅子にへたりこんだ。

前を疾走するアオが先にピットに入った。この時間の遅れはあとに確実に響く。ピットインしリラックスしたアオが一言、俺に放つ。

「パパ、拭いて!」

ウォシュレット世代であるアオは朝イチは自分で拭くのではなく、パパという機械が自動的に拭くものだと思い込んでいる。しかし、ここで世代間のギャップなどと口にし、自分のことは自分でやれ、という大人的な言葉を放つことができない坂口恭平には当然理由があった。

鬱期に入ると、食事をするとき以外ほとんど寝ており、ときどき、むらむらと性的に興奮すると妻であるフーを口で呼びつけて、なんらかの行為に及び、アオを風呂に入れることもできないばかりか、弦を風呂に入れることもできず、さらには己は風呂にすら入れず、パンツも替えず、ただ臭い物質と化してしまう坂口恭平をチラ見しているアオは、この俺が社会化された人間ではないことを既に知ってしまっている。つまり、俺は下等なヒトという生物である。

アオには、日本銀行券を使うことは鬱屈した欲望を満たす効能があることを知っているような智慧がもうすでに身に付いている。そんななか、車が欲しいと言えば、段ボールで車みたいなヘボなものをつくろうとする俺はまさにチンパンジーより少し下の生物などと認定されており、俺が「チンパンジーは社会化してしまった人間なんかよりもよほど高尚な生き物だ」などと怒号を上げても聞かぬフリ。というよりもそれは、何もできるはずのないサラリーマンたちが政界の文句をああでもないこうでもないと居酒屋トークしている、そんな人間たちを含み笑いしながら介抱する怪しい心の優しさをもつ自民党議員のようであった。

アオには政治という概念がもうすでにあるのかと絶望した坂口恭平の膀胱はさらに膨らんでいるので、ここはひとつ目を瞑って、アオの排泄後の処理を手伝うことにした。我慢しきれず、足は先日アオと一緒に見たピンクフラミンゴのように片足でえらいことになっていた。それを見ながらアオは笑いながら、もう必要のなくなっているであろう便器にいまだしがみついている。そして、社会っていうのは大事なんだよと言わんばかりに、このただのヒトである俺に、ありがたみを感じなさいというような素振りで便器をゆっくりと譲った。

突然社会に仲間入りしてしまったヒトである坂口恭平は、空腹のあまりスプーンやフォークや箸などの道具を使うことなく犬食いするような格好で、便器にくっついた。そして排泄をし、この世でいちばん俺は幸せな人間なのではないだろうかというほどの、快感を得た。その過程をすべて、妻フーに伝える。

「あなた、鬱が終わったと思ったら、また上がってきたねー。まずいまずい」

僕の新しい発想の提案をフーは無視し、早く朝ごはん食べなさいと言っている。あっ、そうだ、自転車でアオを送らないといけない。

★

幼稚園へ自転車で向かう。アオはこころなしかご機嫌だ。もしかして俺がよくなったことがうれしいのではないかと思い、純朴に子どもの質問をした。

「アオ、もしかして梅雨明け、そしてパパの鬱明けがうれしいの？」

アオは「いいや、全然うれしくない」とそっぽを向いた。ヒトである俺にはその愛情を直接は見せないけど、一緒にいるんだからうれしいに決まっているじゃん、みたいな社会化された雌の人間が使うOTOMEといわれる概念による行動の意味がわからず、俺は怒り出した。

「なんだよ、うれしくないなら、もうここで降りてよ。俺一人で零亭に行くから。アオちゃんは歩いて幼稚園に行ってよ」

つまり、坂口恭平は拗《す》ねた。見かねたアオはただ一言、

「はいはい、ほんとはうれしいよ。もー」

突如喜びだしたサル科の生物で種族はいまだ判別していないホモ・キチガイ坂口恭平は、足に力を入れ、ペダルを漕ぎ出した。

「あっ、アオちゃんのパパ、元気になった！」

と幼稚園に到着すると先生たちの、鬱明けを祝う言葉が並ぶ。

なんて度量のある幼稚園なんだ。あっ、言ってみれば子どもたちも躁鬱の僕となんら変わらないところもあるもんな。そうか、やっぱり先生たちからしてみれば、俺は子どもなのか、とか思っていると、

「あのね、パパ、もういいから、零亭に戻りなよ」とアオが冷たくあしらう。

子どもは俺なのであって、アオは子どもではない。僕は自分自身の生き方に疑問を感じ、それを消し去るために、子どもという言葉を使ってしまったのだ。俺は子どもでもなんでもなくても、ただ俺自身であり、その俺が、ただ故障が多い、不良品の機械なのだと思い、フーに携帯でそれを伝えた。

「もう、いいよそんなに落ち込まなくても、あなたはあなた。みんなはみんな。ヒトと比べないの。みんな違って、それでいい！」

フーは励ましてくれる。なんて素晴らしい生き物なのだ、フーは。フーがいればこの世に躁鬱で自殺するヒトなんかいなくなるのではないかとノーベル賞並みのひらめききを伝える。

「いやいや……私はいのちの電話はやらないよ……ちょっと待ってよ」とフーは大人の判断。

「人間にはやれることとできないことがあるの。でも、ホモ・キチガイの恭平はそのへんをまったく理解しておらず、なんでもやるべきと思ったらやるから故障するのよ。でも、故障していいじゃん、やめなくていいよ。やりたいようにやればいいよ。どうせあなたは躁鬱のAB型なんだから。いっさいヒトの意見は耳に入れることはできず、集団では行動ができず、ヒトの指示で働くみたいなサラリーマン的な、毎日同じ場所に通うなんてことはできないのよ。でもそれでいいじゃん。金がなくなったら、私がゆめマートでレジのバイトするから大丈夫だよ」

菩薩様。私を救ってくれてありがとうございます。坂口恭平には確実に宗教心のようなものが芽生えている。

フーを教祖とした新興宗教のカルト信者である。それでいいと言われれば、それでいいと思ってしまうのだ。なんとなく、世のカルト信者たちが仲間に思えた。

「ヒトから何言われても気にするな。どうせヒトなんか他人のこと心配なんかしないんだから。だから、なんか文句言っているときは自分が嫌なことやっていたり、嫉妬してたり、きっとそんな理由なのよ。あっ、でもそれもつまらないと言っているわけじゃないよ。みんなそれぞれかわいいなって思うの」

フーはいったい何者。

★

アオを送ったあと、精神病院を予約していたことを忘れていた僕は、急いで自転車に乗って青明病院へ。今日の番号札は22番だった。そうか、ニコニコってことか。そこで僕は顔を緩ませて、ニコニコ笑顔で寝椅子に座り、呼ばれるのを待った。

「番号札22番の方、2番の診察室へどうぞ」

院内放送が流れ、僕はその真っ白い廊

下の奥から二番目の診察室へと入る。

「……それで、どうでした今月は？」

僕はまた三〇日間の創造集中時代、その後の七日間のアイソレーションタンク状態が三か月連続で回ってきていることを正直に伝えた。

「やっぱ、サイクル早いね。でも鬱が七日間だったら、ま、いっか」

「死にそうですけどね。『死なない』とノートに書いてるので、それをずっと眺めてます」

「(笑) いいね！ 最近はまた創造的にはすごいんですか？」

「はい、やっぱり七日間の鬱の後にはとんでもないインスピレーションが襲ってきます。今は文字です。何万字でも一日に書けます」

「死なきゃなんでもいいよ！」

「神田橋條治先生とか知ってますか？」

「はい、知ってはいるよ。あのヒト独特だもんね」

「はい、鬱のとき、あのヒトの語録でけっこう救われますけど。ネット上にPDFで上がっているんですよ」

「へー、躁鬱の取材を坂口さんがやったらよさそうね」

「中井久夫さんは知ってますか？」

「知ってるというか、働いたこともあるわよ。浮き沈みあるよね。あなたみたいに」

「そうなんすか？ だから、躁鬱の気持ちがわかるんだ……」

そんな会話をしていた。躁鬱の本を書きたいと思っている。フィールドワークをしたいのだ。俺の病気の話なんか書きたくないけど、どうすれば死なずに済むかってのをいろんな先生や患者たちに取材してまわるのは面白そうだ。

薬を受け取ると、薬剤師から声を掛けられた。

「坂口さん、今月末にアメリカに行かれるそうですね」

「はい」

「サイレースという睡眠薬はアメリカでは覚醒剤のようなものと捉えられていまして、持ち込みが制限されてます」

「まじっすか。俺、そんな薬を毎日飲んでるんですか？ ポン中ってことですか？」

「ま、そういうことになりますね (笑)。アメリカは医療大麻がありますもんね」

「じゃあ、この薬は持ち込まずに、サンフランシスコではハッパでも吸っとけってことなんですか？」

「ほほほ」

変な薬剤師であった。その後零亭に帰り、うどん屋の「のざき」でフーとランチデートして、アオを迎えにいって、アオから賄賂を渡され、蜂楽饅頭の絶品かき氷を食べ、向かいの長崎書店で開催されている林明子エスキース展を見て感動し、涙を流し、家に帰ってきた。

とりあえずまた次のターンが始まったようだ。

7月9日(火)

朝から自転車でアオを幼稚園へ。送ったあと横の零亭で仕事をする。今日も原稿執筆。朝から何やらインスピレーション。人間は自分がやっていることが間違っていないとすぐに誤解するので、進んできた道をついまっすぐ、その道の延長線上を歩いてしまう。そこから離れるのが怖くなる。というか、実はただ面倒くさくなる。しかし、新鮮だったその道が面倒くさいように感じるようになるということは、つまり、退屈している。死にそうなくらい退屈している。

僕もそうだった。これまで路上生活者の家を調査して0円ハウスとして発表すれば、路上生活者の家についてばかり取材を受けたり、仕事の依頼が来たりして、とにかく退屈する。だから絵を描き始めた。初めは「俺、こんな具合で大丈夫なのかな？」と不安になった。それでも退屈よりかは幾分ましだった。そうやって変化してきたわけだが、『独立国家のつくりかた』が、これまでの執筆生活の中で最も多い六万部も売れ、もしかしてこのやり方で間違っていないんじゃないか、このまま進めば面白いことがもっとできるんじゃないかと思った。つまり、油断した。

しかし、坂口恭平という機械は嘘をつかない。そこがいいところだと今では理解できるが、そのときは苦しんだ。つまり、すぐに鬱に入るのである。退屈になっていくのである。もちろん、書いたものには自信がある。でも、それを引き延ばしたところで、末路は見えているのだ、もうすでに我が目の中に。見えていることをやるのは簡単だ。しかし、簡単なことは面白くないのである。人間とは複雑さを愛する生物だ。

零亭の庭に繁殖している昆虫のハンミョウを見ていると、四方八方完全にフラクタルな飛び方をしている。だからおそらく虫は複雑な人生を歩んでいるのだろうと予想できるのだが、いや、人間だって負けじと複雑なのだ。だから簡単なこと、つまり手が記憶しているために無思考で行える行動ばかりしていると死にそうになるのである。

死にそうな人の話を聞くと、たいてい簡単な思考になっている。僕もそうだ。複雑さが不安で怖くて手を付けられないのだ。今いる場所が退屈で死にそうなのに、それに気づけないのだ。それが坂口恭平だ。

しかし、俺は諦めない。諦めなすぎの、伝えすぎであると母ちゃんにむかしから言われ続けている坂口恭平は、諦めない。だから鬱になるのだ。鬱とは「新しい花（アディスアベバ）」を咲かせようと、やはり再び思ってしまうその蕾《つぼみ》なのだ。蛹《さなぎ》なのだ。虫は蛹でいるあいだ、その殻の中で液状化しているという。それくらい僕も溶けている。俺のベッドで溶けている。歯磨きもできぬほど溶けている。退屈さに輪をかけて忘我の状態に達している。しかし、そこから抜けるんだと勇気を持つことを決める。

勇気とは自然に湧かない感情である。本能を忘れてしまったと思われたり、書かれたり、言われたりしているヒト科ヒト亜科の動物である人類が、本能に気づく出会い、それが勇気なのである。

「そうか、僕は空を飛ぶ鳥と同じだったのか」

イカロスはそう思って飛んだ。つまり人間にとって勇

気は、本能そのものではない。本能を再び、つまりあの幼年時代を再び取り戻そうとする人間の手で新しくつくられる、動物へ向けての橋なのである。

イカロスは失敗した。そう、勇気を使っても失敗することはあるのである。それがたとえ本能の近似値であっても。いや、本能によって逃げ惑う蚊を掌で潰した僕は、その潰れてしまった、いや殺してしまった蚊を眺めながら、この蚊もおそらく本能のままに逃げようとしていたのだろうが、それを勝る殺傷意欲に燃えた人間である僕に殺された。

本能で動こうが、死ぬこともある。つまり、勇気を振り絞って動こうが、失敗することもある。あれ、やっぱり不安だ、怖い。勇気を振り絞って行動したとしても失敗するのであるならば、俺は動物になることを拒否する。社会という妄想に化かされた人間という動物を忘れた生物になる——などと逡巡する。

苦しい。けど、やっぱり楽しいことやりたいじゃん、みたいな軽さで、最後は乗り越える。そんなとき、いつも僕はなぜか次へ行くためのインスピレーションが落ちてくる。空から振ってくる鯛《たい》を桶で受け取るみたいに。いつもぎりぎりではある。しかし、ぎりぎりのところでいつも出てくる。だから心配することぁないよ、とはフーの言。

フーは特段強い女というわけではない。しかし、坂口恭平を盾としたとき、とてつもない力を発揮する。そんな坂口家という構成員を含めて、坂口恭平という人間なのだ。人間というよりも巣なのだ。坂口恭平そのものが巣なのである。

★

そんなイメージを元に、僕は『幻年時代』を書き始め、一週間で書き終えた。『独立国家のつくりかた』は、躁のときにタイトルが浮かび、その後鬱に陥り、明けてアルゴリズムがヴァージョンアップされて執筆が開始された。

それらはいつも延長線上にはない。むしろ壁抜け男のように、その世界の常識では壁として屹立している不可能な行動が実現された瞬間に訪れる。つまり、そのレイヤー上では発見する方法論すらない。しかし何かのとき、つまり鬱でひどく苦しみ、突如の絶望によって目の前のレイヤーがすべて暗闇となった後の晴れ間に、それは潜んでいる。

だから僕はここから抜けられないし、抜けたとしてもそこで待っているのは退屈である。「夢は持ちたくない。夢そのものとして生きたい」と子どものような考え方で生きている坂口恭平は、退屈が嫌だ。

だから僕は今日もまた躁として羽ばたき、鬱として潜る。「落ちる」のではなく「潜る」と言い換えるのだ。

ワタリガラスとなる。神話の一部となる。そのとき世界がぐらつく。そこに勇気を振りかけるのだ。

闘え、いざ行け、坂口恭平。そのようにして自由戦士としての生を全うするのだ。

人々は暗闇の世界があることを知り、さらに強い光を人工的につくり出そうとしている。そうではない。煉瓦《れんが》壁をすり抜けるのだ。壁抜け男としての坂口恭平は、レイヤーを飛び越えた先に巣を発見した。

僕はまた壁抜けを試みなくてはいけない。それはプロ根性でもなんでもない。ただの己の逃走なのである。

7月10日(水)

朝から原稿を書いてたら、フーが寄ってきた。

「恭平、あのね一つ提案があるんだけど……」

「なになに？　今なら調子がいいからなんでもやってあげるよ！」

「あのね……」

「うん？」

「今、あんた幸せでしょ？」

「うん、まさに幸福の塊だね。むしろ幸福そのものかもしれないね」

「でもね」

「うん？　なんだか変だよ、最愛の美人妻フーちゃん！」

「つい五日前くらいまでは、死にたいって言ってたの覚えてる？」

「……うん……そうだね、言ってた。でも、感情の記憶がないから、言ってたことは記憶しているけど、なんで言っていたのかはわからない」

フーはがくりと肩を落とした。

「で、提案があるんだけど……」

「うん！　なに？　なんでもやるよ！　俺は！　やるよ！　できる男だもん！」

「鬱で死にたくなってしまっている可哀想なもう一人の恭平くんにお手紙を書いたら？」

「……なるほど」

「鬱のときには、今の躁の恭平がいなくなってしまうのよ。『覚えてる？』って聞いても何も覚えていない。『俺は生まれてからずっと不幸だった』って言うのよ」

「（笑）……最高だね、そいつ。名前なんて言うの？」

「恭平」

「えっ!?　一緒の名前なんだ？」

「坂口恭平、あなたよ。ばか。また馬鹿にしてるんでしょ？　そんなこと鬱の恭平はしないわ。あの人は死にたくなって暗いけど、本当に純粋ないい人なの」

「お前、もしかして俺よりも、そいつのことが好きなのか？　この不倫女！」

「不倫はお前だろ」

坂口恭平はフーから頭を叩かれた。そして、鬱状態のときの坂口恭平のために、手紙をしたためることにしたのである。

鬱の恭平くんへ　二〇一三年七月一〇日

君にはまったく理解ができないかもしれないが、私は今、とてつもなく幸福である。それが躁状態の坂口恭平の気分なのだ。君はきついよね、わかるよ。本当はわからないけど。なぜなら躁と鬱とでは坂口恭平は二手に分かれており、現実に起きた事実の映像自体の記憶は等しくあるけれど、そのときの感情が完全に二つに分裂している。つまり、鬱の君には今の私の多幸感はまったく理解できないだろう。

鬱の君はいつも友達がいない、才能がない、金がない、小さいときからずっと悩んでいた、人と心を通わせられない、などと嘆いているとフーから聞いたよ。それはただの鬱の症状なんだ。君の性格や生き方や精神の問題ではないんだ。そこをまずは落ち着いて理解してほしい。

つまり、今、超死にたい気持ち満載なのは理解できるが、やめたほうがいい。金物屋で買ってきて机の引き出しに隠している工事用のロープを今すぐ捨てるか、他の有効なことに利用することだ。首つりと決めているということもフーに言い放ったらしいが、配偶者しかも天下のフー様にそんな「死ぬかもしれない」などという脅し（いや、脅しじゃないのはわかってるよ）みたいなことをしないでほしい。

二人でフーを守ろう。フーは我らの神だ。しかし、神でありながら、人間の体を持っている。つまり、彼女には神でありながら死の可能性が包含されている。だから、躁のときは俺がとにかく金を稼いでおいしいごはんとか食べさせてあげたり、かわいくてセクシーな服とか買って、アオの送り迎えを毎日して、アオと弦の両方をお風呂に入れる日課までやっておくから、君はとにかく寝てたほうがいい。フーには、君がしたいと言ったときにはなんでもしてあげるようにとお願いしたから（頻繁に行為に及ぶのは疲れるので、君を果てさせるだけなら、どうにかいいよと言ってた）。

君は不幸かもしれないが、僕は幸福だ。幸福という塊をしっかりと両手でつかんじゃっているんだ。本当に君には信じられないだろうが、そんな坂口恭平も存在するということを、理解するのではなく、この文面だけをとにかく読んでくれ。そして、伝えたい。

「とにかく希望を捨てないこと」

死なきゃなんでもいいよ。どうせ前回も前々回も前々々回も、約一週間で鬱は抜けている。毎回同じというわけではないから、今回も一週間じゃないかもしれないけれど、今までのことを学習して、まずは一週間は何もせずに寝てよう。死にたくなっても、そこをぐっと我慢しよう。死にたくなったら、中島らも先生の言葉を思い出すんだ。

「死にたくなったら、明日死のうと思って、先延ばししろ」

とにかく無駄に動かないでいいから。寝てて。でも、わかるよ。毎日寝ているのはつらいよね。退屈だもんね。ついついネットで「躁鬱病　克服」とか「躁鬱病　原因」とか調べてしまうよね。「躁鬱病　芸術家」と調べて、名だたる芸術家たちが同じ境遇に置かれていることを感じ、自分もどうにか選ばれた人間であるかもしれないなどと淡い希望を抱くよね。わかる。でも、携帯充電したままベッドで検索し始めると疲れるし、ろくなことにならないし、けっきょく苦しくなるだけだから、その一週間はネット禁止でお願いします。

それだとさらに退屈だもんね。本を読むのもつらいしね。ＤＶＤもなんとなく不安になるよね。そこで、漫画はどうかな？　と思うんだよ。君の介護者であり、僕の担当編集者の梅山って男は知ってるよね？　彼は漫画のことなんでも知っているから、長くて、そこまで小難しくなくて、それでも何かを探求しているような類の漫画を教えてくれって電話してみよう。そして、その漫画を買ってもいいように、フーには伝えといたから、アマゾンで注文しよう。本屋に行きたくないのもわかる。人に会えないもんね。会わなくてもいいから。フーの手伝いもしなくていいってフー様は言っているから。アオの送り迎えも親父に一任しよう。

外にも出なくていいよ。どうせいつか出たくなるから、出たいと思うまで出なくていいよ。トークなどのイベントもとりあえず一週間分はすべてキャンセルしていいから。キャンセルは自分でしなくていいよ。梅山が全部やってくれるから。大丈夫だ。君はただ寝て漫画でも読んでいればいい。

失敗に見えているものはすべて、どうせ躁になったときに僕が取り返すから、何も気にするな。僕を頼ってくれ。その代わり、君がそこで海底まで行ってくれないと、次の着想がないんだ。次の本を書くためにも、君は落ちなくてはいけない。だから、僕は君にお礼を言いたい。本当にありがとう。そのような創造の苦しみを一手に引き受けて。僕は創作をしているときにいっさい迷いがないんだ。それもすべて君のおかげだから。君が突如の絶望、意味のわからない、永遠と思われるほどの苦しみを背負ってくれるからこそ、僕が新幹線のようなスピードで創作に打ち込むことができる。

つまり、僕と君は分裂しているかもしれないが、作品の中でだけ一体化しているんだ。僕と君の共同制作、なのではなくて、僕と君、その統合そのものが作品なんだ。それが言葉となって人々に届くんだ。苦しいかもしれないけれど、たまには夢も抱いたりしていいよ。その夢は君の助けにはならないが、僕の発想にはなるんだ。

　そうやって一週間経ったら、おそらく外に出たくなっていると思う。いつもの場所には行かないように。前回は新宿、前々回はドイツ・ワイマールと僕は外に出て行った。すると治っている。つまり、行ってみたい、遠くの場所へ旅をするんだ。日帰りでいいよ。それでも観たことがない、そして周辺に知り合いが誰もいないところへ一人旅をしよう。そのときはきついかもしれないが、帰宅してフーと抱き合ったとき、少しだけ体が軽くなっているのがわかるはずだ。

　それではまとめるね。

❶駄目と思ったら、すぐに関係者に伝える。
❷一週間はかかるからまずは一週間分全部仕事をキャンセルする。
❸寝てる（漫画を読もう）。
❹ネットはしない。
❺死にたくなったら、らも先生のあの言葉を読んで死を先延ばしにしよう。
❻一週間経ったら、外に一人旅。

　それでいってみよう。僕は今、たしかに幸福であると実感している。だから心配しないでね。坂口恭平にはそういうときも訪れるから。必ず。それでも僕は、君が現れたときはいつも不幸を感じていることに同情する。そして、いつか君も幸福を感じてくれればと思うよ。

　僕は君のことが好きだよ。フーも君のことが好きらしい。この三角関係って不思議だね。僕は君とフーの交わりに嫉妬したりもしているんだ。ま、それはいいや。それではまたね。健闘を祈る。

――躁の坂口恭平より

絶えず絶えず苦しみが襲ってくる。そして、それらはまったく可変不能なように感じられる。いったい僕はどこにいくのだろうか。どこかに所属したいという思いが強い。しかしそれを言うと、フーは笑うだろう。

「あなたはどこにも属したくないのよ」

属したくないわけじゃないのだ。そうではなく、所属することができない人間だから、できないと思っているのだ。しかし、それが僕の人生である。それは避けられない。

いったいどうすればいいのだ。

❤

僕は路上生活者の調査から始まった。そこから、新しい建築の在り方を探るという生き方をしようとした。『0円ハウス』を出版し、海外では現代美術の世界へ向かう。そこでもうまくいったが、それでもやはり、自分は違うということを思った。もうそれを笑えばいいのではないか。僕は、真面目に生きることができない。かつ、適当に生きれない。

駄目だったんだと、もう開き直ればいいのではないか。何をやっているのかわからない。でも、楽しい。それでいいのではないかと思う。

一貫性を持とうと思うから、うまくいかない。一貫性などない。僕はいつも困ってしまう。そうではなく、悩む方向ではなく、もっと自分が気楽にいれる状態をつくろう。

かといって、悩んでいるのはこの時期だけといえばそうなのだ。この時期を抜ければ、また嫌な気持ちがなくなる。先日もスタートは、一緒に帰っている途中でアオが行きたいと言った公園での遊びだった。その前に、原稿が書けなくなった。

なぜ、ここまで苦悩するのか。僕は苦悩しないで生きることができないのか。いや違う。鬱状態でなければ、僕は苦悩していないのだ。それを理解しよう。鬱状態でいること。それだけが僕を苦しめるのである。そうじゃなく、元気なときもあったから、今まで仕事ができているし、それで仲間もできている。だから今、鬱状態に入っているとしたら、何も考えずに、ただひたすら茫然とすればいいのだ。

「どうしてこんな状態に」などと思わなくていい。今までのことを悔やんでも仕方がない。今までも、そうやって生きてきたのだから、それは肯定も否定もせずに、そういうものだと思っていればいい。

そして、僕は考えていることがひたすらに変化する人間なのだ。それでいいじゃないか。そういうものなのだ。僕にとっての状況が唯一、自分にとっては当然の結果なのだ。人のことは想像できない。人とは違う人生かもしれないが、僕はこれしかできない。そして、僕だけができていることもある。だからそれでいいのだ。自分のことを認めてあげよう。

気分が上がらないときは、無理に行動せずにゆっくりしていればいい。そして、調子が上がったときも、あとで困らないようにすればいい。変化する人間なのだ。それをちゃんと認めればいい。

僕は考え方すら変化してしまう。それでいいのだ。それが悪いなんて、その今の社会の考え方に当てはめて考えても仕方がない。もちろんそれは人に誇れるような考え方ではない。それでも、生きていていいのである。

自分は無茶苦茶である。しかし、その無茶苦茶でも生きていていいのだ。考え方がころころ変わる。興味本位に生きる。それが僕のやり方だ。それでしかない。それは深刻な問題でもなんでもない。それでいいのである。でも、それがきつい。

❤

僕の憧れる人生とは何か。それは移ろわない心をもって生きるということだ。

しかしこの時点で、僕はその憧れる生の可能性はほぼゼロになってしまう。だから好きに生きればいいのだ。アオがもっと遊びたいと言えば遊んであげればいいし、仕事で無理なら無理と言う。周囲の人とも適度につきあい、仲のよい人間とは楽しく遊ぶ。フーが楽しめることをやってあげたい。そして、僕は自分のやるべき仕事にただひたすら向かっていきたい。

今、それがある意味ではできているのだ。それが可能になっている。だから、もっと突き進めばいい。もちろん、そんなに簡単にはできない。それは何の仕事をしていても同じである。安定することなどありえない。

もっと諦めればいい。悩むことを解き放つ。もうなんでもいいとちゃんと思えること。そうしたほうが楽しくなるはずだ。駄目なら駄目でいい。人にいいところばかり見せるよりも、しっかりと苦しんでいるのはいいことだ。苦しめばいい。だからこそ、いいものができる。そうなっているのである。

❤

前回の鬱明けは、本当にリラックスができた。執筆の中で狂えばいいと思えたのは、本当に大きな体験だったと思う。しかし、このあまりにも変化する生き方はやはり相当のプレッシャーがかかってくる。だから落ち込むのも当然である。元気なときに人生を楽しみ、元気がないときはないなりにやり過ごす。これをもっとちゃんと実践していかないと駄目かもしれない。

今は試練のときである。しかし、

それでも自分の力は評価されている。されすぎているくらいだ。自分が納得できることをやっていけばいい。諦めたら終わりである。諦めないこと。どんなときでも、どんな絶望の最中でも、絶対に諦めないこと。それを決めるのだ。それを決める。食えなくなったら、どこかに勤めればいい。それでいいのだ。

今、現実の世界を書こうとしすぎているのかもしれない。それなら、どこにもない。どこにも存在しない完全な創作の世界を創出したほうが面白いかもしれないと思う。それもやってみればいい。今、自分は何かこの道一筋なことをやろうと試みているが、おそらくそれは無理だろう。僕はああでもないこうでもないと言って、また道を変えるのである。むしろ、それ自体を認めてあげたほうがいいと思う。もしくは書くという行為だけはちゃんと定点にしておいて、書く内容をいろいろと変えてみるとか。

『幻年時代』は自分としては納得いくものに仕上がったと思う。それは今までのつながりを持っているものでありながら、同時に今まで考えたことのないものであり、自分としては予想をはるかに超えた仕上がりだった。

とにかく、書く。この行為だけは自分が実践できていることであり、それ以外にできそうなことがない。だから、それをどんどんやればいいのだ。

でも、僕は本当に躁状態に入ってしまったら、それはそれで変な方向へ向かうから本当に嫌だけど。面白いこともいっぱいあるけどね。こういう人間でも突き進める道があるということを示していこう。

僕が憧れた人、それはみんな作家である。南方熊楠も中沢新一もポアンカレもレーモン・ルーセルもジャック・ケルアックも鴨長明も。だから、僕も書けばいいのである。

「これでいいかな？」

「(笑)……、いいんじゃないかしら。さっ、台所の私の銀箱から封筒を持ってきて」

「はい」

フーに言われるままにかわいい水色柄の紙封筒を持ってきて、三枚に綴ったその手紙を封筒にしまった。するとフーはスティック糊で閉じ、「私が保管しておくから」と言った。次に鬱になったとき開こうということだ。フーは僕の分裂をどのようにして統合させるかのアイデアマンだ。僕はフーのことが好きだと思った。

「成海璃子さんが対談をしようって言ってくれて……雑誌の『SPUR』で……」

「へー、いいじゃない！　また変な気にならなければいいよ」

「僕、テレビを見ないから成海璃子さんを知らなかったんだけど、グーグル画像検索してみたらとても素敵な人だったの」

「そうよ、すごい綺麗な人だよ。……っていうか、あなた頼むよ。ちゃんと対談をしてくればいいんだから。また勘違い野郎になったら承知しない、というかもう次はない……よ。もう離婚だよ」

「それはまずい。フー様、あなたは私の神様なんですから」

「ならば、真面目に仕事をしなさい。べつに私は、他の女性と一緒に食事したりするなとか言わないでしょ？」

「うん、言わない」

「それなのに、あなたがついとか言っちゃって、躁状態に身を任せて、盛り上がっちゃったりするからおかしなことになるのよ」

「なるほど、フー、お前なんだか冷静で明晰だね」

「何イッテンのよ。フッー！　フッー！」

「はい、わかりました。じゃあ、この対談の仕事は受けていいってことですよね！」

「いいよ」

フーは溜息をつきながら、「鬱のころの坂口恭平はかわいいのになあ」とぼやいた。僕は嫉妬の念が湧いた。僕は鬱の坂口恭平くんを殺すしかない、とまで突然何を思ったのか、思ってしまった。しかし、それでは作品に味わいや、揺らぎ、深さがなくなってしまう。それはまずい、僕はその殺意をさっとしまい込み、『ライフ・オブ・パイ』という映画を観た。

『幻年時代』みたいな映画だった。メタファーが多すぎるような気もした。僕はメタファーを好まない。必要ない。僕は生きながらの分裂を統合することに必死で、暗喩や伏線をつくり出す暇がないのだ。

フーは僕が借りてきた映画が好きだ。フーは自分で選ばない。

フーはいつも僕の横にいる。

まるで空気のように。

そう思っていたのに、鬱の坂口恭平のことも好きだというフーを、僕は高校時代につきあっていた女の子に抱いた嫉妬のように、すごく単純な感情で、鋭く見つけた。

7月11日（木）

朝から自転車でアオと幼稚園へ。零亭で『ポパイ』の原稿を仕上げる。『幻年時代』が完成して見本が上がってきたと、幻冬舎担当の熊本出身の竹村さんから喜びの電話。うれしいことだ。やっと、昨年の夏の終わりから始まった、長すぎる躁鬱の津波が抜けたような気がした。今死んだとしてもそれはそれでよかったなあと思った。もちろん、僕はすこぶる元気なのである。鬱の僕としては悲しいことに！　躁の坂口恭平としては当然ながら！

七月一一日に『幻年時代』が完成したというのも、なんというか符号のようにも見える。今書いている本が、『711』というものなのである。不思議だ。さらに、先日は講談社の川治豊成と『独立国家のつくりかた』以来の新しい仕事をしようと決めた。なんというか、新しい僕の人生が始まる日。それが七月一一日のような気がした。

《近々雑誌仕事》

・ポパイの絵
・ポパイ特集用の地図
・ポパイ特集用の原稿　一〇枚
・鼻糞と接吻　次回原稿

・ポパイ連載次回
・翼の王国　三〇枚
《長編》
・711　五〇〇枚?
・Layer/Lair　現代新書　三五〇枚
・坂口恭平日記　六五〇枚（もうすでに書いた）
《短編》
・伯林記1　躁鬱の彼　推敲　六〇枚→四〇枚に削る
・伯林記2　世界一周0円の旅
・伯林記3　リベスキンド
・交差点　悪魔に魂を売りにいく話
・MERCY　母親殺しの話
・天下一　二五〇〇円　競い合うアートコレクターの話
《企画連載アイデア練り》
・BAUをめぐる冒険→翼
・躁鬱をめぐる冒険→?
・忍者をたずねて三千里→?

このように、これからの自分の仕事をまとめる。僕は自分自身をグラフや表や思考都市として描かないと、まとめることができない。なぜだか知らないが、書かないと駄目なのである。だから紙に、「これからの僕」というテーマで書いていた。なんだかすごい分量である。しかし、それをやれると思えるのがこのときだ。このようにまとめると、すごくすっきりするのである。

そんなとき、雷鳴が僕の脳天に落ちた。

一人の人間を思い出した。二〇〇九年に一度会ったことのある編集者、医学書院の白石さんである。医学関係のことを担当しており、僕の躁鬱病の当事者研究のような本を出さないかと数か月前か一年前ごろか忘れてしまったが、お手紙を書いてきてくれた方である。そのとき僕は、「当事者研究というものが躁鬱にできるわけがない、躁鬱は内省ができないのだ、だから無理かもしれない」と伝えたように記憶している。

しかし今、メモ書きの《長編》の項目の「坂口恭平日記」と《企画連載アイデア練り》の「躁鬱をめぐる冒険」のタイトルだけがつながり、坂口恭平日記を当事者研究というか、当事者の手記、当事者による操縦の苦闘、飛行機を操縦するための説明書、もしくは映画『酔拳』のように操縦できるようになるまでのビルドゥングスロマン、グッピーの飼い方、花の育て方……、そのようなイメージがつながっていった。そして僕の中で、世界のどこにもないけれど、本が読めない僕でもつい興奮して読んでしまうようなそんな読みたい本、が浮かび上がった。

そこで医学書院に電話をして、編集者の名前を伝えた。彼はそこにはいなかったので、伝言を伝えた。「天命がようやく下りました」と。

すぐに白石さんから電話がかかってきた。

「とうとう来ましたか！」

「はい、下りてきました」

「で？」

「坂口恭平日記を読んだことありますか？」

「いえ、すみません、最近ネットから離れておりまして」

「じゃあ、すぐにメールで四月からの六五〇枚の原稿を送りますので、読んでください。当事者研究の枠からはハミ出ておりますけど、むしろ当事者研究というよりも、ただの『当事者』みたいな原稿になっていると思うんです」

「わかりました。読んでみます」

今とりかかりつつも、短編をあと数本書き上げないと終えることは不可能であると梅山に断言されている長編小説『711』。そして、数日前に天命が下り『独立国家のつくりかた』担当編集である川治豊成に伝えた書き下ろし新書。そして四月からせっせと書き連ねていたこの六五〇枚の坂口恭平日記。この三つの長編が次の僕をまたつくるのかもしれない。

僕には先がまったく読めない。ただの冒険である。やるしかないのである。というよりも、やらない人生は退屈で死にそうなのだ。おそらく、僕は執筆を止めたら、死ぬだろう。死なないために書き続けるしかないのである。

それは今だけ感じることができるのであるが、幸福なことである。僕は幸福ということを、鬱の坂口恭平に伝えるために動いている。いつもそれは裏切られるが、きのうの手紙が何か口火を切ったような気がする。

七月一一日。711。僕は新しくできたばかりの『幻年時代』を手に取る日を心待ちにし、これまでの人生とまた別れるというわびしさを感じている。その時間の流れの虚しさに、また、してやられるのだ。そして、気づいたら鬱に入り込むのだろう。運転はだいぶ巧くはなってきているが。

ところがフーはこう言う。

「巧くなってくると、またその巧い自分が、恭平は嫌いだからね。悩むのが好きなんだよ！　たぶん！」

僕はすき好んで、鬱に陥っているのだろうか。そんなことはないはずなのだが、フーにどのように見えているのか知りたいので説明してくれと言いたいが、フーは食事をつくっている。忙しい。二人の子どもができて、フーは少し忙しい。

彼女はプレッシャーやストレスなどを発散することができない、という。というよりも気づくことができないのである。でも僕は、フーが落ちたりしている様子を、一度も見たことがない。イライラしているところも見たことがない。こんな女、初めてである。といいつつも、僕は公称では生涯で二人しかつきあったことがないということになっているので、そんなにケースを知らないわけであるが、フーってもしかしたら異星人なのではないだろうか……と問いつめる。

「そういえば、恭平がさ、むかしホテルで働いているときに、エレベーターでばったり会った女の子に恋をしてしまって、その人に告白したいから私と別れるって言ったときあったじゃん」

「あったね。あ、なんか今、俺この話、失敗してるよね。不要な思い出を……」

「あのとき、こんなに簡単に別れることができてニコニコで、テンション高く話してる恭平を見てびっくりしてると、『おい、フーさん！　地球人！　実はさ、俺、宇宙人なんだよ！』って言ったよね」

「しかも、それをお前信じたよね……。どこ星の人なんですか？　とか聞いちゃってたよね」

「だって、口うまいから恭平」

「口がうまいっていったって、宇宙人であると騙されるってあんた相当すごいよフー。尊敬するよ。伝記にいつか書かれると思うよ。ナイチンゲールやヘレン・ケラーやマザー・テレサのように」

「なんの話してたんだっけ？」

「忘れた……」

「というか、あなた、告白した後、その女の子にフラして、また私のところに戻ってきたよね……」

「その子から、さっきからフーちゃんの話ばかりしているけど、たぶんあなたはフーちゃんのことがやっぱり好きだろうから、戻ったほうがいいよってアドバイスしてくれたんだよ。あの子、本当に優しかったなあ」

なんの話をしようとしていたのか僕も忘れてしまったが、フーは僕に本当の姿を見せていないのかもしれないと思った。これまで尻の穴まで知り尽くしていると思っていたフーのことを、僕は世界で誰よりも知らないのかもしれない。そう思うと怖くなり、僕はフーに抱きついた。

「今料理しているから、アオと遊んでなさいよ」

フーはなぜかくも強いのか。僕はフーの母親などにインタビューなどの取材をする必要性すら感じている。

こうやって躁状態のときはどんどんどんどん仕事が生まれる。もちろん、多くは失敗する。一八歳ごろのとき、一つ下の弟はこう言った。

「おんちゃん、ずりーよなー。おんちゃん、下手な鉄砲数撃ちゃ当たるをずっとやってるもんね。成功多い人っぽく見られているけど」

「白鳥みたいなもんよ」

僕はふっと江戸川乱歩の白鳥の模型の中に裸の美女が入り込み、それで湖の白鳥として棲息している風景などを描いた『パノラマ島奇談』という、僕がいちばん好きな乱歩の小説を思い出した。

あっ、そうだ、僕はそんなところから始まったのだった。

鬱の花が咲いたな。今日は。

早川倉庫で乾杯をした。

あとがき
鬱の花とクレオール

僕の躁鬱の波は当然ながら今もたびたび揺れ動き、突如閃光が走ったように直感が下りてきては韋駄天《いだてん》のごとく世界を飛び回り、そうかと思ってフーがヒヤヒヤしはじめると、知らぬ間に穴熊のごとく六畳間の自宅書斎に引きこもり、絶望の唸りを上げていたりする。

つまりは、まったく治ってません！　治るわけがありません！　仕方なく躁鬱を持った坂口恭平は、己を大自然なのだと捉えることにした。と、かっこよく言っているが、実際のところは、「治す」ということを根本から諦めてしまったわけである。

僕は、人工的に管理できるような、電子機器満載のハイブリット車ではない。年代物のポンコツ車なのである。というよりも、野生の猿なのである。猿だけでなく、野生に生きる自然の動物、植物、大気の動き、天候、それらをすべてひっくるめて、大きな山の麓《ふもと》にジャングルが広がるジオラマでも頭の中で想像しながら、僕は自らを大自然だと思うことにした。

太陽が燦々《さんさん》と照り、花々が咲き乱れ、そのあいだを虫という名の小型宇宙飛行船が飛び交っていると、しだいに入道雲が訪れ、世界はグラデーションを描きながら灰色から真っ暗闇の世界へ突入し、どしゃぶりの雨が降りはじめる。大雨のなか、蝶々はいったいどこに隠れているのだろう。そんなことを思い浮かべつつ、僕はベッドの上でただただ寝ている。いや、寝転んでいるものの、眠れはしない。頭の中ではぐらぐらとネガティブなことが渦巻いてくる。落ち着かず、足をばたばたさせている。フーに助けを乞うことにした。

「鬱のときはいつもそうなってるよ。あなたが駄目になっているのではなく、今はそういう思考回路になっているのよ」

フーはいつもと変わらぬ調子で助言してくれた。大雨のときに裸で海沿いをサングラスをかけながらランニングし、終わったあとにビーチサイドでビールを飲むなんてことを企画しても実現するわけがないのだ。今は暗雲が立ち込め、一寸先が見えないほどの勢いで水の塊が落ちてきている。葉の後ろにでも隠れて、静かに英気を養っておくことしかできない。

躁鬱の僕は、どうにかして客観的・俯瞰的な視点を持ち、躁鬱それぞれの時期に起きるさまざまな現象に対応しようと試みるのだが、これが驚くべき高い確率で失敗をする。言ってしまえば、毎度うまくいかない。自分を管理しようと試みるも、そのつど管理方法や管理環境、管理するために駆使する技術の具合が違うので、いったいどの地点に位置する自分が正しいのかまったくわからなくなってしまうのである。僕の中に定点観測者がいないのだ。

それならば、大自然のままに生きればいい。管理するのではなく、なるがままに生きる。開き直ると問題は簡単に見えた。しかし、人間はやはり完全な大自然ではない。好き勝手にどこにでも寝られる生き物ではないのだ。お金を貯蔵し、所有権を購入し、なおかつ法律に従い家を建て、表札を掛けて、初めて眠ることができる。元々は野生の猿と同じ自然物であったはずなのに。

見せかけの大自然である坂口恭平は、だからいつも困ってしまう。ただ生きて、太陽を燦々と浴びて、そのまま枯れて朽ちるのが本望とは思いつつも、やはり腹の底では、慈愛の精神でもって垂らされる一滴の如雨露《じょうろ》からの人工的作業による恵みの水を欲している。

「恭平、夕食できたよ」

妻であるフーは、僕が躁だろうが鬱だろうが同じように対応する。この女性は躁鬱病というものをまったく理解していない。それなのに、フーから苦情をもらったことは一度もない。僕が暗く沈鬱な状態であっても嫌そうな顔をされたことがない。いつも同じなのである。僕が死にたいと言ったときだけ、「嫌だ」と強く言う。それ以外は、僕は放置される。大自然のままで居られるのはフーがいるからなのである。

自分一人だけで自立していることが求められている社会の前で言うのは恥ずかしいのだが、僕はフーと一緒にいることで、坂口恭平を自立させている。自分自身を見つめ直したり修繕したりはまったくできないが、フーという定点観測者と雑談することで、自分が位置している座標軸を予測することができる。さらには五歳になったアオと零歳の弦もいる。坂口恭平という運動体は、坂口家という集団によって運営されているといえる。

この本の著者は、「坂口恭平」と銘打たれている。もちろん僕が直接書いており、フーは一行もゴーストライティングしていないのであるが、坂口恭平＝著とは、坂口家共同執筆ということである。自分一人で生きていくことができない大自然坂口恭平はとてつもなく頼りないが、おかげでフー、アオ、弦は、とても人間らしく、大きく成長していくのだろうと確信している。

僕が鬱のとき、アオは五歳児にもかかわらず「えーー、またウツなの？」と溜息を漏らすようになってしまった。むかしはそれでも遊ぼうと騒いでいたが、今では僕が「躁になったらどこまでも自転車に乗って遊びに連れていってあげるから、ジジの車に乗って幼稚園に行ってくれ」とお願いすると、書斎から立ち去り、ドアをきちんと閉めてくれるようになってしまった。申し訳ない。

娘、息子に自分のどうしようもないところを見せたくないと泣いていると、フーは言う。

「どうせ隠せないんだから、全部見せればいいのよ。べつに私はなんとも思っていないよ。鬱のときのあなたも悪くないんだから」

僕にはそう思えない。それでも、坂口恭平の一人であるフーが言うのであれば、それもまた一理ということなんだろう。そうやって僕は自分自身の問題を、その他の坂口恭平構成員の言葉や立ち振る舞いを見ながら、解決するようになった。

★★★★

「恭平の中に、二人いることは確認できているのよね……」

フーがある日、呟いた。

「やっぱり全然違うのか?」

理解できない僕は、しみじみとフーを見る。悲しいかな、躁のときには鬱の記憶が完全に取り除かれ、鬱のときには躁の活躍がまったく理解できなくなる。フーから言われて初めて気づいた。

「三人目の坂口恭平が必要だね。今年の目標は、新たなる坂口恭平と出会うこと!」

そんなことを言っていたのが今年の初め。そんななか僕はこの日記を書いていた。とはいっても、三人目の坂口恭平との邂逅《かいこう》など演出することもできず、僕は躁になり、もう二度と落ちることはないと叫びながら、もちろん定期的に鬱になった。

それでもどうにか『幻年時代』という記憶再現装置のような本を完成させることができた。躁鬱の波は恐ろしく、死の危険が常に潜んでいるのだが、鬱の洞窟から無事に抜け出した後には、新編されたアルゴリズムによる活発な創造活動が待っている。これが坂口家を稼働するエネルギー源となる。

トントンと小さなノックの音。ベッドに寝転びながら首だけを上げると、静かにドアが開いてアオの顔が飛び出てきた。

「パパ」

「なに？　パパは調子が悪いから、寝かせてね。今日は鬱の恭平くんのほうなんだから」

「わかってるわかってる。違うの。絵を描いたんだよ。あげる」

アオから、コピー用紙に描かれた絵を受け取る。虹が描かれ、その真下に小さい男の子が両手を上げて笑っている。

「これ弦ちゃん？　アオはやっぱりうまいねえ」

「違うよ。弦ちゃんじゃないよ」

「じゃあ、誰？」

「パパだよ」

「パパ？」

「パパとママが、恭平は二人いるって言ってたじゃん」

「うん。ママには二人いるように見えるらしいね。パパにはわからないんだけど」

「二人じゃないよ」

「!?」

僕は寝ていた体を起こし、アオの言葉に耳を傾けた。

「三人だよ」

アオはそう言いながら、僕が手に持っているアオが描いた坂口恭平を指差した。

「これ、四歳のパパ」

そう言うと、アオは再びドアを閉め、居間へと歩いていった。

躁と鬱。この二人がいる。それはなんとなくわかる。だからこそフーに言われるままに、僕は、躁の坂口恭平から鬱の坂口恭平へ向けて手紙を書いた。

七月下旬、当然ながら再び鬱状態に陥った僕は、フーが入れてくれた封筒を開けて、手紙を開き、読んでみた。笑えてしまうくらい、意味不明の文面であった。

躁状態のままに書いた文章はけっきょく、鬱の僕を一片も慰めてはくれなかった。無理やり鼓舞するどころか、彼は空高く飛翔してしまっており、その姿すら見えない。鬱の僕が読むと、アカの他人が書いた手紙にしか思えなかった。しかも鬱の状況をまったく理解していない人間による仕業だ。躁と鬱おのおので使われる言語は、英語と日本語というくらい構造が違っており、完全にコミュニケーションが断絶されている。会話が噛み合わないのではなく、まったく別の言語なのである。

「三人目は四歳の坂口恭平」

アオの言葉を思い返していると、二つのイメージが現れてきた。

僕はいつもイメージで感知する。なぜなら今の社会で使われている言語の意味で自分を捉えると、単純明快に「ただの病気の人」ということになってしまうからだ。

僕は躁鬱病（現在では双極性障害というわかりにくい言葉で呼ばれている。主治医によると僕は「双極性障害II型」らしい）で、精神障害者で、躁状態と鬱状態という大きな二つの波に苦しむ患者であり、治療にはリチウムなどの気分安定剤が使われ、しかも、なぜリチウムが躁鬱病に効果があるのかは解明されておらず、遺伝である可能性が高い脳機能障害であるが、つまるところ詳しい原因はわかっていない……。

もちろん、現社会での言語表現も僕にとってヒントにはなるのだが、それだけでは心許ない。だからこそ僕は頭に想起されたイメージ、映像、音感、直感などを統合させて——周囲からは関係妄想などとときどき言われてしまうが、そんなことは気にせず振りほどき——新しい独自の言語によって再構築しようと試みる。興味深いことに、この僕の作業が、けっきょくは創作活動へと結びついていく。今、定義されてしまっているものをとりあえず横に置いておいて、既存の言葉を再構成し、浮かび上がってきたイメージを的確に立体的に具現化するために新しい言語を生み出す。これが僕の創作の原点である。

……そうだ、僕はアオの絵によってひらめきが舞い降りていたのだった。それはこんな映像であった。

★★★★

躁状態は、土からむくりと起き上がった鮮やかな緑色の芽である。芽は太い茎となりながら成長していく。「躁の茎」は太陽に向かってまっすぐ、どんな障害があろうともまっすぐ、垂直に伸びていく。茎は柔らかいが、重力をもろともせずに、金属のように硬質に微動だにせずに伸びている。

天高く伸びたあと、成長が止まった。茎の先には小さな蕾《つぼみ》が見える。しかし茎であると勘違いしているその蕾は、さらに太陽に向かって伸びようと試みている。蕾は茎ほどに強くはなく、伸びようと思っても蕾自体の重量もあって、徐々に萎《しお》れていく。蕾は落ち着かない。茎のような力強さに惹かれている。自分が茎とはまったく別種の存在であることに気づいていない。

やがて蕾は完全に疲れ果て、下を向く。茎はぐにゅんと折れ曲がり、蕾は今にも落ちていきそうだ。さらに雨が降ってきた。風も吹く。蕾は雨風によって己の弱さに気づき、落ちないように耐える。やがて、雨が上がった。下を向いた蕾は、地面にできた水たまりに映った自分の姿を見て、自分が鬱という名の蕾であることを知覚し、納得する。その瞬間、蕾は落ちてもいいとすべての力を抜き、「鬱の花」を咲かせる。

イスタンブールのような市場街。青空市場には無数のテントが立っている。さまざまな言語が飛び交い、商品が並べられ、人々が雑踏となって蠢《うごめ》いている。一人の商人が、不思議な色で光る装飾具を持って叫んでいる。躁の坂口恭平である。

そこへ、見たこともない素材でつくられた布を羽織りながら暗くうつむいている寡黙な鬱の坂口恭平が歩いてくる。躁の坂口恭平はそのうつろな姿に見入り、声を掛ける。しかし二人は言葉が通じ合わない。躁の坂口恭平は持ち前の力みなぎる笑顔と立ち振る舞いを駆使して、静かに佇む鬱の坂口恭平を落とそうと試みている。その姿を見た鬱の坂口恭平は、言葉の意味はわからないけれども、躁の坂口恭平のコミカルな動作が気に入り、二人はめでたく結婚をする。数年後、彼らは一人の子どもを授かることになった。その名は、四歳の坂口恭平。

鬱の花とは、僕が作品をつくろうと思い立つときの創造する力そのもののこと。鬱の花が咲く映像の向こうには、人々がひしめくマーケットがピンぼけのまま見えている。商人たちの掛け声が鮮明にこちらに聞こえてくる。躁の坂口恭平と鬱の坂口恭平の混血児である四歳の坂口恭平が、こちらに寄ってくる。次第にピントが合うと、両手で鬱の花を摘み取り、髪に飾り、走り去っていく。そんな妄想の映画の冒頭シーンが浮かんできた。

躁の言語と鬱の言語ではコミュニケーションが成立しない。しかし、言葉など通じなくても、愛は芽生えるし、子どもは生まれるのだ。そうやって混血児は、両親である躁の坂口恭平と鬱の坂口恭平を分断する言語の壁を超えて、さらに詳細な意思疎通を図るために新しい言語をつくる。母語や現地語などいろいろな言語が混ざったクレオール言語のようなものだ。漢字にカタカナにひらがなと三種類の文字を駆使し、どの国の言語にもできないような複雑な感情も表現することができる日本語も、北方の言語と南方の言語が混ざり合って生まれたクレオール言語から発生したという説もあるという。

躁の坂口恭平と鬱の坂口恭平が結婚し、産まれた混血児、クレオール坂口恭平。クレオール坂口恭平が使う言語、それが僕にとっての創造という行為ということなのかもしれない。躁と鬱のあいだに産まれた四歳のクレオール坂口恭平が、極彩色の鬱の花をいくつも髪に飾り立て、サバンナの真ん中で不思議なダンスを踊っている。熱狂しているかと思った瞬間に冷血な顔を見せ、下を向いたかと思うとコミカルな仮面姿で空高く飛び上がる。

クレオール坂口恭平は、いったいどこへ行くのだろうか。僕にも想像できない。本書もそうやって産まれたクレオール坂口恭平の一人である。末永く、生きて続けてほしいと思う。

★★★★

二〇一三年の四月から七月というたった四か月の記録であるが、原稿は膨大になった。ここまで濃密に自分の日常を記録したのは初めてである。日常というか、これは僕からの視点による妄想といっても過言ではない。よく本になったものだと思う。僕のひらめきに、何も躊躇せずに引き受けてくれた医学書院の白石正明さんに感謝を述べたい。ご苦労様でした。

内実は、朝、自転車でアオを幼稚園まで送り、その後、少しだけ原稿仕事を行い、二時四五分になると再びアオを迎えにいき、家に帰ってからはアオと遊び、アオと弦をお風呂に入れているだけである。しかし僕は、ふっと消えて忘れてしまいそうな日々の生活の中に、いつもたくさんの世界が紛れ込んでいるのを確認する。躁状態のときには、さらにそれが増幅されていく。もちろん、僕の躁状態はいいことばかりではない。問題も多い。それでも僕は、躁真っ最中のときに湧き出てくるあらゆる人々、景色、大気、感覚に対する大きな愛情が好きである。

アオが「パパが元気なときはどこにでも遊びにいけるから楽しい」と健気《けなげ》に言うとき、なんともいえない気持ちになる。それは躁だからだよと冷めて言いつつも、やはり僕はアオと一緒に自転車に乗って川沿いを走っているとき、大きな声で叫びたくなってしまうほど幸福だ。アオ、いつも自転車に一緒に乗ってくれてありがとう。

弦も今では首がすわり、なんちゃってハイハイも始めている。これから坂口恭平を稼働させる新米構成員として頑張ってもらうことになる。よろしくお願いします。また僕の仕事も変化していくのだろう。

この本の主役はもちろん、フーだ。本書にも少しだけ登場してくるタンゴが、下北沢であった東京ティンティンの公演にフーをたまたま連れてきて出会ったのが一二年前の二〇〇一年十一月。フーが証言するところによると、そのころからときどきふっと落ち込んだり、突然、今から尾道に行こうと言って「青春18きっぷ」で二人で旅に出たりと、躁鬱の気はしっかりとあったらしい。それでも嫌な顔ひとつせず、いつも笑っているフーはやはり今も僕にとっては謎のままである。

今では、僕の読者から「私は実はフーさんのファンなんです。坂口恭平よりも、私はフーさんのほうが好きなんです！」と熱弁されたりする。フーにそれを伝えても、わっはっはと笑って、すべてをかわす。僕はいつか『伝記フー』を書きたいと思っている。そんなフーに、最大限の感謝を伝えたい。また笑われそうだが。

坂口家一同による「坂口恭平」という家庭内手工業は、もちろん今日も続いている。

いったいこれからどうなるのかわからなくなり、僕はフーのいる台所で嘆く。しかし、フーもアオも、最近では弦までみんなが笑っている。

「パパが動けなくなったら、わたしがゆめマートでバイトするから大丈夫だよ」

フーは屁とも思っていないようだ。

そろそろ時間のようだ。早く寝ないと寝坊してしまう。

ベランダで一服する。空は雲ひとつない。明日も晴れだろう。

絶好の自転車日和である。

フー、アオ、弦の三人は二つの布団に寄り添い合って、まったく同じ方角を向いて、同じ姿勢で眠っている。

坂口家のみんな、ありがとう。

パパは死にません！

二〇一三年十一月一日

熊本市の自宅にて

坂口恭平

著者紹介

坂口恭平（さかぐち・きょうへい）

1978年熊本生まれ。2001年早稲田大学理工学部建築学科卒業（石山修武研究室）。作家・建築家・画家・音楽家。

卒論を元にした写真集『0円ハウス』（リトルモア）がデビュー作。路上生活の達人の生活を記録した『TOKYO 0円ハウス 0円生活』（河出文庫）で注目を集め、その達人・鈴木さんを主人公にすえた実録小説が『隅田川のエジソン』（幻冬舎文庫）。2011年5月に独立国家を樹立し、新政府総理に就任。その経緯と思想を綴った『独立国家のつくりかた』（講談社現代新書）がベストセラーに。2013年に、ワタリウム美術館での展示をまとめた『思考都市』（日東書院本社）、幼年期の記憶をたどった異色の小説『幻年時代』（幻冬舎）、『モバイルハウス　三万円で家をつくる』（集英社新書）など話題作を連続刊行中。

シリーズ ケアをひらく

坂口恭平 躁鬱《そううつ》日記

発行――――――――2013年12月25日　第1版第1刷©

著者――――――――坂口恭平

発行者―――――――株式会社　医学書院
代表取締役　金原 優
〒113-8719　東京都文京区本郷1-28-23
電話 03-3817-5600（社内案内）

カバー本文画・写真―坂口恭平
装幀――――――――松田行正＋杉本聖士

印刷・製本―――――アイワード

ISBN978-4-260-01945-3

坂口恭平躁鬱日記
テキストデータ引換券

◎本書のテキストデータを提供します。
視覚障害、読字障害、上肢障害などの理由で本書をお読みになれない方には、電子データを提供いたします。
・200円切手
・返信用封筒(住所明記)
・左のテキストデータ引換券(コピー不可)を同封のうえ、下記までお申し込みください。
［宛先］
〒113-8719 東京都文京区本郷1-28-23
医学書院看護出版部 テキストデータ係

シリーズ ケアをひらく ❶

下記価格は本体価格です。
ご購入の際には消費税が加算されます。

ケア学：越境するケアへ●広井良典●2300円●ケアの多様性を一望する———どの学問分野の窓から見ても、〈ケア〉の姿はいつもそのフレームをはみ出している。医学・看護学・社会福祉学・哲学・宗教学・経済・制度等々のタテワリ性をとことん排して〝越境〟しよう。その跳躍力なしにケアの豊かさはとらえられない。刺激に満ちた論考は、時代を境界線引きからクロスオーバーへと導く。

気持ちのいい看護●宮子あずさ●2100円●患者さんが気持ちいいと、看護師も気持ちいい、か?———「これまであえて避けてきた部分に踏み込んで、看護について言語化したい」という著者の意欲作。〈看護を語る〉ブームへの違和感を語り、看護師はなぜ尊大に見えるのかを考察し、専門性志向の底の浅さに思いをめぐらす。夜勤明けの頭で考えた「アケのケア論」！

感情と看護：人とのかかわりを職業とすることの意味●武井麻子●2400円●看護師はなぜ疲れるのか———「巻き込まれずに共感せよ」「怒ってはいけない！」「うんざりするな!!」。看護はなにより感情労働だ。どう感じるべきかが強制され、やがて自分の気持ちさえ見えなくなってくる。隠され、貶められ、ないものとされてきた〈感情〉をキーワードに、「看護とは何か」を縦横に論じた記念碑的論考。

あなたの知らない「家族」：遺された者の口からこぼれ落ちる13の物語●柳原清子●2000円●それはケアだろうか———幼子を亡くした親、夫を亡くした妻、母親を亡くした少女たちは、佇む看護師の前で、やがて「その人」のことを語りはじめる。ためらいがちな口と、傾けられた耳によって紡ぎだされた物語は、語る人を語り、聴く人を語り、誰も知らない家族を語る。

病んだ家族、散乱した室内：援助者にとっての不全感と困惑について●春日武彦●2200円●善意だけでは通用しない——— 一筋縄ではいかない家族の前で、われわれ援助者は何を頼りに仕事をすればいいのか。罪悪感や無力感にとらわれないためには、どんな「覚悟とテクニック」が必要なのか。空疎な建前論や偽善めいた原則論の一切を排し、「ああ、そうだったのか」と腑に落ちる発想に満ちた話題の書。

べてるの家の「非」援助論：そのままでいいと思えるための25章●浦河べてるの家●2000円●それで順調！———「幻覚＆妄想大会」「偏見・差別歓迎集会」という珍妙なイベント。「諦めが肝心」「安心してサボれる会社づくり」という脱力系キャッチフレーズ群。それでいて年商1億円、年間見学者2000人。医療福祉領域を超えて圧倒的な注目を浴びる〈べてるの家〉の、右肩下がりの援助論！

物語としてのケア：ナラティヴ・アプローチの世界へ●野口裕二●2200円●「ナラティヴ」の時代へ———「語り」「物語」を意味するナラティヴ。人文科学領域で衝撃を与えつづけているこの言葉は、ついに臨床の風景さえ一変させた。「精神論 vs. 技術論」「主観主義 vs. 客観主義」「ケア vs. キュア」という二項対立の呪縛を超えて、臨床の物語論的転回はどこまで行くのか。

見えないものと見えるもの：社交とアシストの障害学●石川准●2000円●だから障害学はおもしろい———自由と配慮がなければ生きられない。社交とアシストがなければつながらない。社会学者にしてプログラマ、全知にして全盲、強気にして気弱、感情的な合理主義者……〝いつも二つある〟著者が冷静と情熱のあいだで書き下ろした、つながるための障害学。

死と身体：コミュニケーションの磁場●内田 樹●2000円●人間は、死んだ者とも語り合うことができる———〈ことば〉の通じない世界にある「死」と「身体」こそが、人をコミュニケーションへと駆り立てる。なんという腑に落ちる逆説！「誰もが感じていて、誰も言わなかったことを、誰にでもわかるように語る」著者の、教科書には絶対に出ていないコミュニケーション論。読んだ後、猫にもあいさつしたくなります。

ALS 不動の身体と息する機械●立岩真也●2800円●それでも生きたほうがよい、となぜ言えるのか———ALS当事者の語りを渉猟し、「生きろと言えない生命倫理」の浅薄さを徹底的に暴き出す。人工呼吸器と人がいれば生きることができると言う本。「質のわるい生」に代わるべきは「質のよい生」であって「美しい死」ではない、という当たり前のことに気づく本。

べてるの家の「当事者研究」●浦河べてるの家●2000円●研究？ ワクワクするなあ———べてるの家で「研究」がはじまった。心の中を見つめたり、反省したり……なんてやつじゃない。どうにもならない自分を、他人事のように考えてみる。仲間と一緒に笑いながら眺めてみる。やればやるほど元気になってくる、不思議な研究。合い言葉は「自分自身で、共に」。そして「無反省でいこう！」

ケアってなんだろう●小澤勲編著●2000円●「技術としてのやさしさ」を探る七人との対話———「ケアの境界」にいる専門家、作家、若手研究者らが、精神科医・小澤勲氏に「ケアってなんだ？」と迫り聴く。「ほんのいっときでも憩える椅子を差し出す」のがケアだと言い切れる人の《強さとやさしさ》はどこから来るのか———。感情労働が知的労働に変換されるスリリングな一瞬！

こんなとき私はどうしてきたか●中井久夫●2000円●「希望を失わない」とはどういうことか———はじめて患者さんと出会ったとき、暴力をふるわれそうになったとき、退院が近づいてきたとき、私はどんな言葉をかけ、どう振る舞ってきたか。当代きっての臨床家であり達意の文章家として知られる著者渾身の一冊。ここまで具体的で美しいアドバイスが、かつてあっただろうか。

発達障害当事者研究：ゆっくりていねいにつながりたい●綾屋紗月＋熊谷晋一郎●2000円●あふれる刺激、ほどける私———なぜ空腹がわからないのか、なぜ看板が話しかけてくるのか。外部からは「感覚過敏」「こだわりが強い」としか見えない発達障害の世界を、アスペルガー症候群当事者が、脳性まひの共著者と探る。「過剰」の苦しみは身体に来ることを発見した画期的研究！

ニーズ中心の福祉社会へ：当事者主権の次世代福祉戦略●上野千鶴子＋中西正司編●2100円●社会改革のためのデザイン！ ビジョン!! アクション!!!———「こうあってほしい」という構想力をもったとき、人はニーズを知り、当事者になる。「当事者ニーズ」をキーワードに、研究者とアクティビストたちが「ニーズ中心の福祉社会」への具体的シナリオを提示する。

コーダの世界：手話の文化と声の文化●澁谷智子● 2000円●生まれながらのバイリンガル?———コーダとは聞こえない親をもつ聞こえる子どもたち。「ろう文化」と「聴文化」のハイブリッドである彼らの日常は驚きに満ちている。親が振り向いてから泣く赤ちゃん？ じっと見つめすぎて誤解される若い女性？ 手話が「言語」であり「文化」であると心から納得できる刮目のコミュニケーション論。

技法以前：べてるの家のつくりかた●向谷地生良● 2000円●私は何をしてこなかったか———「幻覚&妄想大会」をはじめとする掟破りのイベントはどんな思考回路から生まれたのか？ べてるの家のような〝場〟をつくるには、専門家はどう振る舞えばよいのか？ 「当事者の時代」に専門家にできることを明らかにした、かつてない実践的「非」援助論。べてるの家スタッフ用「虎の巻」、大公開！

逝かない身体：ALS的日常を生きる●川口有美子● 2000円●即物的に、植物的に —— 言葉と動きを封じられたALS患者の意思は、身体から探るしかない。ロックトイン・シンドロームを経て亡くなった著者の母を支えたのは、「同情より人工呼吸器」「傾聴より身体の微調整」という究極の身体ケアだった。重力に抗して生き続けた母の「植物的な生」を身体ごと肯定した圧倒的記録。

第41回大宅壮一ノンフィクション賞受賞作

リハビリの夜●熊谷晋一郎● 2000円●痛いのは困る——現役の小児科医にして脳性まひ当事者である著者は、《他者》や《モノ》との身体接触をたよりに、「官能的」にみずからの運動をつくりあげてきた。少年期のリハビリキャンプにおける過酷で耽美な体験、初めて電動車いすに乗ったときの時間と空間が立ち上がるめくるめく感覚などを、全身全霊で語り尽くした驚愕の書。

第9回新潮ドキュメント賞受賞作

その後の不自由●上岡陽江＋大嶋栄子● 2000円●〝ちょっと寂しい〟がちょうどいい——トラウマティックな事件があった後も、専門家がやって来て去っていった後も、当事者たちの生は続く。しかし彼らはなぜ「日常」そのものにつまずいてしまうのか。なぜ援助者を振り回してしまうのか。そんな「不思議な人たち」の生態を、薬物依存の当事者が身を削って書き記した当事者研究の最前線！

驚きの介護民俗学●六車由実●2000円●語りの森へ——気鋭の民俗学者は、あるとき大学をやめ、老人ホームで働きはじめる。そこで流しのバイオリン弾き、蚕の鑑別嬢、郵便局の電話交換手ら、「忘れられた日本人」たちの語りに身を委ねていると、やがて新しい世界が開けてきた……。「事実を聞く」という行為がなぜ人を力づけるのか。聞き書きの圧倒的な可能性を活写し、高齢者ケアを革新する。

ソローニュの森●田村尚子●2600円●ケアの感触、曖昧な日常——思想家ガタリが終生関ったことで知られるラ・ボルド精神病院。一人の日本人女性の震える眼が掬い取ったのは、「フランスのべてるの家」ともいうべき、患者とスタッフの間を流れる緩やかな時間だった。ルポやドキュメンタリーとは一線を画した、ページをめくるたびに深呼吸ができる写真とエッセイ。B5変型版。

弱いロボット●岡田美智男●2000円●とりあえずの一歩を支えるために——挨拶をしたり、おしゃべりをしたり、散歩をしたり。そんな「なにげない行為」ができるロボットは作れるか？　この難題に著者は、ちょっと無責任で他力本願なロボットを提案する。日常生活動作を規定している「賭けと受け」の関係を明るみに出し、ケアをすることの意味を深いところで肯定してくれる異色作！

当事者研究の研究●石原孝二編●2000円●で、当事者研究って何だ?——専門職・研究者の間でも一般名称として使われるようになってきた当事者研究。それは、客観性を装った「科学研究」とも違うし、切々たる「自分語り」とも違うし、勇ましい「運動」とも違う。本書は哲学や教育学、あるいは科学論と交差させながら、“自分の問題を他人事のように扱う”当事者研究の圧倒的な感染力の秘密を探る。

摘便とお花見：看護の語りの現象学●村上靖彦●2000円●とるにたらない日常を、看護師はなぜ目に焼き付けようとするのか——看護という「人間の可能性の限界」を拡張する営みに吸い寄せられた気鋭の現象学者は、共感あふれるインタビューと冷徹な分析によって、その不思議な時間構造をあぶり出した。巻末には圧倒的なインタビュー論を付す。看護行為の言語化に資する驚愕の一冊。

❻

坂口恭平躁鬱日記●坂口恭平● 1800 円●僕は治ることを諦めて、「坂口恭平」を操縦することにした。家族とともに。——マスコミを席巻するきらびやかな才能の奔出は、「躁」のなせる業でもある。「鬱」期には強固な自殺願望に苛まれ外出もおぼつかない。この病に悩まされてきた著者は、あるとき「治療から操縦へ」という方針に転換した。その成果やいかに！　涙と笑いと感動の当事者研究。

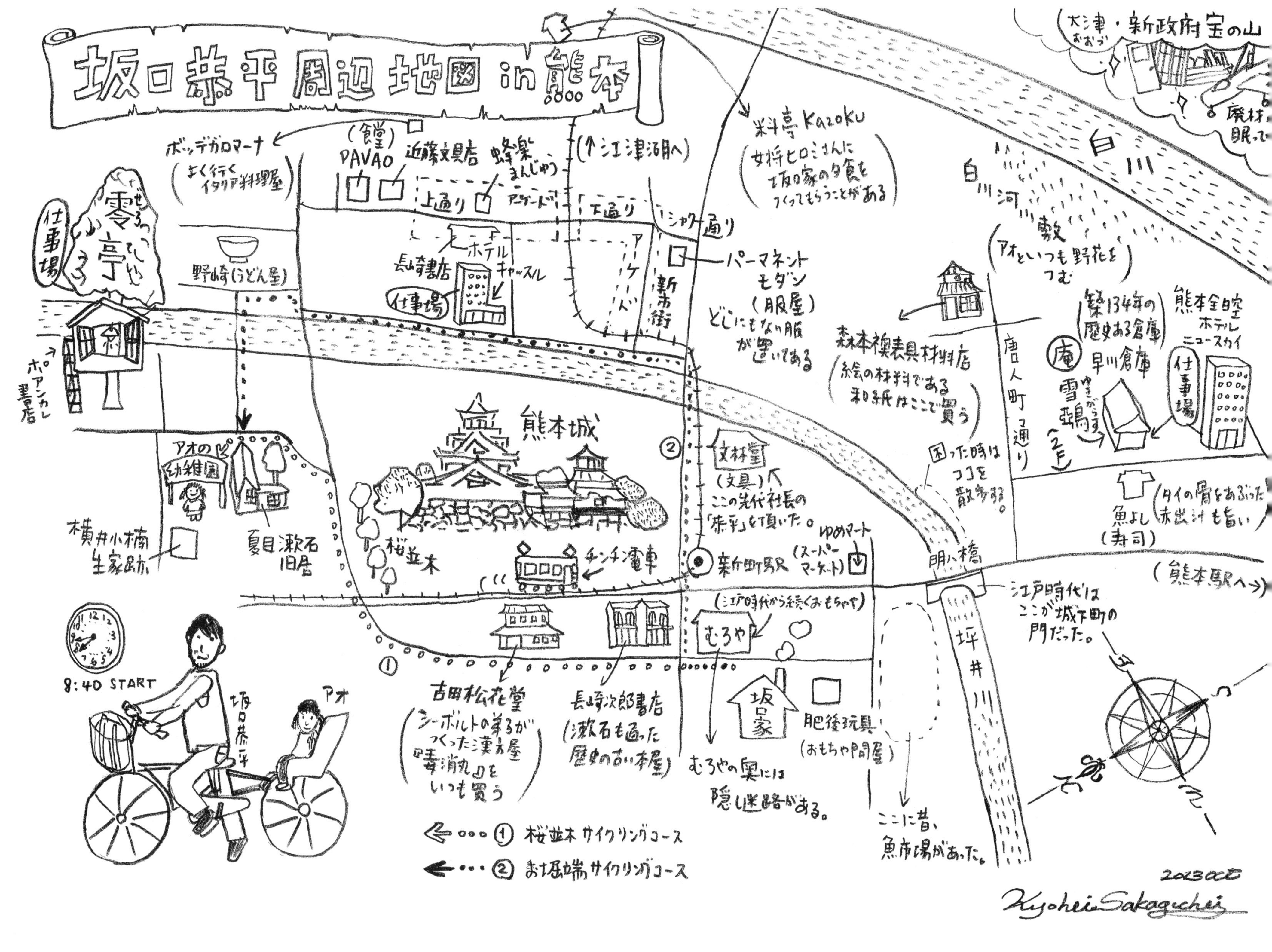

坂口恭平周辺地図 in 熊本
大津《おおづ》・新政府宝の山
廃材眠って
料亭 Kazoku
女将ヒロミさんに坂口家の夕食をつくってもらうことがある
ボッテガロマーナ
(よく行くイタリア料理屋)
(食堂)
PAVAO
近藤文具店
蜂楽まんじゅう
(↑江津湖へ)
上通り
アーケード
下通り
シャワー通り
パーマネントモダン
(服屋)
どこにもない服が置いてある
白川
白川河川敷
アオといつも野花をつむ
仕事場
零亭
野崎(うどん屋)
長崎書店
ホテルキャッスル
仕事場
新市街
森本襖表具材料店
絵の材料である和紙はここで買う
築134年の歴史ある倉庫
早川倉庫
熊本全日空ホテルニュースカイ
仕事場
唐人町通り
庵
雪鴉《ゆきがらす》
2F
困った時はココを散歩する。
タイの骨をあぶった赤出汁も旨い
魚よし
(寿司)
ポアンカレ書店
アオの幼稚園
熊本城
②
文林堂
(文具)
ここの先代社長の「恭平」を頂いた。
ゆめマート
(スーパーマーケット)
新町駅
チンチン電車
桜並木
横井小楠生家跡
夏目漱石旧居
明八橋
(熊本駅へ→)
江戸時代はここが城下町の門だった。
坪井川
(江戸時代から続くおもちゃや)
むろや
坂家
肥後玩具
(おもちゃ問屋)
むろやの奥には隠し迷路がある。
ここに昔、魚市場があった。
①
古田松花堂
シーボルトの弟子がつくった漢方屋『毒消丸』をいつも買う
長崎次郎書店
(漱石も通った歴史の古い本屋)
8:40 START
坂口恭平
アオ
① 桜並木サイクリングコース
② お堀端サイクリングコース
2013oct
Kyohei Sakaguchi